NF文庫
ノンフィクション

海軍空戦秘録

杉野計雄ほか

潮書房光人新社

海軍空戦秘録——目次

写真提供／各関係者・遺家族・吉田一・「丸」編集部・米国立公文書館

海軍空戦秘録

苦肉の忍法〝積乱雲作戦〟という妙案

昭和十九年三月二日〜九月十五日／落日のラバウル零戦隊の秘術

元二五三空搭乗員・海軍一等飛行兵曹　川戸正治郎

昭和十九年二月十九日。ラバウルの三基地に約七十機ほどの零戦が残っていたが、すべてトラック島へ引きあげていった。残ったのは若干《じゃっかん》の水上機だけだった。マラリアの重症患者、それに去る二月六日の負傷で全身繃帯《ほうたい》だらけの私と、合計七〜八名の搭乗員が残されただけであった。

当時ラバウルの海軍航空廠では、技術課長以下の技術者が、破損機や廃材などを寄せあつめて零戦二機を作り出し、それが二月の終わりごろまでに七機にふえた。これを有効に駆使しようというのだが、残されたパイロットのほとんどは、内地から来たばかりでマラリアにかかったものが多く、実戦の経験が少なかった。

右より金子二飛曹、川戸一飛曹

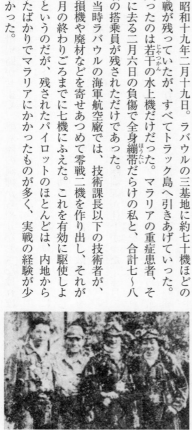

しかも滑走路がせまく、離着陸の訓練からやりなおさなければならなかった。とはいえ、朝から晩までグラマンF4Fが八機ないし十六機以上空にいる（夜はいままでどおり夜間戦闘機が一〜二機交代で在空していた）。この敵戦闘機はラバウルに日本機なしと見て、野菜づくりをしているものを見かけるとか自動車などを見ると、おもしろ半分に飛びかかってきた。海岸で製塩している煙までも銃撃した。だから訓練も敵機の目をかすめ、黎明とか薄暮の短時間を利用するだけだった。

ともあれ、短時日でいちおうの編隊訓練が仕上がった。三月二日、午後四時二十分ごろであった。敵の編隊が、ぐるっと旋回して去った隙《すき》をねらい、われわれ七機は全機が離陸した。高度二千メートルぐらいでジャングルの上を旋回しながら、敵機のゆくえをさがすと、北の陸軍飛行場（南飛行場／ココポ）付近で地上すれすれに舞い降りて、敵八機が滑走路を銃撃している。

私たちは最初は編隊空戦訓練の予定で上がったのだが、我物顔《わがものがお》にふるまっている敵機を見ると、つい癪《しゃく》にさわってきた。

「よし、やっつけてやれ」なにしろ私が一番機である。残る六機がついて来た。

敵は、ラバウルに零戦がいないものと思い込んでいるらしく、のんきそうに反覆攻撃をしている。その後方にしのびより、引き起こそうとしている機に突っ込んで一撃で墜《お》とした。二番機の新保泰上飛曹（山形県出身・私と飛練の同期生）が、すぐつぎの機を墜とした。

やっと敵は気づいたらしく、態勢をととのえだした。同時に、ヨーク島上空あたりにいた

ラバウルを発進、４機編隊を組んで、ソロモン海の上空を越えて、ガダルカナル方面攻撃に向かう零戦隊

八機がかけつけて来た。私と新保、それに若生《わこう》一飛曹の三機（この三人が最古参）で、この八機にむかっていった（残る四機をまとめて六機の敵にあたらせておいた）。

私は八機の一番機におそいかかり、ジャングルの上で巴戦《ともえせん》に引き込み、これを墜とした。

味方はまったく被害なく、敵十六機のうち五機を撃墜したころは、すでに夕闇がせまっていた。

みごとな四機編隊攻撃

三月七日の夕方、やはり編隊訓練のため一番機若生、二番機宮越二飛曹、三番機金子二飛曹の三機が離陸した。私は四回目の墜落の負傷も癒《い》え、もとどおり元気になっていた。

ちょうどラバウル航空廠で、零戦の複座への改造（といっても廃材を継《つ》ぎはぎしたもの）が出来あがった。複座の零戦はラバウルの特産だった。私はそのテストに、前の三機より三十分ほどおくれて上がった。昼間のF4F戦闘機がいつもより、やや早めに帰ったその隙に上がったのである。

高度二五〇〇メートルに上がって、テストの最中、二千メートルほどに下がったとき、ニューアイルランド島南端セントジョージ岬の方向から敵の夜戦（双発）が一機、ふらふらっとやって来るのを発見した。味方の三機に知らせなければならない。彼らは山の飛行場（西飛行場／ブナカナウ）と北の陸軍飛行場の、中間のジャングルの上にいる。

私は敵機の方向にむかって、二〇ミリを射ちながら大きくバンクして、味方機に信号した。

三機は私のあとを追いかけて来た。敵はまだ気づかない。

四対一。私はバンクをつづけながら、全速で突っ込んだ。私は二千、敵は一五〇〇メートルの高度である。

敵は、われわれを発見したらしく直進して来る。薄暗いのでバンクしている私を味方とでも思ったのか、機首を上げようともせず、機銃も射ってこない。

私は、知らぬ顔をして真上にきたとき、さっと切り返した。そのため翼の日の丸を発見したのであろう、敵は急反転しかけた。

高度差五百メートル。垂直になると同時に射ちまくった。およそ五十発も射ったろうか、そのうち二十発はたしかに命中した。

薄暗いので、燃える炎があざやかだった。味方の三機が、それへ突っ込んだ。

敵機は燃えながら全速で湾外へ脱出しようとする。私は斜めから追った。敵機から放つ閃《せん》光《こう》が、パッパッと見える。二撃目をあびせると、それも止みスピードが落ちて高度が下がった。突っ込んだ私は、さっと敵機の下に入って避退した。

私につづいて若生機が突っ込んだとき、ぐらっと右方に傾いた。五名の搭乗員が機外へ飛び出した。敵機は、ものすごい黒煙につつまれながら、斜めになったまま海へ落ちていった。

勝負はとくいの巴戦で
「兵力微少なりといえども零戦ラバウルにあり。敵基地を攻撃せずんば……」ということになり、暗夜を利してグリーン島を奇襲する計画がたてられた。そのための予行訓練に三月十二日、雲の多いのをさいわい、午後二時半ごろ七機で舞い上がった。一番機柴田上飛曹、二番機が私、三番機新保、四番機若生、五番機宮越、六番機原田二飛曹、七番機（氏名不明）である。

高度二千メートルほどでそろったとき、雲間から高度三千メートルで敵戦闘機約五十機を発見した。数において、高度において、敵がはるかにすぐれている。たちまち追いつめられた先が、味方のトベラ基地（ココポ南方）の上空だった。

ここなら、どこに機銃陣地があるかわかっている。その応援をもとめるつもりで、五百から八百メートルほどの高度で旋回した。もちろん襲いかかれば格闘する覚悟である。

敵の第一小隊四機が突っ込んできた。私はすぐ反転して編隊からはなれた。一五〇〇メートルに上がった。見ると、敵の一番機が原田機をねらっている。危ない！　と思ったが、スピードが落ちているので駆けつけられない。原田機は、宮越機につづいたままである。

私がやっと敵の四番機にとりついた時だった。あっというまに原田機が落ちた。四、五秒おくれて敵の四番機を墜とした。そこへ敵の第二小隊が突っ込んで、わが七番機も落ちた。新保機が、巴戦に入って、一機でこれを撃墜した。原田機はトベラの滑走路に、七番機はトベラとブナカナウ（西飛行場）の中間のジャングルに撃墜されたのだった。（図参照）

七対五十で、戦果は二対二だった。

その夜、福本兵曹長を指揮官に、私と新保、柴田の四機で、グリーン島の攻撃命令をうけた。天候が悪い。夜十一時ごろ、真っ暗のなかを、六〇キロ爆弾二個ずつを積んで上がった。舷灯の点灯は禁止されていた。セントジョージ岬上空で集合する予定だった。海上ならすこし明るいだろうという理由である。ぐるぐる旋回していたが、一機も見つからない。そのへんの天候はいっそう悪い。引き返してみると、新保、柴田の両機はもどっていた。福本機だけが攻撃して帰投した。

敵機動部隊を襲った隠密コンビ

敵はラバウルの、わが飛行機隊が邪魔になるらしく、撃破しようと懸命になっていた。そのため、わが整備員は、わずかの再生零戦を隠蔽するのに苦労していた。

一方、敵主力は二月二十三日、サイパンを空襲していらい内南洋方面に攻撃の矛先をむけてきた。その中継基地がアドミラルティ諸島だった。ラバウルから約三五〇浬《かいり》の距離にある。

連合艦隊司令長官から、この島の隠密偵察を命ぜられた。六月五日、新保と私の二機は、敵機が山の飛行場上空を通りすぎた隙に舞い上がった。午後二時ごろだった。

敵機はラバウルだけでなくカビエンの上空にもつねに在空しているので、これに発見されては困る。そこでいったん左方に針路をとって飛んだ。天候はきわめて良好だ。

われわれは六千メートルないし八千メートルの高度で、四時すぎ、目的地の上空にたっした。「大物を見てこい」という命令である。

まず敵機の動向に注意する。しかし一機も上がって来ない。また上がって来る様子もない。

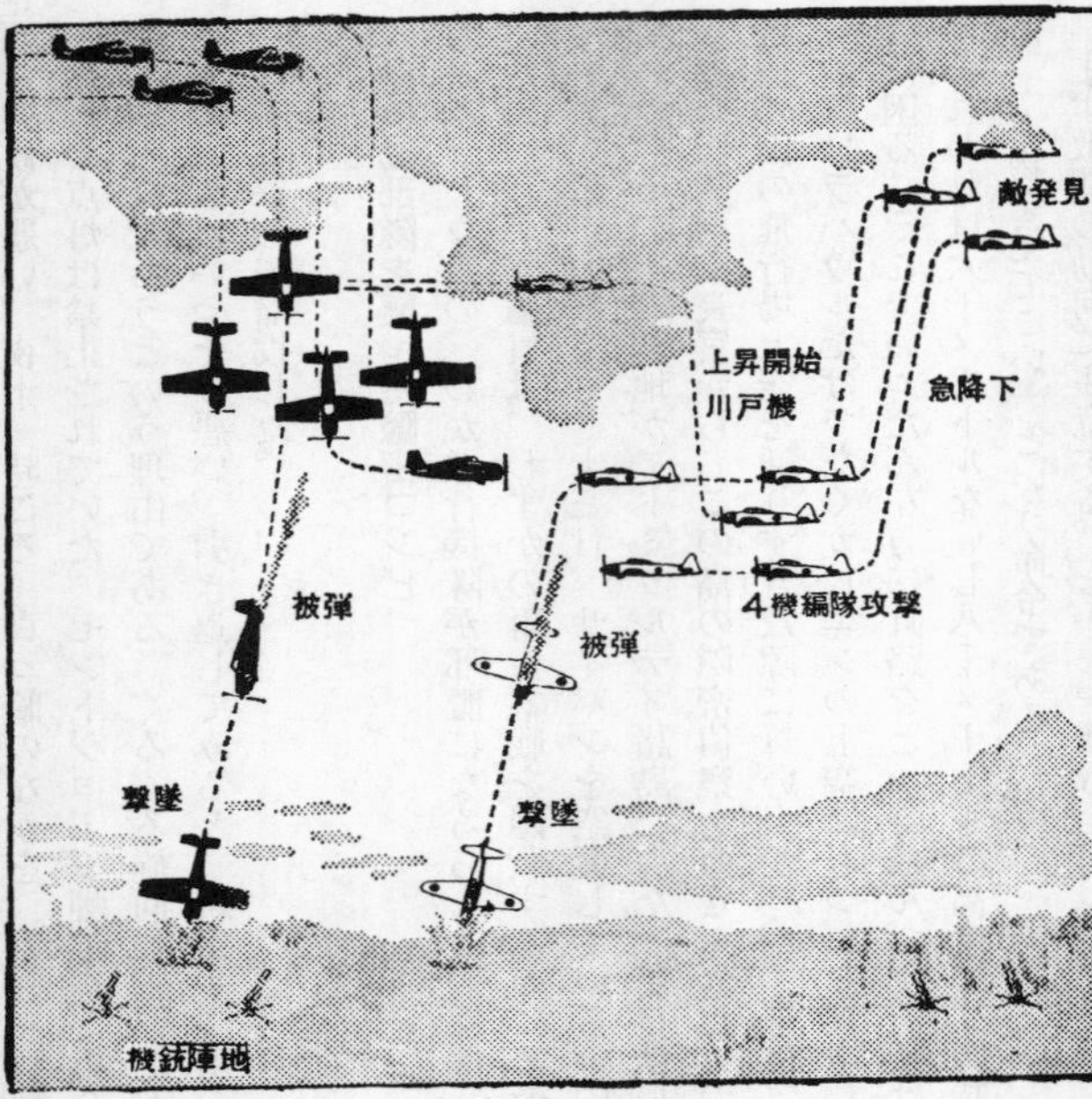

ハイン飛行場の大型機約七、八十機、中型機四十機、戦闘機二百機も、われわれに気づいてはいない。

空母三、戦艦四で、大型艦はこの七隻、そのほか小艦艇無数である。それらが出撃準備をしているらしい（その後の戦況から判断すると、サイパン島攻略の準備だったらしい）。邀撃に上がらないばかりか、高角砲も射って来ない。隠密偵察の使命は十分に達せられた。帰路も敵に発見されることなく、午後六時ごろ、すでに暗くなった基地にもどったのである。

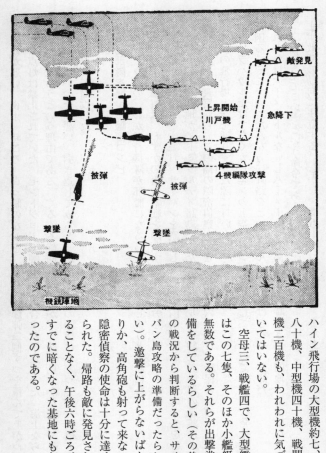

危機一髪で脱出に成功

九月十五日。今度は「肉眼でくわしく見て図をかいて来い」という命令をうけた。また新保と私の二機である。天候が悪いので迂回《うかい》する必要があり、そのため前回より早めの、午後一時に出発した。

ラバウルには上空に敵機がいるだけでなく、あたりの海上にも五、六隻の魚雷艇が見張りについている。そのどれに発見されても、すぐに通報されて目的を達することがむずかしくなる。

低空で西南にむかい、敵の哨戒圏を脱出してから沖に出た。高度六千メートルで、ロスネグロス島の上空にさしかかった。しかし雲が多く、任務を果たすことができない。四千メートルまで下げて、雲の切れ目から見ると浮ドック二個、戦艦六隻、うち二隻がドックに入って修理中である。空母は五隻、そのうち傷ついたのが二隻いる。他に巡洋艦、駆逐艦など約百隻。湾内にところせましと碇泊していた。

十五分ぐらい旋回して、それらを記録し、帰途につくことにした。湾の背中にある雲を突きぬけた瞬間、ぎょっとした。敵の戦闘機約一五〇機が雲間から出たわれわれを取りまくように、機首をむけている。

「しまった」あたりを見まわした。雲のかたまりが多い。なかでも、八千メートル以上の積乱雲がもっとも近いところにある。

新保機がダイブに入った。敵機が追撃の態勢に入った。新保機につづくにはすでに危険な状態となった。ままよ、逃げられるだけ逃げてやれ、と積乱雲に突っ込んだ。大きな雲なので真っ暗である。計器が見えない。味方機の位置の判別すらつかない。やむなく反転して雲から出た。

ガンガンガーン――。いけない、左右から敵が六機で射っている。それが命中したのだ。

全速で眼前の低い雲に飛び込んだ。と思ったら、雲の外へ出かかった。小さな雲だったのだ。困った。ともあれ脱出口を発見しなければならない。機首を左にひねりっぱなしにして、雲のなかを小さく旋回しつづけた。

敵弾が四方八方から来る。雲の外側の薄くなったところから見ると、七十機以上で取りまいているらしい。東方に大きな積乱雲がある。

私は高度をぐんぐん下げた。そして三六〇度方向に七・七ミリ機銃を射った後、垂直上昇した。わが機の位置を「下にあり」と思わせるつもりだったが、雲上に出たとたん、そこにも敵機が待ちかまえていた。なにしろ雲は小さい。それを取りまいて敵機は、何段にもかまえていたのだ。

ここでも被弾した。どこへ命中したのか調べている余裕はない。まっしぐらに東方の入道雲に飛び込んだ。雲は大きいが、いいあんばいに計器が見える。燃料に異状なく、エンジンも好調だ。

帰投の方向に針路をとれば、雲から出たとき危険である。やや北へ向け、エミウラ付近で迂回する計画をたてた。雲から出たところ、エミウラ島がわずか十キロの近さに横たわっていた。

これぞまさしく零戦魂

海上十メートルで北から東側にまわった。機銃のスイッチを二〇ミリに切りかえ、山を這《は》い上がるようにして飛び越えた。下に飛行場がある。大型機二十、中型双発機三十、戦闘機五十ほどが眼にうつった。

山にそって降下し、たちまち飛行場上空にさしかかった。引き金をひいたまま、飛行場をタテにしぼるようにして通る。敵はぜんぜん気づかなかったらしく、燃料の補給をしたり、また機体の手入れに夢中になっていて、顔までよく見える。あまり近いので、頭上を通りすぎると、私を見て「おや?」といったような顔で呆然《ぼうぜん》としている。

振りかえると大型機、中型機など、十機ほどが火をふいている。七、八十発、射っただけなので、まだ弾丸は残っている。もう一度くりかえそうかと思ったが、帰路は遠い。途中で敵機に待ち伏せられたときの用意に残すことにし、オーバーブースト(分解寸前の超全速)で、海上すれすれで突っ走った。

時速二五〇~二六〇ノット(四五〇~四六〇キロ)で三十分ほど飛び、カビエンの東方に出た。カビエン上空は、たえず敵がいる。ニューアイルランド島の中間から変針しラバウルへ向かった。

ところが、湾の上空に敵戦闘機が二十機ほど旋回している。二梃、一五〇発の二〇ミリ弾は、まだ半分ちかく残っているが、燃料がなく無理な戦闘ができない。北の陸軍飛行場付近のジャングルの上を低空でまわりながら、敵が帰るのを待って着陸した。

五時半を過ぎていたろう。とても暗かった。汗をびっしょりかいたため、肌着がぬれている。新保機は三十分ほど前に無事、帰投していた。

「おまえは転んでもただで起きないやつだ」斎藤少将はそう笑いながら、自分の乗用車に私をさそい、宿舎まで送ってくれた。

艦隊搭乗員の名誉にかけて我ら戦う

空母「瑞鶴」零戦隊の猛者たちが陸へ上がってのラバウル攻防戦

当時「瑞鶴」戦闘機隊・海軍上飛曹　斎藤三郎

斎藤三郎上飛曹

昭和十八年の半ばになると、戦局はますます緊迫の度を深めていった。私たちは七月五日以降、トラック島の竹島にあらたに基地を設定し、とくに爆撃訓練にいちだんと励んでいた。

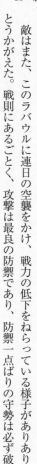

ラバウルをいちはやく手中におさめたわが軍は、ここを基地の拠点として、ソロモン、ニューギニアを両翼にして、不敗の態勢を固めるかのようであったが、ガダルカナルを失い、さらにはニューギニア方面すら敵に押され気味になった現在では、その拠点であるラバウルそのものが、防禦の立場にまわってゆくのだった。

敵はまた、このラバウルに連日の空襲をかけ、戦力の低下をねらっている様子がありありとうかがえた。戦則にあるごとく、攻撃は最良の防禦であり、防禦一点ばりの守勢は必ず破れ去ることを意味していた。太平洋戦争の一つの天王山ともいうべきラバウルの危殆《きたい》を招くことは、とうてい忍び得るものではなかった。いまや頽勢《たいせい》の挽回すべき策が急務とされるのであった。

私たちは三度目のラバウル進出を命ぜられた。戦局の打開は艦隊搭乗員の双肩にかかっているかのようであった。第一航空戦隊の主力の瑞鶴、翔鶴、瑞鳳の三艦から、零戦、艦爆、艦攻、このほか艦偵の全機が進出した（翔鶴隊は作戦の途中から引き揚げた）。

昭和十八年十一月一日、艦隊航空部隊の主力は東飛行場に勢ぞろいした。その日の夜――ブーゲンビル島の西方洋上に敵艦隊あり、との第一報が入った。この敵艦隊に十一月二日の黎明を期して、攻撃をかけることが決定された。

昨日ついたばかりの私たちであったが、暁闇の戦闘指揮所へ急ぐだれかれの後ろ姿にも、存分にあばれまわろうとしていることが、ひしひしと感じられた。

「艦隊搭乗員の名誉にかけて」これがわれわれの合い言葉であった。「しっかりやれよ」「俺のあとを離れるな」ひそかに後輩をはげまし、気合をかけている様子があちらこちらに見られた。隊長納富《のうとみ》健次郎大尉だけは、いつもと同じ温和な顔に口を真一文字に結んでいた。

艦上偵察機二機を先導に、艦爆隊約六十機、零戦隊約百機が編隊を組み終わったころは、まだ中天に星が残っていた。晴れた日の南海洋上の夜明けは、たとえようのない美しさであった。東の空が薄紅色に白みかけてくると、星影がしだいに消えてゆく。

薄紅の先は上向きの扇形にひろがり、みるみるうちに強さを増したかと思うと、水平線にちらっと覗《のぞ》く太陽はまぶしいばかりの輝やきと、一筋の金色を海面に投げかける。はたしてもう一度、見られるだろうか！　とそんなことを脳裏《のうり》にうかべながら敵地へと急いだ。偵察機の努力にもかかわらず、推定海面での敵艦隊を捕捉することはできなかった。はやくも敵は変針した模様であった。空しく帰投したのは、朝の八時ころであった。

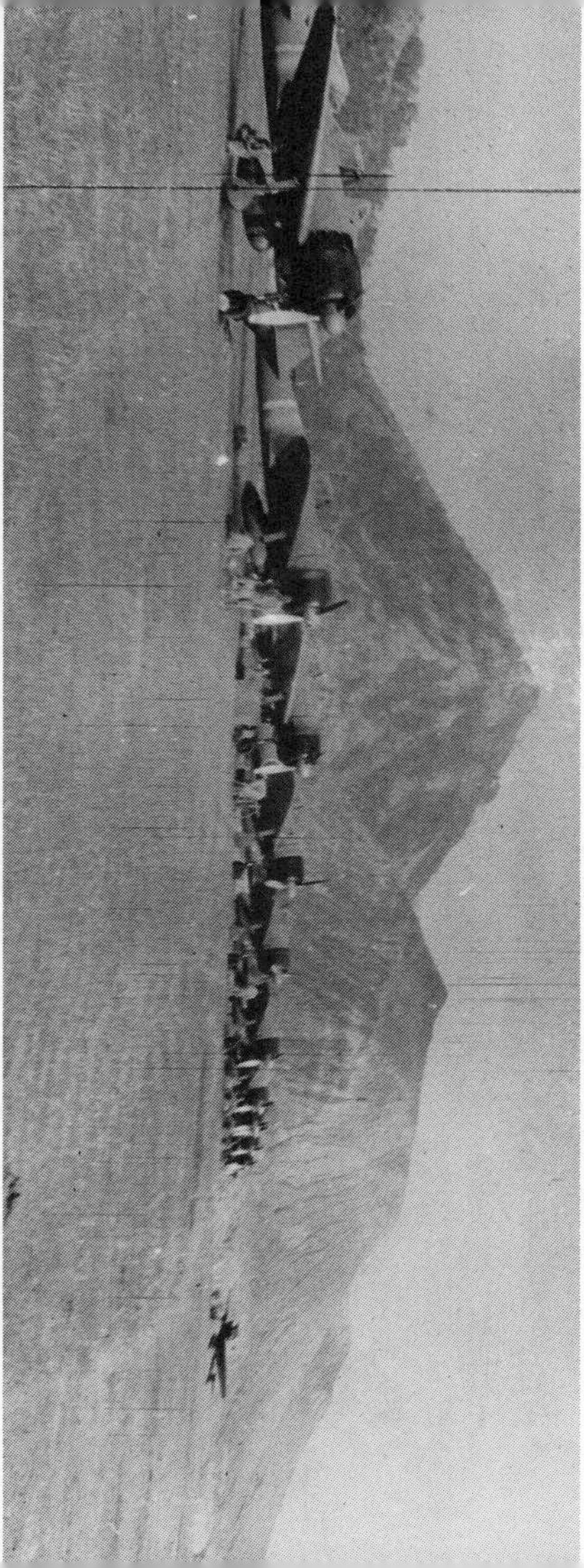

ラバウル東飛行場に進出した瑞鶴零戦隊。母艦航空隊の熟練搭乗員たちが幾度となく派遣され、多数が消耗を強いられた

スワッ、敵機の大群が

ふり上げた拳《こぶし》のやり場に困る——といったような気持であった。そんな気持をいだいて、私たちは愛機の翼の下で休息していた。列線では整備員が整備にかかっている機もあった。「空襲!」突然の叫び声であった。声の主は瑞鳳の佐藤正夫大尉だった。大尉はなおも叫びつづけながら鐘を叩き出した。まだサイレンは鳴っていなかった。警戒警報すらなかったので、サイレンすら鳴らぬ前の警鐘は、容易ならぬ事態であり、敵はよほど近くに迫っているに相違ない。

翼下に寝そべっていた私は、バネ仕掛けのように起き上がった。「たのむ」そばにいた整備員に、エナーシャーをたのんで愛機に飛び乗った。そのとき大声で、「発動!」と叫ぶ隊長納富大尉の姿がちらっと映った。

私は操縦席にすわるやいなや、スイッチを入れた。エンジンは一度でかかった。試運転をしている暇などない。敵はどの方向から、どんな機種か、全然わからない。そんなことは上がればわかる。とにかく上がることだ。スロットルを全力にふかして離陸をいそいだ。

飛行場は、花吹山の火山灰で一機が離陸するごとに猛烈な土煙りが上がり、後続機は相当の間隔をおかなければ離陸できない状況であった。

空中戦の原則は敵に優位をしめることが必要であり、そのため緊急の邀撃戦では、すばやく離陸した者が戦果をあげやすかった。離陸しないうちに敵にたたかれたり、離陸直後の、まだスピードと高度の確保できないうちに攻撃をうけ、苦戦におちいることが多かった。したがって時間的な余裕のない邀撃戦では、離陸は一種の先陣あらそいである。私はバンドをしめる時間もおしく離陸したのに、私より早い者がいた。私は二機目で離陸した。

海面にひろがる水柱の波紋

敵機をさがすと遙か右上空に、黒い小粒がむらがっていた。戦闘機P38ライトニングだった。

このような急を要する邀撃戦のときは、私たちは離陸後、花吹山を越えた海峡上で集合することになっていた。山を越しながら後方をふり向くと、西飛行場（第二飛行場で、別名を山の飛行場と称していた。ブナカナウ）のあたりをB24が爆撃していた。バンドをしめながら七・七ミリを装塡、増加タンクをすてた。私の横にピタリと編隊を組んだ者がいたが、誰かわからない。列機になった搭乗員は軽く手を上げて合図していた。

山の飛行場はさかんに爆撃をうけていたが、そのうちに私たちの東飛行場にもB25の超低空爆撃がはじまった。山をすれすれに辷《すべ》りながら進入し、落下傘爆弾を投下した。またこのB25をかばうように、上空千メートルぐらいのところをP38が覆うかたちで進入してきた。こんなにはやく攻撃をうけたのでは、全機が上がれないだろうと思いながら敵機をもとめていた。

この日の敵機の攻撃は、B24が水平爆撃で、このB24をかばうようにP38がその上空を飛び、B25はさらに超低空で爆撃し、これをまたP38が支援するという、相互に巧みに連繫をとった、およそ二百機以上からなる攻撃であった。

味方もつぎつぎと上昇してきて、かなり集結した。どの機が指揮官機であるかわからない。おくれた機が、つぎつぎと後ろへつき、つぎに編隊を組み出した。攻撃を終了したB25は、はやくもその先頭は避退運動に移っていた。帰る方向はココポ東方ガゼレ岬である。

「それッ！」私たちの編隊は、一斉に行動をおこした。敵の帰路を先廻わりして叩くつもりだった。いましも、爆撃を終えて帰るB25を逃してなるものかと、全速をもって襲いかかった。高度が超低空のために、まことに攻撃しにくい。敵機の後方銃座からは一三ミリの発射光がパッパッと閃《ひら》めいた。

「何くそ、負けてなるか」と二〇ミリ二号銃の引き金をひいた。急に敵の閃光はぴたりと止《や》んでしまった。銃手に命中したらしかった。これは落とせる。すぐ直感した。攻撃角度が深いと、攻撃後の反転をするさい機体は、はずみで降下する。それに備えて自然に機首を起こしぎみにして銃撃するので、弾丸はどうしても敵の前方にばかり飛ぶ。角度を深くとれないので仕方なく、浅い角度で攻撃した。

ともあれ、一撃で射手をつぶしたので楽であった。第二撃目をかけるべく機首を起こすと、列機はすかさず敵機を左から攻撃した。この攻撃で敵の右エンジンからヒューと白煙をひくと同時に、敵機はよろめいた。

これなら二撃も必要なさそうだと思っていると、おや？　いままで吐きつづけていた白煙は、すーっと消えてしまった。「こんちきしょう」二撃目をかけようと思った瞬間、別の零戦が左上方から猛烈ないきおいで突っ込んでいった。体当たりか？　機体ごとぶっつけるのかと思った。

あわや衝突したと思ったが、しかしその零戦は、斜め前方に捻《うな》っていた。豪胆そのものであった。Ｂ25のプロペラの回転が急激に落ちたかと思うと、機体の安定を失い、海へ落ちていった。

ものすごい水柱と同時に、赤と黒の炎が噴き上がった。それもわずか一瞬の出来事で、水柱の消えた後には、さびしく波紋だけが残っていた。

大戦果にわきあがる凱歌

つぎの攻撃目標をさがすと、いたるところで乱戦中であった。高度の高いもの低いもの、うっかり飛び込むと、これまた同士討ちになりかねない。第三飛行場（南飛行場／ココポ）の西方では、数機のＢ24が燃えながら飛んでいた。炎の様子からして三号爆弾にやられたもののようであった。また岬近くのジャングルの上でも、いままさに三号弾を頭に浴びたＢ25の編隊がめらめらと燃えだした。

零戦とＰ38が向かい合ったと思うと、ほとんど同時に火を噴き出した。相討ちであった。双方から機外に飛び出し、敵味方二個の落下傘で降りてゆくところであった。海上には、あちらこちらに五つ六つの波紋が残っていた。これらはわずかの間の出来事で、私自身、斬り込む相手を探しているのだ。

瑞鶴を発進する零戦。今にも車輪が甲板を離れようとしている

ふと西方を見ると、B25にP38がくい下がっている。おかしいな? よく見ると、B25を零戦が攻撃し、その零戦にP38が挑んでいるのだった。ところがそのP38に、別の零戦が襲いかかろうとしていた。

と、どうだろう。これを見ていた敵機があったのだ。あらたなP38が四千メートルの高度から零戦めがけて突っ込んでいった。

よしこれだ! 本能的にそのP38に機首を向け、全速で走った。それを知った敵は、わが機をかわそうとすぐ逃げだした。逃がしてはならないと全力で追撃、ココポ近くで射程内にとらえ、一撃を浴びせた。二〇ミリ二号銃の威力はいかんなく発揮された。曳痕弾は敵機の翼の付け根に完全に命中していることがわかった。

ちょうど雨だれがコンクリートの上に落ちて飛び散るごとく、炸裂弾がピシャッ、ピシャッと入るのがわかった。と、つぎの瞬間、右翼がスパッとちぎれて吹っ飛んだ。すぐに斜めに引き起こしながら見ていると、くるりと引っくり返って、海中に真一文字に突っ込んでしまった。

操縦員の飛び出すひまもなかった。あとにはただ大きな波紋のみが残っていた。あたりはまったくの修羅場と化していた。燃えながら落ちるのをさらに追い討ちをかける零戦があるかと思えば、B25の一機に対し四～五機の零戦が、なぶり殺し的な攻撃をくわえているのもあった。

一機を討ちとめて引き起こした零戦に別のが喰い下がり、はやくも射撃を開始していた。味方を救わねばならない。すぐそのP38の後に追いすがった。味方の零戦はまだ敵に付かれていることを知らない。私は敵機に対して射撃をしようと思うが、三機が一直線になっているので、私のそれ弾丸《たま》が味方機を射つことさえある。

その零戦は、私の機とともに敵に追尾されていることに初めて気づき、くるりと一回転した。P38は思わず前にのめり、味方の零戦を射程より外《はず》してしまった。いまだ！　私はすかさずP38に攻撃の角度をとり、連射を浴びせた。敵もさるもの、思い切り引っ張り上げて宙返りのかたちとなった。

私もこれにつづいて追ったが、二〇ミリ弾を射ち尽くしてしまった。すぐさま一三ミリと七・七ミリ銃にきりかえて射ったが、なかなか落ちない。えい、この野郎！　と思って、全速にレバーをふかして相手に追いすがった。

その時だった。ガガーンと強い衝撃を感じた。しまった！　と思って、ひょいと後方を見ると、別のP38が機首をぴたりとわが機に向けて、射撃しているところであった。危ない！　とっさに思い切り連続的な右のロールをうった。

ようやくもとの姿勢にもどすと、そのP38は前のめりになりながら前方を飛んでいた。愛機を見ると、右翼の日の丸の部分が、半分ほど破れ飛んでいた。空中分解するおそれがあったので、ただちに敵機を避けながら機を飛行場の方向にむけた。東飛行場はしきりに燃えている。とうてい着陸できそうにもないので、ココポの方向に変針した。

乱舞する敵戦闘機の隙《すき》を見てココポ飛行場に不時着した。当然のことながら飛行場に人影はなく、すべて防空壕に入っていた。だれも見えないし、飛行機を掩体壕の付近におき、木《こ》蔭《かげ》から空戦を見ることにした。

トベラ（ココポ南方／海軍使用の飛行場）の上空四千メートル付近では、零戦とP38が宙返りの格闘戦を演じていた。何回かやっているうちに、どちらからともなく別れていった。

不時着してから二十分も経過したろうか、敵機も去り、空襲警報も解除になった。あらためて愛機を点検すると、右翼には大穴のほかに二十八発の弾痕があった。さいわいにエンジンは無疵《むきず》だったので、そのまま東飛行場（花吹山の麓）に帰投した。

「大勝利だ！」一隊長納富大尉はよろこんでいた。みんなが汗と埃《ほこ》りにまみれたまま相好をくずしていた。敵の情報によると、帰投した機はきわめて少なかったということだった。味方は三十機ほどの犠牲であった。

真剣勝負の中から体得した空戦の極意

主導権をにぎる読みと失敗をいかす研究心——体験こそ真の学問

元台南空搭乗員・海軍中尉　坂井三郎

空中戦闘は大空の真剣勝負である。その空中戦闘の場における最強の機種は、単座戦闘機である。では空中で敵機を捕捉し、これを撃墜することを主任務とする単座戦闘機を操縦しておれば、つねに空中の王者であり、絶対支配者であり得るかというと、そうはいかない。そこでは当然のことながら、同じ任務を持った相手の単座戦闘機が果敢に挑戦してくるからである。

その強敵である敵の単座戦闘機との戦いに打ち勝ち、これを五機以上撃墜したパイロットが、真の意味の大空のエースといわれる。無抵抗の輸送機や小型雷撃機、爆撃機を何機撃墜しても、それはエースとはいえないといわれる所以《ゆえん》である。

坂井三郎中尉

ちなみにエースの語源としては、中世の頃のカードゲームの中で、キングにもまさる力を持つ1のカードのことを言ったもので、傑出したもの、最高のもの、という意味をもつ。

さて、単座戦闘機は、迎撃戦闘機と制空戦闘機の二種に大別される。インターセプターといわれる迎撃戦闘機の主たる任務は、超高空を高速、大編隊でやってくる、たとえばB29のような大型爆撃機を迎撃するため、上昇力、スピード、火器に重点を置いて設計された単座戦闘機で、日本海軍では雷電がこれにあたる。制空戦闘機は、敵の制空戦闘機と戦うことを主任務として設計製作された単座戦闘機で、日本海軍では九六艦戦や零式艦戦がこれにあたる。

のちに双発複座戦闘機が開発され、昭和十七年五月ごろラバウル基地の台南海軍航空隊に配置されたが、戦力不足で二式陸偵と改名されて偵察機となった。これがのちに敵大型爆撃機迎撃戦闘機に改造され、その名も月光と命名されてB17、さらにはB29に対する夜間迎撃機として活躍し、遠藤幸男大尉、小野了中尉、工藤重敏少尉といったエースを輩出した。しかし、これは日本海軍戦闘機隊全体からみれば、きわめて少数機であった。

私たち日本海軍の制空戦闘機パイロットがもっとも情熱を燃やし、闘志を発揮して戦った大空の真剣勝負は、相手国の制空戦闘機との空中戦であった。それは現代の万能ジェット戦闘機時代とちがって、あの時代、制空権をにぎるという意義は、その戦闘空域において味方単座戦闘機が絶対の優位にたったときの状態を示すからである。

爆撃機や雷撃機は、爆撃、雷撃をおこなうことを主任務とする機種であって、相手戦闘機に襲われた場合、身をまもるため旋回銃で応戦し、やむを得ず空中戦にはなるが、一対一では単座戦闘機の敵ではない。したがって、本稿では詳述しないこととしたい。

また、制空戦闘機と迎撃戦闘機、たとえば雷電と零戦が同位空戦をおこなった場合、雷電は零戦の敵ではなかった。しかし、B29のように高空を高速でやってくる大型爆撃機にたいする攻撃力では、雷電の方がはるかに強さを発揮した。これから述べる内容は、制空戦闘機同士の戦いについての体験から得た意見である。

大空の真剣勝負の理念

私は大空の真剣勝負を数多くおこなって勝ちすすむ体験の中から、平時には知り得ない数々の勝負の道のけわしさを知ったが、その集積として言えることは、体験こそ真の学問であるということである。その意義はいかなる理論も学問も、人間の体験のうえに成り立つものであるということである。

ここで少し理屈っぽくなるが、命をかけた制空単座戦闘機（以下戦闘機と呼ぶ）同士の真剣勝負の結果を考えてみることにする。単純計算では、勝ちと負けの二つの結果となると考えがちであるが、実際に何度も何度も真剣勝負を体験してみると、空中戦にかぎらず真剣勝負の結果には四つがあると考えるようになる。すなわち――。

一つ、勝負の結果、相手を倒し、自分は無傷で生き残る。これが絶対の勝利者である。

二つ、相手の射弾をうけ撃墜されて敗者となる。これは永久に挽回のチャンスはめぐってこない。これは駄目である。

三つ、お互いに有効な命中弾を相手にあたえ、どちらも墜ちてしまう。ここでは相手に有効な命中弾をあたえ、みごとに相手を撃墜してその瞬間勝者とはなるが、同時にその直後に相手の有効弾をうけてみずからも撃墜される。これを真剣勝負では相討ちと称するが、これはたとえその場で相手を撃墜して瞬間勝利者とはなり得ても、みずからも撃墜されるのであるから、空中戦における相討ちは事実上の負けである。

四つ、お互いに秘術を尽くして戦ったが、どちらも有効弾を相手にあたえることができず、弾丸切れ、時間切れとなって勝負なし、引き分けとなる。

この四つの結果をもとに冷静に考えてみると、一目瞭然、真剣勝負において生き抜き、勝ちすすむために考えなければならないこととは、毎回の戦いで勝利者になることは至難のことではあるが、ここではまず負けないということを考え、これを実現し、つぎの勝負の権利を絶対につかむということで、このことを私はいつの頃からか考えるようになった。負けさえしなければ、戦いを重ねているうちに勝者になるチャンスをいつか必ず握り得ると知ったからである。

これが大空の真剣勝負の理念であると信じるようになったのは、十機を撃墜し得たころであったと私は記憶している。私が会見した欧米諸国の名だたるトップエースの人たちも、その表現はちがっても同じ意見であった。

また、昔から真剣勝負を語るについて、よく〝必勝の信念〟とか〝大和魂〟といった勇ましい表現法があるが、果たしてそれだけで勝者になれるであろうか、私の答えは「ノー」である。私たち日本人に大和魂があるならば、アメリカ人には〝ヤンキー魂〟や〝開拓者魂〟というあなどりがたい精神力があって、勝負師魂は同等であった。

真剣勝負ではいかに強がり、威張ったところで、もちろんその気力は必要ではあるが、肝心なことは、そのとき、その場の真剣勝負を相手より有利にすすめ、打ち勝つためには、自分のおこなう空戦に要する戦術、戦闘技術、戦いの進め方というものが理にかなっていなければ、勝利者には成り得ないということである。いかに勇猛心をもって相手に立ち向かってみても、相手の射弾の束《たば》の中に身を曝《さら》してしまったら一ころであり、命と飛行機はいくらあっても足りないのだ。

空中戦をおこなうパイロットの必須事項は、対戦闘機の空中戦においては、敵戦闘機固定銃の有効射距離（約二百メートル以内）において敵戦闘機の機首方向、直前方にのみ撃ち出される相手戦闘機の固定銃の射線の中に一瞬たりとも身をさらさないことである。さらに理想を追うなら、いかなる角度、体勢においても、相手機に機首を向けさせないよう、つねに占位するごとく行動することである。

このように空中戦は、まず負けない体勢をとることからはじめなければならないが、それをなすには、その戦いの初動において、冷静に正確に味方有利となるよう自機と味方機を誘導することに尽きる。このことは日頃の訓練研究、そして実戦の体験をもととして戦闘機のパイロット、とくにエース級のリーダーの誰もが心得ていると自覚していることである。ところが、いざ実戦場に立つと、血気と要心とが錯綜して、心と理論の組立が一瞬杜撰《ずさん》になったりする。そんなときには、エース級の強者でも、敵機に一瞬の隙《すき》をつかれて撃墜される悲運をまねくのである。

真剣勝負では、一度敗れたら永久に挽回の機会はないという鉄則を、実戦、乱戦の修羅場の中にあっても、瞬時といえども忘れてはならないことである。真剣勝負の場では、一《イチ》か八《バチ》かの暴勇はまず通用しないのである。

よく昔から「飛行機乗りの六割頭」という格言があるが、これは、すべてのことを一人で判断処置しなければならない単座戦闘機パイロットには、そのまま当てはまる言葉である。なぜなら、パイロットは一度意を決して空中に飛び立つと、そのスピードと高度に反比例して、人間としての能力が低下するからである。

とはいえ、戦闘機のパイロットは、真剣勝負の場にあっても、その低下率を最低限にとどめて自機を操縦し、味方列機を味方有利に誘導することが肝要なことである。これは何度体験しても至難のことであった。

が、しかし、冷静に考えてみると、同じ空域で同じ条件で戦う相手敵機パイロットたちも同じ人間である以上、自分と同等、いやもっと低下しているはずであるから、条件は同じである……と、そのように考えるようになるには、実際には相当の体験を要したのである。

ベテラン、エースといわれる強者パイロットは、その体験からときには追いつめた相手が初心者と見抜いた場合、そのパイロットの心のビビリ（おびえ）を、その操縦法から読みとるまでのゆとりを持つこともできたのである。

真剣勝負の「読み」

　さて、前述した理にかなう戦いの進め方とは何か。それは昔から「こうして、こうすりゃ、こうなるものと、知りつつこうして、こうなった」という教え――これは失敗に関する諺《ことわざ》として使われる言葉であるが、真剣勝負もそうと知っていたら、そうしなければよい、ということを意味する。

　では、その理にかなう空戦の進め方とは具体的にどんなことであったか。戦いにおいて理にかなうこととは、「読み」の一言に尽きると私は考え、そのように行動した。その体験から勝負師の「読み」には三つの鉄則があって、これを読みの三原則と考えて戦った。

　その第一は、読みの速さである。

　昔から戦いは巧緻より拙速を尊ぶといわれるように、お互いに秒速百メートル前後の猛スピードでふっ飛びながら戦う空中戦では、速いときはそれこそ「アッ」という間の勝負となるのであるから、ゆっくり考える暇などまったくない。

「ちょっと待ってくれ」といっても、相手はここぞと攻めたててくる。お互いに眼が早く、手が早く、腹黒く戦うのが空中戦だから、対敵した瞬間、この戦いはどう進めるのかという判断、処置能力が速くなければ、こちらがやられてしまう。少々杜撰《ずさん》であっても、速さこそが空中戦の第一義と考えて私は戦った。その場では相手も完璧ではないのだ。

　その第二は、読みの確実さである。

これは、直面した敵機を仕留めるまでに要する手順を誤らないということである。前述の諺のように、こうして、こうすりゃ、こうなるものと知りつつこうして、こうなった、とあるなら、他のことであればやっぱりこうなってしまったかですむが、真剣勝負では、失敗はすなわち死であるだけに、この考えは、観念は、しっかりと心底に焼きつけ、これを第二の天性として叩きこんでおく必要があった。ところが、いざ真剣勝負を眼の前にすると、これがなかなか難しいことなのである。

会敵を覚悟して、予想戦場空域に突入する直前に行なわなければならない数々の戦闘諸元の調整ひとつを採り上げてみても、また日ごろ地上にあるときでも、これが第二の天性となるまでに演練しておくことが肝要であった。

その第三は、読みの深さである。

これは読みの確実性と密接に関連していることであるが、味方が理想的な第一撃をかけ得たとしても、第二撃からは、お互いにその体勢を視認し合っての戦い、激しい動きとなることは必定である。とくに列機を率いて戦う小隊長以上のリーダーは、その瞬間、体勢から予測した目標敵機、これを支援しようとする他敵機の予想未来位置を二手、三手先まで深く読みきる必要があった。

たとえば、目標と定めた敵機に後方から襲いかかるとき、目標以外の身近にいる複数の敵機の動向に注意しなければならない。すなわち、自分が目標敵機を撃墜する時点で、どの方向の、どの距離に占位する敵機が、どの方向から撃ちかけてくるかを瞬時に予測し、撃墜の

ブーゲンビル島ブイン対岸のバラレを離陸、敵地攻撃に向かう零戦二二型。充分に加速、主脚を翼内に収納しつつある

直後、襲いかかるであろうその敵機に、どのように対応するかを読み切るのである。

無理と判断したら、その第二の敵機の死角に、いかにして喰い下がるか、これが修羅場における絶対的な読みの深さであった。もちろんここでは、日頃から阿吽《あうん》の呼吸で連動する列機の動きを読みとり、それを信用する観念が絶対に必要であった。

編隊空戦の妙味はここにあったのであるが、すべて完璧といえる味方絶対有利の理想的な空戦を達成した確率は、私の体験では、五〜六回に一回成功すれば上出来の方であった。当てと何とかは向こうからはずれる、というが、その予測がはずれたときの処置能力、これを私は変化即応能力と考えて戦ったが、この能力が読みの深さであったともいえるのである。

列機との阿吽の呼吸は、この時点でとくに必要であったが、お互いに機敏な連係を必要とする編隊空戦では、見た目に形のととのった三機編制は、戦いが激しくなるにつれて不具合なことが多くなった。そこで実戦では二機一組の組み合わせがよりベターであることを、日本海軍では戦争の中期になって気がつき、一個小隊を一、三番機、二、四番機の二区隊とする編隊空戦に切り替えた。

アメリカ海空軍は、一足早くにこれを実行して効果を発揮したが、サッチウィーヴ戦法はその典型である。私もF6Fヘルキャットの編隊との戦いのなかで、敵ながらみごとな連係プレーを見せられ、感心したことがあった。

戦いの主導権

固定銃を武器として戦う戦闘機対戦闘機の空中戦において、わが方として絶対に避けなければならない戦法が一つあった。それは、お互いに正面切って向かい合って撃ち合う反向（航）戦である。

これはそれこそ、戦法戦術以前の問題であって、お互いに軸線ぴったりでこれをやったら、相討ちになることは必定である。こんなことをたびたびやっていたのでは、命と飛行機はいくらあっても足りない。しかも零戦より火力が大きく、防弾装置をそなえた米英戦闘機に対しては無防備の零戦など、ひとたまりもなくやられてしまう。ここでは攻撃精神も大和魂も通用しない。うまく相討ちになったところで、これでは大空の森の石松である。人員と物量をほこる連合国軍とこのような戦いをやっていると、見た目は勇ましくは見えるが、最後は味方がゼロになってしまう。そこで戦闘機パイロットは考えるのだ。

さて、空中戦という真剣勝負を連想するとき、体験のない人たちの多くは、相手を面前に視認し、相手もこちらを直視したところから勝負が開始されると考えがちである。しかし、戦闘機対戦闘機の戦いは、広い大空をお互いに猛スピードで飛び交いながら、どこから敵が攻め立ててくるかわからない立体戦闘であるから、予想空戦空域に入ったと想定したそのときから、見えない敵機との戦いがはじまるのである。

その戦いとは、お互いに敵に先んじて敵を発見する見張り能力の戦いである。その結果は、敵味方のどちらかが相手を先に発見してまずその戦いの主導権をとるか、ほとんど同時に発見して立ち上がるか、お互いに相手を発見できず、時間切れの空戦成り立たずとなるかの三つである。その第一発見者は、味方編隊内に配置されたエースパイロットの誰かであって、私の体験では、列機たちに先んじられたことはただの一度もなかったと記憶している。

敵に先んじて敵を発見し、みごと第一撃をかけて第二撃に移るときには、敵もとうぜん気がつき、反撃をはじめる。同時に発見して立ち上がるときも、戦いは編隊同士の巻き合いになるが、ここでも編隊の中のエースが先頭に立つ。

このとき私は、大草原の牧場で数百頭の羊の群れを巧みに追い上げる牧羊犬の動きを理想の型と考え、すばやく行動するようつとめたが、うまくいったときは、敵編隊の急所を押さえることができた。それから後は各小隊がそれぞれ選んだ目標への突撃、照準、射撃、命中撃墜となるが、前述したように、そこにいたる進行の手順を誤らないことが肝要である。

空戦において勝利を得るためのその他の要素がすべて満たされていても、その手順を誤っては正しい結果は得られないということを、部下列機にも熟知させておく必要があった。なぜなら、とっさの場の列機との阿吽の呼吸が、狙っては一度や二度の好運と思われる勝利は得られても、これを徹底しておかないと、かならず取りかえしのつかない敗北を喫することになるからである。優れたエースには、かならずすばらしい列機がついていた。

紙数の都合で、接敵から目標設定、そして一機撃墜にいたるまでの微に入り細にわたる解説はできないが、勝負の最後のツメである敵機後方の絶好の射点に入り、絶対の好位置からする固定銃の空中射撃術理論の要点を本稿の焦点として記述してみることとするが、これはあくまで、私自身が実戦で得た体験から述べることであって、これが絶対に正しいとはいえないことである。

敵機の後方にせまり、絶対の至近距離からする同高度追尾射撃は別として、実戦での、敵機の後方に迫っておこなう射撃では、敵機の軸線とある程度の角度をつけた位置から射撃することが多かったが、そこでは次のような射撃に要する算定基礎を誤らないことが肝要であった。

その算定基礎の第一は、発射開始時の射距離の判定を誤らないことが大事で、これを誤ると他の条件が満たされていても、すべて駄目になる。ついで自分の撃ち出す射弾の弾速の確認。弾速は自速＋弾速＝合成弾速である。

たとえば自速二百ノットは秒速一〇二メートルであるが、発射される機銃弾、たとえば七・七ミリ機銃の初速は秒速約八百メートル弱であったから、合成弾速は約九百メートル／秒となる。私はとっさの計算を簡略化して、自分の撃ち出す機銃弾の合成弾速は約千メートル／秒と観念づけしていた。

じつは機銃弾の初速の測定は通常、地上ゼロメートルで行なわれていたが、当時の常用空戦高度四〜六千メートルの高度では、地上よりはるかに弾速は早くなる。このことも計算に入れていたからである。それに実戦ではお互いに機速も二百ノット以上の高速で射撃することが多かったから、ここではすべての計算を単純化、簡略化することが肝要だと考えていたからである。

つぎに敵機との射角（敵機の機軸と自機機軸との交角）の判定、そのうえに自機にかかる上下の浮き沈みと左右のわずかな横辷りによって生ずるGの測定、さらにこれによって起こる弾道の変化などの射撃諸元を瞬時に計算して、敵機の未来位置に向けて発射し、命中しない場合は、弾道と敵機を見合わせて瞬時の修正をおこなう。

その際、撃墜直前の興奮、後方敵機への気配り等々の心理的掣肘《せいちゅう》があり、エース級のベテランでも緊張する一瞬である。ここで経験の浅いパイロットが最も誤りやすいのが、射距離の判定と他の敵機への気配りであった。

射距離はどんなに地上で演練していても、空中の実戦となると、例外なく実際よりいちじるしく近くに見誤るもので、その誤差は初心者ほど大きい。極端な場合、百メートルで発射をはじめたと判断したのが、実際には二百メートルから二五〇メートルであったということは、通常的におかす誤りであった。

パイロットたちは、この射距離の判定のミスを、実戦の中で繰り返しながら戦いをかさねるうちに、突然、勘どころをつかむが、このコツを早くつかみ得た者がエースとなって躍り出たのである。

また、私は敵機に同高度で追尾するより十～十五度の角度をつけて攻撃することを好んでやったと述べたが、これには次のような理由もあったからである。

じつは太平洋戦争のはじめころの空戦で、敵機の真後ろに喰いついて撃墜したとき、七・七ミリ機銃と同時に発射した二〇ミリの炸裂弾が敵機の操縦席に命中して、その破壊された敵機の破片をまともに受けそうになったことがあったからである。また、なかなか墜ちない敵機を執拗に追いつづけ、その機だけに気を奪われて追いつづけている間に、他の敵機の追尾を自分が受けそうになったことがあったからである。

しかも敵機と同高度、同軸で追尾するときは敵機の胴体が細くなり、両翼もきわめて薄く見えるものである。このためベテランでも敵機との直距離を見誤り、早期発射を行なってミスすることが多かった。しかし、敵機を十～十五度の角度から見ることは、立体的に敵機を見る結果となり、これが射距離の正しい判定に役立つことになったのである。また、零戦よりはるかに頑丈にできているアメリカ戦闘機は、同高度追尾射撃では跳弾が多いこともその理由であった。

実戦での私の射撃理論

敵機を追いつめて行なう戦闘機の射撃法は、いわば〝戦闘機の射撃は漏斗の形なり〟――これが実戦の体験から得た私の射撃理論であった。

この意義は、先に相手戦闘機を後方から追いつめて仕留める理想的な射撃体勢は、完全追尾攻撃よりある角度をつけた方が効果的だと述べたが、これは寸秒をあらそう空中戦では、ぴったり敵機の真後ろに追尾するチャンスより、さまざまな角度で接敵攻撃する機会の方がはるかに多いからでもあった。

その角度とは敵機の後上方、後下方、そして右側方、左側方などだが、それに高度差が加わると、敵機の後方三六〇度からする攻撃法となるわけである。そして私は、敵機を漏斗の

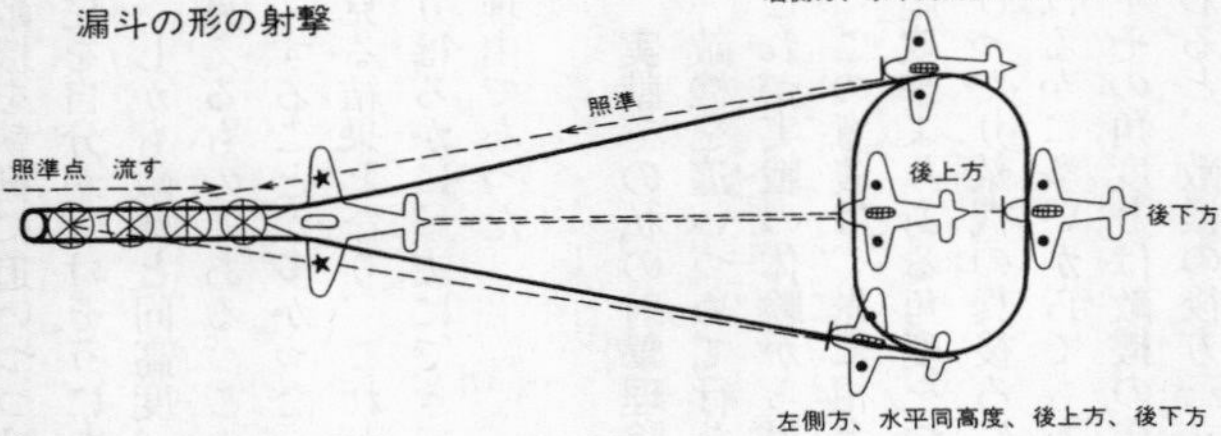

穴に置き、自分は漏斗の円形の縁《ふち》から穴に向かって攻めるかたちとなることに気づいたのである。

攻撃角度と急速に変化する射距離の変化による照準点の修正は、漏斗の注入管の先端から敵機のプロペラ軸先端へ流す方が、敵機の機尾から追い上げる方よりはるかに効率的であった。

東京大学工学部航空学科教授加藤寛一郎著の『零戦の秘術』の一説に、ドイツの第二次大戦における傑出したエース、ハンス・ヨアヒム・マルセイユの射撃法が紹介されている。それによると、『マルセイユが巴戦（?）に入って相手を撃墜する戦法は、相手機が自機の機首の下へ隠れた瞬間に発射する。これはいわゆるリード（見越し）角を使うことになり、このとき、発射した銃弾が到達する点へ相手機の機首エンジンまたは操縦席が飛び込んで被弾するという曲打ちである』とあるが、これは曲打ちではなく、浅角度の後方からする射撃法の正統法であって、追いタッチから瞬間、照準点を引きもどして行なう〝空中射撃は漏斗なり〟に通じるものである。

空中戦で幸運にも、その計算・射法がみごと図にあたり、敵機を破壊撃墜しても、緊迫した戦闘の中で、そのときの撃墜の遺《い》感覚をその場で頭と心と身体で反芻し、記憶し、そして焼き付け、つぎの戦闘に活用して再現することは至難のことであった。しかし、そのことを成し遂げる力を発揮し得たパイロットが、エースの中のエースとして躍り出るのである。エースたちは失敗と成功を繰り返しながら撃墜の勘所を、そのコツを会得し、己れの戦力としていったのである。

「撃墜のコツを」と若いパイロットたちに聞かれたとき、「射撃は逸《はや》る心を押さえ、遠距離発射をまだまだまだと我慢し、体当たり寸前まで敵機に近接し、撃った弾丸は全部命中させる気持で発射把柄を握れ！　それでも敵機までまだ五十メートルはあるものだ」私はこのように教えた。

私は一回の射撃に要する時間は約二秒と心得ていた。第一撃の二秒でミスったら、つぎの二秒のチャンスを捕らえる。その理由は、人間は長時間機関銃を撃ちつづけると、発射そのものに気を取られてしまい、自分を忘れて他の敵機にたいする警戒心がおろそかになるからである。そして初弾をはずしたあとの乱射乱撃になり、無駄弾となるからである。

息を止め、全神経を集中して射弾を送る！　相手戦闘機を一機撃墜するということは、敵機を空中で破壊し、相手パイロットを射殺することであるが、一歩間違えれば、悲運はこちらに回ってくる。こちらも必死なら、相手も必死の動きをする。

気がついてみると、大空の真剣勝負における勝利の確率は、私の場合、戦闘機以外の機種との空戦回数をふくめて撃墜率は約三五パーセントであって、六五パーセントは失敗に終わったということである。それほど相手を空中で撃墜するということは、生やさしいことではなかったのである。

昭和十九年六月二十四日の硫黄島上空におけるグラマンF6F戦闘機群との大空中戦に、右眼の視力を失った身で参加した私は、敵一機を確実に撃墜した後、誤って敵戦闘機十五機にかこまれて蟻地獄にたたき込まれた。その間、高度四五〇〇メートルより海上ゼロメートルまで、連続数十撃の攻撃を受けつづけた。

幸い、最初から最後までただの一発の命中弾も受けずに生還することができたが、それは敵機が時間切れとなって引き上げていったからである。しかも、そのときの敵機たちは技量中程度のパイロットたちであり、彼らは射距離と射角判定の射撃術の算定基礎を誤り、降下垂直旋回のスピードを変え、横辷《よこすべ》りを併用した飛行術を駆使して回避する私の機の未来位置の測定という変化即応の応用問題の解き方に失敗して、私をとり逃したのである。

一昨年、アメリカのテキサス州で行なわれたエアーショーの場で、私はこの硫黄島上空の空戦に参加したアメリカ海軍戦闘機隊十五機の中の、その後の空戦に生き残った一人のパイロットと会見する機会を得たが、あの日、母艦に帰った仲間たちが口をそろえて言ったことは、

「恐ろしく素速いゼロだったが、あの飛び方をされたら、俺たち百機でかかっても、墜とせなかっただろう！　と語り合ったものだが、あのときのゼロを操縦していたのは坂井中尉であったのか」と懐かしそうに毛むくじゃらの太い腕を差しのべ、握手を求めてきたが、とんだ出合いであった。

先手必勝

「真剣勝負の極意とは何か」と問われたら、私は躊躇なく〝先手必勝なり〟と答える。私たちが体験した大空の戦いでは、相手に先手をとられてしまった戦いでは、戦果を挙げるどころか、零戦隊でも編隊全部がしどろもどろの受け太刀になってしまったことがあったからだ。

空中戦闘における先手とは何か。これは前にもくどく述べたとおり、とくに編隊戦闘においては絶対に敵に先んじて敵機群を発見し得る優秀なる見張能力のことであり、これはいかなる戦闘技術よりも優先するものであった。編隊空戦の成否は、一にこれにかかっていたと私は考える。

私は戦後、第二次大戦の空中戦で勝ち抜き、生き抜いたアメリカやヨーロッパの名だたるエースパイロットたちと会談する機会をたびたびもったが、「格闘戦になってしまったら、お互いに急速な運動をくり返し、なかなか撃墜できなかったし、撃墜しても手間どり、みずからもピンチに陥ることが多かった。空中戦では相手が急速な動きに入る前に据物《すえもの》斬りにすることだ。先手必勝だ」と、意見はまったく同じであった。

「お互いに優れた視力をもったパイロット同士なのに、そのようなことがどうして出来るのか」私はこのような質問をよく受けることがある。が、できるのである。できなければならないのである。

戦闘機同士の戦いは、組んずほぐれつの巴戦、格闘戦をまず連想する人が多いが、実際には、これはお互いに気がついて戦う最後の手段であって、前にも述べたが、急速に動きはじめたら、お互いに機銃弾はなかなか命中しないのが実態である。それゆえに編隊戦闘では、わずかな敵発見の能力差が先手後手に分かれるのである。

　止まっているゴキブリや蝿は容易に打てるが、右に左に走り出したらなかなか打てない。室の隅にうずくまった鼠は捕まえることができるが、逃げまわりだしたら捕まえることが困難だ。変なたとえだが、空中戦とよく似たところがある。

敵に先んじて敵を発見し得るすぐれた見張能力こそが、先手必勝の必須条件ではあるが、神ならぬ身の人の力には限度があり、空戦空域ではいつ、いかなるときに敵戦闘機の追尾攻撃を許すかもしれない。とくに後下方から追尾攻撃されたらひとたまりもない。なぜなら、この位置は戦闘機にとって絶対の死角であるからだ。

「真剣勝負では一度やられたら、すべてが一巻の終わりだ」私はパイロットたちに機会を見ては注意したし、自分もこのことを守った。

「空戦空域に入ったら前方一、後方九を見張ると心得よ！　意気がってサングラスなどをかけている者がいるが、上空の紫外線に弱い白人には必要かもしれないが、日本人の眼は優秀だ、そんなものは必要なし。空戦場では眼鏡の縁《ふち》の陰にも敵機がいるぞ！」とも注意した。

　それでも後方から突然、射撃されたらどうするか。じつはエースクラスと初心者クラスとではこのように違うという場面を見せてくれる映像がある。これはテレビ画面でたびたび紹介された、太平洋戦争で零戦が確実に撃墜される実写である。映像はアメリカ海軍の主力戦闘機グラマンF6F戦闘機のガンカメラが撮影したものといわれているが、手に汗をにぎる場面である。

一機の零戦がやや上昇の直線飛行をつづけている。後方から迫ったグラマンが約二百メートルの距離から一二・七ミリ機銃六梃で一連射をかける。弾丸の束が零戦をつつむように至近距離を通過しているが、命中していない。このとき零戦は避退運動にうつらず、直線飛行をつづけている。グラマンはいったん射撃を止めてそのまま接近し、百メートル以内の距離に迫ったところで第二撃をかける。多数の弾丸がこんどは確実に命中し、零戦は破壊されて飛び散った破片が飛んでくる。そのとき、ようやく零戦は左バンク、左旋回で射弾回避にうつるが、緩慢な操作である。やがて大破壊がはじまり火を噴きはじめる。

なんともいえない場面であるが、あの零戦は味方編隊からはぐれてしまった若いパイロットであることは確かだ。歴戦のパイロットなら、不意に敵の射弾を後方から喰った場合は、間髪を入れず急速な操作で回避運動をおこなうものだ。

それが経験の浅いパイロットでは、空戦場に入ったら全力で見張れ、とくに眼のない後方は繰り返し見張れ、との教えをまもって見張りはするが、ベテランパイロットは、いま見た直後でも、そこから敵機が襲ってくるものだと思っている。だから、心の用意ができており、瞬間に反応する。

その点、経験の浅い者は、いま後方を見張ったばかりだから、そこから撃たれるはずはないと思って安心している。そこへ後方から射弾の筋が通ると、「何かが起こっている。変だなあ」とは気づいても、まだ反応しない。単機になった心細さが心をうつろにしている。そこへ第二撃の射弾の束《たば》が通る。「あっ、後ろから撃たれている」それでもまだ反応しない。やっと、「いけない！」と回避をはじめようとしたときはすでに遅く、身もすくんでしまい、多数の命中弾を受け、なすところなく撃墜の憂き目に合うのである。戦争末期の空戦では、アメリカ空軍の戦闘機もよくこのミスをおかして撃墜された。これが実戦というものである。

失敗を生かす

空中戦で受け身や後手にまわったときのミスは、前述のように取り返しがつかないことが多いが、攻撃側に立ったときのミスは、大きな教訓として次の戦いに生かすことができる。この研究心が大事である。

戦争がはげしくなってくると、一回の出撃で二回戦、三回戦となることがあるが、毎回勝利者になるなど思いもおよばないことだった。

私の場合、撃墜の成功率は、三十数パーセントであったと前に述べたが、これを逆にいえば、六十数パーセントは失敗に終わったということである。

この撃墜率はプロ野球の打撃成績と似たところがあるのはふしぎなことであるが、追いこんだ敵機を取り逃したときの失敗を生かすという考えが、一面きわめて大切なことであった。たとえば、きょう空戦で俺ほどの者が、あそこまで追いつめ、この敵機いただきッ！（撃

増槽タンクを懸吊、雲海につつまれるニューギニアの山岳地帯を背景に、敵地攻撃に向かう二五一空の零戦二二型

墜）と自信をもって撃ちこんだ射弾を、敵機が妙な、急速な舵使いでかわしたため取り逃したとき、逃した魚は大きかったのたとえにあるように、残念がっただけでは何にもならない。そのときの敵機の射弾回避の早技を、自分のものとして頭にたたきこみ、〝あの操作をやって、敵機は俺の射弾をかわした。つぎの空戦でもしもあの敵機のように自分が追いつめられ撃たれたら、あの操作をやったら避けられる。さらにあの操作に自分の操作を加味すれば、もっとうまく敵の弾丸をかわすことができるはずだ〟と、転んでもただでは起きぬという精神も、エースパイロットとしての心構えであった。

さて、支那事変で貴重な実戦体験をした日本海軍戦闘機隊は、果たしてその戦訓を活用したであろうか。単機空戦法から編隊空戦法へ戦術思想は移行したが、肝じんの空戦訓練、射撃訓練は旧態依然たるものであった。

空戦訓練は格闘戦のみを重視し、射撃訓練では後上方攻撃一点張りで、実戦即応の訓練は太平洋戦争開戦直前になっても得心のいくものではなかった。

それでは、なぜそれができなかったのか。その原因は、航空機にたいする決定的な予算不足であった。その結果、千変万化に対応する訓練は、太平洋戦争開戦前の訓練においても、ほとんどその域を出なかった。

もちろんこれは、予算不足が決定的な原因であって、そのため資材不足、施設の不備、人員不足が日常のことであった。信じられないかもしれないが、太平洋戦争開戦前の零戦隊の空中射撃訓練において、二〇ミリ機銃の射撃訓練はただの一度も行なわれたことはなかった。それは七・七ミリ機銃弾とちがって、炸裂弾を含む二〇ミリ機銃弾の一発の単価は比較にならないほどの高価なもので、日本の国力では、これを射撃訓練に使用することはできなかった。

空戦訓練においても、索敵、敵発見、接敵、立ち上がりといった実戦どおりの訓練をおこなうには、一回の訓練に要する所要時間が、単機空戦訓練の数倍を要することからしても、当時の日本海軍航空部隊の規模では不可能であった。わずかに年一度の小演習、四年に一度の大演習でその体験をする機会はあったが、効果不足であった。

このような状態にあった中で、昭和十三年末から翌十四年末までの九六艦戦時代、中支にあった海軍第十二航空隊でたびたび体験した実戦どおりの索敵、敵発見、接敵、空戦開始の訓練が、私の太平洋戦争の空中戦における見張能力を発揮する上において大いに役立ったことを、いまも忘れることはできない。

達見にもこれを実施した当時の戦闘機隊の飛行隊長は、現在においても私のみならず、多くの元日本海軍戦闘機隊搭乗員が尊敬する柴田武雄少佐（のち大佐、戦闘機隊の名司令）であり、分隊長は惜しくも太平洋戦争で散華された名指導者兼子《かねこ》正大尉であった。

このような実戦型の空戦訓練が、規制の中でも工夫をこらして日本海軍戦闘機隊全般でおこなわれていたら、太平洋戦争における空中戦に一段の効果をもたらしたであろうと考える。幾多空の戦友たちは、この地の攻撃に殉じ

また、この地より攻撃に出でて帰らざりき　佐々木信綱

この詩にあるように、多くの戦友たちは祖国の光栄を信じて散華し英霊となった。合掌。

最後に、ラバウル台南海軍航空隊戦闘機隊で、私の若き中隊長であり、実戦の場で驚異的な実力をつけ、トップエースの座に躍り出た笹井醇一少佐（当時中尉）の、彼が海軍造船大佐であった父親に宛《あ》てた、最後の通信文となった手紙の一節をここに紹介しよう。

その中に私のことが記されているので面映ゆい気がするが、空中戦闘の真髄は〝眼光翼背に徹する見張能力にあり〟を実証する一文であるので、あえてここにとりあげさせてもらった次第である。

『坂井三郎という一飛曹あり、撃墜機数五十機以上、特に神の如き眼を持ち、小生の戦果の大半は、彼の素早き発見にかかっているのでして、また、私も随分危険なところを、彼に再三救われたものです。人物技倆とも抜群で、海軍戦闘機隊の至宝ともいうべき人物だろうと思います。（中略）私の撃墜もいま五十四機、今月中か来月の半ばまでには、リヒトホーヘンを追い抜けるつもりでおります。私の悪運に関しては、絶対で百何回かの空戦で被弾はたった二回というのを見ても、私には敵弾は近づかないものと信じています』

怒れる零戦 情け無用の返り討ち

昭和十八年六月&十九年三月／チモール&トラック周辺の空中戦

元二〇二空搭乗員・海軍飛行兵曹長　大久保理蔵

昭和十八年六月初旬。ところはチモール島のクーパン基地である。昨夜、海岸ぞいの宿舎で南国の一夜をすごした私は、迎えのトラックで飛行場に帰り、滑走路上ですがすがしい朝の空気を、胸いっぱい吸った。そして洗面所で歯をみがこうとしたとき、電話のベルがけたたましく鳴った。

歯ブラシを口にしたまま受話器をとると、〝敵機来襲、出撃準備〟と叫ぶ声が耳に入った。

それ来たか！　と、履いていた下駄を靴に履きかえ、歯ブラシを投げすて飛行帽をかぶった。そして愛機の零戦にむかう途中で、ジャケットをつけた。

大久保理蔵飛曹長

それまで基地内にただよっていた静かな朝の空気は、搭乗員たちのあわただしく走る砂埃りなどで、すっかり濁ってしまった。愛機に飛び乗って指揮所を見ると、さかんに軍艦旗を振っている。これは〝全機急速発進〟の合図である。そしてつぎに、黄色の長三角旗が振られた。〝離陸とともに低空を哨戒せよ〟の命令だ。

一方、わが機の整備員は両手をふって〝調子はどうか〟と合図している。私はチョークをひき、全速運転をためしてみる。調子は上々だ。私は手を上げて整備員にこれをつたえた。整備員は、にっこりと笑って機側をはなれた。

私は、力一杯スロットルレバーをひらいた。地上が動く。しずかに、しかし雄々《おお》しく零戦は地上を滑走しはじめた。列機も快調なエンジンの音をひびかせて離陸する。

スピードは六十五ノット——操縦桿に力が入った。愛機は、いきおいよく地上をけった。そして椰子《やし》の木をスレスレに反転して、ふたたび飛行場の布板信号を見た。〝一八〇度方向にとくに注意せよ〟との命令である。

われわれ零戦六機は、高度を七百メートルにとって飛行場周辺の上空を哨戒する。機の調子はすこぶる快調だ。しかし、さっき磨こうとしていた歯ミガキ粉が口のなかに残っていて、どうも気持がわるい。

心身ともに完全な状態で戦いに挑むことこそ、期待どおりの戦果を上げることができるのである。といって、機内には口をすすぐ水はない。やむなく私は唾液《だえき》で口のなかを一杯にして、歯ミガキ粉といっしょにグッと飲みこんだ。

好機を逸した安全装置

出撃の時を待つ零戦二一型。無駄のない胴体ラインが実感できる

離陸してからずいぶん長い時間がたったような気がしたが、時計を見るとまだ三分ほどである。われわれはクーパンの町の方向に機首をむけて、飛行場上空を去ろうとしたとき、突然、敵の一機をみとめた。

低空哨戒でいささか退屈していたときなので、ちょっといたずらでもしてやるか、とばかりに機を切り返した。

すると敵も切り返しをおこなった。〝敵サン、なかなかやるな〟と、私は有利な態勢にもってゆくべく、零戦特有の軽快な運動性を利して、敵機の動きにピタリとついた。

すると突然、地上から曳痕《えいこん》弾が数発ひかって、上空で炸裂した。

〝バカヤロー、上空には俺たちがいるんだぞ。さっき離陸したのにもう敵味方の区別がつかんのか——味方の一機にでも当たってみろ、帰ったら、ぶん殴ってやる〟と、いささか頭にきた。

ふたたび前方を見ると、さっきの一機はすでにいない。地団駄をふんで、おもむろに北方海上に眼をやると、来た来た、まったく無格好な英空軍の双発ブリストル・ボーファイター六機が、地上を銃撃しながらわれに向かって来る。

しだいに彼我の距離がちぢまる。地上からの味方の曳痕弾などに、かまってはいられない。――絶好の距離を見はからって、それっと切り返した。そして前上方から、無理を承知の攻撃態勢で突っ込んだ。

照準器に一機が入った。と同時に、私は引き金をひいた。

カチッ！　弾丸が出ない。よくみると安全装置がまったくそのままなのだ。〝俺としたことが〟と悔やんでみてもはじまらない。

私はとっさに反転して、こんどは間違いなく安全装置をはずして、べつの一機に後上方から攻撃をかけた。

敵は椰子《やし》の木スレスレに〝逃げるが勝ち〟とばかり、地上を銃撃しながら逃げだした。私は一連射した。みごと右のエンジンに命中した。敵は白煙を引きながらなおも逃げる。しかし尾部には機銃がないので、安心してこれに追尾した。つぎの瞬間、敵機はエンジンから火をふき出し、ジャングルのなかに猛烈な勢いで突っ込んでいった。

そのとき高度計を見ると、ほとんどゼロである。椰子の木にふれるのではないかと思われる低空で飛んでいたのだ。そしてあたりを見まわすと、すでに敵味方ともに一機の飛行機も見えない。どうしたのだろうか、といささか心配になったが、相手がいなくてはどうしようもない。やむなく機首を基地にむけ、帰投することにした。

銃撃による被害はまったくなかった。布板が三角旗になっている。〝着陸せよ〟の合図だ。着陸して僚友の一人にきくと、わが方に損害なし、戦果はブリストル・ボーファイター六機のうち五機を撃墜、一機は不明だが、たぶん撃墜されたであろうとのことだ。

みごとな戦果である。その夜、宿舎で戦友と飲んだビールの味は、いままで味わったこともないほど、じつにうまいものだった。

みごとドテッ腹に風穴

昭和十九年三月はじめに、二〇二空は戦闘三〇一飛行隊および戦闘六〇三飛行隊より編成して、第二十四航空戦隊所属となった。六〇三飛行隊もすべてニコバルから転進して来て、実動機数七十数機という大戦闘機隊となり、まさに全機発進時には、大地をもゆるがす轟音のなかで飛び立つという、じつにかぎりなき頼もしさがあった。

そのころの昼間、ニューギニア方面からB24爆撃機が二十数機の梯団で来襲する日が多くなってきた。しかしトラック環礁竹島にいる二〇一空の零戦三十機あまりと、わが基地の百機以上の大邀撃隊が毎回、B24のほとんどを撃墜し、追いちらした。

ある日のことであるが、例によってB24が〝こんどこそは〟と意気ごんで来襲してきたので、われも負けじと邀撃にむかった。

熾烈《しれつ》の空戦を敢行すること数十分――いつものように零戦がほこる軽快な運動性を利して、そのほとんどを撃墜もしくは追いちらしたが、ある一機は、座席付近から紅蓮《ぐれん》の炎を出しながらも、なおも高度を下げずに飛びつづける。

私は、この機がどうなるかと、多少、おもしろ半分に見とどけることにした。するとB24は、装備品やらその他、搭載品を機外に投げ出しはじめた。そして少しずつ高度を下げる。すでに残ったB24の編隊からははなれている。

すると、これもいつものことであるが、きまって落下傘が二つ三つと空中に開くのである。わが基地ちかくの海上に降下して、なお生命が助かると思っているのか。もちろん味方基地の方向に泳いでいけば、潜水艦かあるいは哨戒艇などで救助されることもあるだろうが、われわれではまったく考えられないことである。

いよいよ高度の下がったB24が、一つの物体が落下するように海上に激突し、まもなく機内から他の搭乗員たちが、海上に飛び出してきて泳ぎはじめるときは、敵とはいえ、ちょっとかわいそうな気がした。

こうして連日にわたる邀撃戦で、おどろくべき大戦果を上げた蔭には、野田飛曹長や吉永（階級不明）という、尊い犠牲者が出たことを忘れてはなるまい。

墜落する火ダルマの敵機

しかしその後、敵の攻撃はいっそう激しさをましてきた。そしてパラオが大被害をうけ、メレヨンも連日の奇襲をうけて、すでにトラックだけとなったわが航空隊に対して、敵機動部隊は、その圧倒的物量にものをいわせて、太平洋諸島をあばれまわっていた。

当時トラックには、楓島にわが艦爆、艦攻が若干数いた。そして竹島に二〇一空の戦闘機が二十数機、夏島に七十数機と水上機が若干あり、これがこの方面の全航空兵力だった。

われわれ二〇二空の搭乗員は大部分が、当時、戦地勤務一年半以上のものが多かった。そして隊長の鈴木実少佐は、

「帝国海軍は目下、大東亜決戦部隊という、常時実動機数一千機以上をもった大航空部隊を編成している。このトラックにもやがて進出してくるだろう。それまでわれわれは、全力を尽くしてここを死守しなければならぬ。その後は内地へ帰れるのだから、それまではなんとしても頑張ろう！」と、口ぐせのように言っていた。

しかし敵も、昼間は戦訓によって攻撃しても無駄とあきらめ、夜間の来襲が多くなってきた。そんなある夜、冬島から〝敵編隊一五〇度に発見す〟との報に接し、ただちに基地をけって、夜の空を哨戒するため二小隊が上空に舞い上がった。

こうこうと光る月が海面に映えて、じつに美しい。だが敵の姿はまったくみとめられない。この、夜の大空をのんきに飛ぶのはじつに気持のいいものだ。

と、そのとき〝敵機〇〇島上空にあり〟との報が入った。一瞬、緊張する。地上からは探照灯が数条、暗い夜空を照らしている。われわれは眼をこらして前方を注視する。探照灯の光をさけながら地上を見ると、まるで仕掛け花火のようにじつに美しい。

ふと耳をすますと、探照灯に照らし出された敵機が、敢然とわれに向かってくるのをみとめた。私はグッと操縦桿に力を入れて、どうしたら有利な攻撃態勢に入れるかを思いめぐらした。

とにかく昼間の攻撃とちがって、夜間攻撃ともなるといままでの戦法では、絶対に勝つという自信はうすれる。

私は思いきって、敵機の腹部に占位することにした。相手のスピードと距離を頭に入れて、あたかも吸いつくように腹部に占位した。昼間ではなかなかできない芸当だ。しかも、このときほど敵機が真っ黒い(もちろん夜のせいもあるが)巨大なものに見えたことはなかった。

〝あせってはいけない、まだ絶対有利という位置ではないぞ〟と、はやる心をおさえながら、なおも敵機とのスピードを合わせて距離をたしかめた。

〝それ、いまだ〟私はグッと引き金をひいた。バリバリバリ……矢のように敵機の腹部に命中した機銃弾は、真っ赤な炎とともに飛び散った。すかさずまた一撃をくわえた。敵機は、あっというまに全機が炎につつまれて、まるで火の玉のように海上にむかって逃げ出した。

暗い夜空に、巨大な流れ星のようにしだいに高度をおとしながら逃げて行く。私はなおも追いつづけた。少し近寄ってもう一撃、止めをさそうかと思ったが、とても近づくこともできず、また火の玉なのでどこを射っていいかわからない。

しばらく追いかけるうちに、とつぜん火の玉が無数に分裂して飛び散った。そしてついに大爆発とともに墜落していったのである。

夜間ならではの芸当

撃墜を見とどけた私は、ふたたび機首を、空中戦が展開している方向にむけた。昼間ならば、ひとめで空戦場がわかるが夜間では、うっかりいまのように深追いすると、方向音痴《おんち》となって思わぬ方向に行ってしまうことがある。

せっかく敵機をほふっても帰投できなくなったら、それこそアブハチとらずである。とくに夜戦になれていないわれわれでは、よほど注意しないといけない。

いささか心配しながら飛ぶうちに、無事に（？）ふたたび空戦場に達した。見ると、まだ数機の敵が探照灯にガッチリとキャッチされているのをみとめた。我が機もときどきその光芒のなかに入ってしまうが、そのときの敵のあわてようといったらない。

なんとかして光のなかから逃れようとするが、わが零戦は、そうはさせじとピタリこれに追尾するのだ。われはすでに光芒の外だ。そしてさっきと同じように、ふたたび敵機の腹部に吸いつくことにした。昼間と違ってまったく楽《らく》に占位することができる。そしてまた思う存分に攻撃することができるのだ。

私は呼吸をはかって、ちょっとスピードをはやめて、腹部めがけて機首を起こした。しだいに距離はちぢまる。敵サン、もう気がついたかな？　そんなことはどうでもよい。吸いついたらこっちのものだ。

と突然、わが機のすぐそばを、黒いものがスーっと走った。

〝あぶない〟と、行きすぎる黒い物体をよく見ると、なんだ味方機じゃないか。——あやうく衝突するところであった。

私は引き金をひいた。さっきと同じくまたもや腹部に命中だ。さあこれで二機めだぞ！私はこの大戦果に思わず快哉をさけんだ。そしてすでに終わりつつある熾烈な空中戦に、つぎの獲物をもとめて機首を起こした。

三十二機撃墜 私の海軍戦闘機隊

機関兵から航空兵を志し太平洋戦争を戦い抜いた零戦乗りの一代記

元「翔鶴」戦闘機隊・海軍飛行兵曹長　杉野計雄

私は大正十年、山口県小野田市に生まれ、昭和十四年、海軍を志願し、四等機関兵として呉海兵団に入隊した。そして三等機関兵のとき進水したばかりの新鋭駆逐艦黒潮《くろしお》艤装員となり、大阪藤永田造船所に派遣された。

黒潮の公試運転が終了すると同時に、連合艦隊に合流するため、単艦で南支方面に出撃した。厦門《アモイ》到着前に艦隊に合流し、作戦に参加した。艦砲射撃で厦門島の上空高く黒煙の立ちのぼるのを眺め、戦闘とはこんな平穏なものかと思ったくらいで、敵の反撃も見ずに引き揚げた。

途中、台湾の基隆《キールン》港に接岸し、台北まで上陸した。その後、遅れていた操縦練習生に入校するため、鹿児島の志布志湾に入港後、退艦して霞ヶ浦に入隊した。受験したクラスはすでに飛行訓練にすすんでいたが、機関長のお世話で後のクラスに入るように手続きがしてあっ

杉野計雄飛曹長

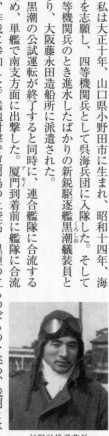

たので、さっそく土浦航空隊に移動した。十七期練習生であった。

そのころから少年航空兵を乙飛、一般隊員の中から募集した者を丙飛、中学五年から入隊した者を甲飛と呼ぶようになった。乙飛は昭和五年からはじまり、甲飛は昭和十二年から、丙飛は操練といって第一期は大正九年である。

土浦では飛行練習にすすむ前の座学が主で、整備、通信、体育、気象学などの基礎的教育であった。そして昭和十六年四月、茨城県友部町の筑波航空隊に入り、飛行練習生の教育をうけた。担当教員は三等飛行兵曹の中島隆。練習生は二等機関兵の杉野計雄《かずお》（私）以下、三等水兵の谷水竹雄、杉田庄一、加藤正男、篠原であった。中島教員は中支方面の新司偵（九八陸偵）による偵察で、抜群の功労により金鵄勲章を受章されていた。

私は先任練習生でクラスをまとめる役であったが、若い兵隊をいじめたことは一度もなかった。卒業と同時に各自のすすむ機種が性格や技量等によって決定されるが、私たちは珍しく四人も戦闘機に決まり、他のペアからうらやましがられた。

卒業後、大分航空隊で実用機の教育に入るのだが、当時、使われた戦闘機は九〇式艦上戦闘機、九五式艦上戦闘機と、いずれも鋼管と木材で組み立てられた骨組に布張りの複葉（二枚翼）で、前者が尾橇《びそり》、後者は尾輪であった。発動機もむき出しにカウリングという鉄板の輪で包まれていた。ライト兄弟が乗った原型そのものであった。

九五戦を終了すると、中翼単葉に変わり、九六式艦上戦闘機となりジュラルミン製の機体に変わった。九六戦は第一線で活躍中であったが、昭和十六年に入って零戦の生産が開始されて、艦隊や実戦部隊への配備がはじまった。十七年後半からはぼつぼつ練習隊にも零戦が配置されるようになった。九六戦までは首から上は吹きさらしで、必然的に鷲《わし》眼鏡がないと飛べなかったが、零戦はキャノピー（風防）があるので、直接外気には触れなくなった。戦闘機の機関銃は、飛行機の機軸に合わせて固定されている。照準器もそれに合わせて取り付け調整される。昔の戦闘機の照準器はボイコーという望遠鏡のようなものであったが、零戦ではＯＰＬというガラス板に電光の輪が出て、それで照準するようになった。視界も良好で、非常にねらいやすくなった。

戦闘機の射撃訓練は、まず写真銃でねらって弾丸の代わりに一コマ一コマの写真をもって判定し、この訓練ののちに実弾を射って、その弾痕で命中を判定する。一本の吹流し曳的に数人が射撃すると、誰の弾痕かわからない。そこで各人色別して、弾頭塗料をつけたものを射つので、命中弾が誰のものか区別できるのである。

写真銃射撃が終わると、各自そのフィルムを現像してもらい、座学のときに映写して教員から注意をいただく。つぎの訓練であらためて射撃する。その結果をまた判定してもらって、技量上達をはかるのである。私の場合、良い照準で申し分ないが、距離が遠すぎるのでこれでは命中弾ゼロだと注意された。教員に「明日はぶつかるつもりでやってみよ」と注意をうけた。

その翌日の訓練で、もう少しもう少し、と待って吹流しが大きくなったので発射ボタンを押した。パーンと大きな風船が割れたような音がした。振り返りながら機首を上げたが、曳的機に吹流しのない曳索が長く流れるように見えた。

これはしまった、と後悔しながら着陸して、体当たりしたことを報告すると、教員がにこにこ笑いながら、「やったな、あれでよい。しかし、二度とぶつかるな」とやさしく注意された。

その日の午後、試写会があり、私の番になったとき、教員が「みんな、よく見ろ」と一声かけられた。写し出されたフィルムが、三、四コマで真っ白くなった。ぶつかった瞬間である。教員がみなに「これは目をつぶって発射しても弾丸は命中する。しかし、自分も死んでしまう。体当たりだ。射撃のコツはいかに接近できるかだ。皆もよく覚えておけ」と注意があった。

私はよい体験をしたおかげで、各自が命中弾を記録する方眼用紙に、命中弾一発で一センチの赤線がみなの十倍くらい折り返しに伸び、飛行学生や艦攻隊の学生までが見にくるようになった。なにか皆にすまないような気分になった。

戦後、私は海上自衛隊で草分け当時から教官をしたが、この昔の教訓を生かして後輩を指導することができた。私を育ててくださった教員は、戦闘機隊にその名も高い相生高秀中佐（戦後海将）に熱愛された戦闘機隊の名パイロット吉田滝雄飛曹長教員である。

空母大鷹乗組

戦闘機課程を卒業した私たちは、千葉県木更津基地で編成された第六航空隊（森田部隊ともいう）、のちの二〇四空（ラバウル航空隊）に転勤した。

昭和十七年四月十八日、B25十六機によるドーリットル空襲が行なわれたが、この敵襲に刺激され、かねて立案されていたミッドウェー島攻撃が急速に具体化された。六空は占領部隊となるため、空母赤城に司令ほか六機を、加賀に玉井浅一飛行長ほか九機、蒼龍に三機、飛龍に三機と搭乗員を分乗させ、五月二十七日、岩国沖を出撃した。私は赤城に分乗した。

一方、六空は別動隊として宮野善治郎大尉（海兵六五期）が十二機をもって隼鷹に分乗し（谷水兵曹ほかはこの方で）、関門海峡を堂々と通過して、龍驤とともにアリューシャン作戦に出撃して行った。

ミッドウェー海戦の結末は、周知のとおりである。私はこの戦闘で飛ぶこともなく、昼前に被弾して炎上、傾いた赤城から沈没で巻きこまれないように、日没前に離艦して漂流していた。そして、暗くなる前に味方駆逐艦に海中から救助された。一方、ダッチハーバー攻略の宮野大尉の隊は、P40三機、PBY飛行艇二機を撃墜し、士気をあげた。

ミッドウェー組は上空哨戒中、来襲した敵グラマン五機を撃墜したが、全空母を失い、全機を失った。こうして六空の搭乗員は救助され、六月末から七月初めにかけて木更津に復帰した。木更津では下士官兵全員は一ヵ所に隔離され、縄張りの中で番兵に監視された。

しかし七月下旬、私たち四名（米田康善一飛曹・丙二期、安達繁信一飛曹・乙九期、杉野計雄二飛曹・丙三期、谷水竹雄二飛曹・丙三期）は新編成の空母春日丸に乗組を命ぜられ、転出することになった。なお、大分航空隊気付空母春日丸戦闘機隊は左記のとおりであった。

飛行長＝五十嵐周正少佐（海兵五六期）。
飛行隊長兼分隊長＝塚本祐造大尉（海兵六六期）。分隊士＝松場明夫飛曹長（操練二六期）。
先任搭乗員＝青木恭作上飛曹（操練二五期）。搭乗員＝大久保良一上飛曹（操練二七期）、近藤任上飛曹（乙飛六期）、前田英夫上飛曹（甲飛一期）。ほか前記四名　合計十一名。

九月になると春日丸は空母となり、大鷹と艦名を改め、菊の紋章がつけられた。搭載機は艦戦十一機、艦爆十機で、艦隊の護衛を主とする計画だったようである。そのため空戦性能のよい九六式艦上戦闘機が採用されたと聞く。

空母といっても飛行甲板が短くて狭かった。合成風力を必要とする空母には、無風状態時の艦速が二十ノットでは、十メートルの風しかないので、発着艦が非常に困難であった。南方海域ではときどき無風状態のときがあるが、そんなとき、見張りが眼鏡で波を見つけ「何度の方向に風あり」と叫び、艦橋に報告したという笑い話もある。

大鷹も間もなくトラック島に進出することになった。多数の陸軍を便乗させ、南方戦線への補給物資を満載して瀬戸内海を出港した。陸地が見えなくなってからは、対潜哨戒は自分でやらなければならない。艦爆隊は針路前方を、戦闘機も協力して直近の対潜哨戒を分担することになった。六〇キロ弾をかかえて哨戒するのであるが、馴れぬ仕事のため初めのうちは雲の影や小魚の群れに緊張したり、鯨を潜水艦と間違えたりしたが、回をかさねるごとに馴れてきた。

あるときは、突然浮上した味方潜水艦を敵と間違え、緊張したこともあった。それでも無事航海を終わり、トラック島に入港したときは責任を果たした喜びを味わった。

トラック基地

トラック島とは一つの島の名ではない。周囲数十キロもある大珊瑚環礁にかこまれたなかに点在する島の総称で、春、夏、秋、冬の名の大きな四島のほかに松、竹、梅、楓等の名の七島および小島を総称してトラック島と呼んでいる。

春島は大きな島で、大型機の発着できる飛行場があり、守備隊本部や施設隊本部のほか囚人の作業部隊もあった。刑期が三分の一に短縮されるので、志願してきたという人もいた。夏島はこれに隣接した島で、南洋委任統治領の中心となる島で、軍の司令部、通信隊本部、海軍の大病院、水上機基地、造船所、市場、鰹節工場、貿易商社、土民の小学校、料亭、それに将校用、下士官兵用、軍属用、一般用などと区別して慰安所も建ち並んでいて、活況のある島であった。

私たち戦闘機隊が駐屯するのはほとんど竹島であった。竹島には夏島の前の小島をくずし、海面を埋め立ててつくった、長い滑走路を一本のばした飛行場があった。高角砲や重機関銃、探照灯、それに大砲まで据えつけられ、要塞になっていた。

設営隊が使っていたというバラックを宿舎に利用して、基地訓練をおこなった。この当時は士官用宿舎は滑走路寄りに数軒しかなかったが、どんどん建設されていった。

われわれは内地を往復して輸送業務をする母艦が、たくさんの飛行機や物資を搭載してくると、マーシャル群島の飛行場や比島ミンダナオ島ダバオ飛行場に艦爆や戦闘機をとどける業務に協力した。また、パラオ島に陸軍の兵員や武器糧食を輸送する業務にも協力した。パラオを出港してトラック島に帰ったら、入港した戦艦大和の見学にまねかれた。山本五十六長官座乗の旗艦である。久しぶりに真っ白い軍服に着替え、内火艇から大和の舷梯を登った。遠くから眺めていたよりはるかに大きいのに驚いた。舷門を入ると、艦橋側舷甲板に戦闘機なら着艦できそうなのには、また驚いた。主砲塔内に入って、尾栓が六畳の大きさほどあると聞かされた。主砲の弾丸にも触れてみたが、大型魚雷ほどもあった。すべて他の戦艦とは比較にならないほどで、それ以後、大和には言い知れぬ親しみを感ずるようになった。

八月二十四日の第二次ソロモン海戦につづき、十月二十六日の南太平洋海戦と、戦闘は熾烈となった。旗艦大和も出撃して陣頭指揮をとることになり、大鷹もあとにつづいて南進を開始した。われわれも上空哨戒を開始したが、敵飛行艇二機が接近してきたので追撃した。気づいた敵は全速で遁走し、とり逃がしてしまった。零戦ならきっと墜とせたろうに、と残念でならなかった。

最前線の戦闘は彼我ともに大きな損害を出し、大鷹もトラック島に引き揚げることになった。環礁内に入る前、飛行機は着艦収容され、基地の水上機と交代した。搭乗員室で汗を拭いていたら、「狭水道通過五分前」の号令が放送されたので、上衣を着用した。その瞬間、大きな衝撃と爆発音を聞いたので、ふいにミッドウェー海戦を思い出した。

まず格納庫の愛機へ急がねば、と搭乗員室をとび出したら、キナくさい火薬の臭いがした。艦内放送で、「敵潜水艦の魚雷攻撃をうけたが、沈没の心配はない。応急隊、搭乗員室前に急げ」と号令がかかったので、格納庫に行くのを止め、つぎの号令を待った。

艦は徐行しながらリーフ内に入った。魚雷をうけたことを知った駆逐艦と水上機が来て爆雷をあちこちに投下したが、敵潜水艦を撃沈することはできなかった。

あとで知ったが、魚雷は四本発射され、一本は深く艦底を通過、一本は右舷から左舷を貫通して不発、一本は右舷に刺さったが不発で脱落して沈み、一発だけが機関科居住区下の倉庫に命中して炸裂した。これで右舷に大穴が開いたが、沈没はまぬがれた。もしも、もう少し後部に命中していたら弾庫で、もっと後部なら機関室に命中して沈没したであろう。また正規の空母なら貫通せず、それに吃水が深いため通過することもなく沈没したかもしれない、とみなで幸運を喜び合った。

トラック入港後に検討された

昭和19年、筑波海軍航空隊帝都防衛戦闘機隊のころの杉野計雄上飛曹と零戦

結果、現地修理は不可能で、内地に回航と決まる。破損個所を筵《むしろ》やキャンパスで覆い、敵潜水艦におびえながら低速で内地に回航した。入港は横須賀と聞いていたが、着いたところは呉であった。

教員から艦隊へ

入港後、飛行隊は解散となり、戦闘機隊は全員が大村航空隊に転勤となった。ここで初めて教員となり、卒業寸前の甲飛七期を担当した。彼らの卒業と同時に新編の佐世保軍港防衛戦闘機隊に転勤となり、卒業したばかりの甲七期の和田猛、鶴崎好信、上妻光、甲斐正一、塩野三平二飛曹らと谷水竹雄兵曹とまたまた一緒に転勤した。転勤といっても現地移動である。

佐空戦闘機隊の編成は次のとおり。隊長＝黒沢丈夫大尉（海兵六三期）。分隊長＝蔵本正雄中尉（予備学生八期）。分隊士＝赤松貞明少尉（操練一七期）。先任搭乗員＝松本義晴上飛曹（操練二八期）。搭乗員は杉野計雄二飛曹（丙飛三期）、谷水竹雄二飛曹（丙飛三期）、小林武二飛曹（丙飛二期）。ほか前記の甲七期以外の若年搭乗員。

前線から帰った小林武君が加わり、指導員がひとり増えて少し楽になった。佐空戦闘機隊は軍港の上空哨戒をするのが任務であった。二度ほど上空哨戒にあがっただけである。もっぱら若年搭乗員の練成訓練が主であった。

ある日、甲飛出身の一人が、命中弾ほしさに追尾ぶら下がり射撃をして曳的機を射ち、小林君の臀部に機銃弾が命中した。彼はひるまず操縦をつづけ無事着陸した。あとに善行表彰されたが、見舞に行った私に、「戦場では幸運にやられなかったのに、後輩にやられた」と苦笑していた。その小林君も昭和十九年二月七日、南寧上空の戦闘で戦死した。

黒沢丈夫隊長は御巣鷹山の日航機事故のときの、あの群馬県上野村の村長さんで、ご存知の方も多いと思う。しかもあのときのパイロットは、昭和三十三年に海上自衛隊の鹿屋で教官をしていた私の教え子のひとりである高浜雅己君である。当時、民間航空パイロットの不足から、自衛隊パイロットの引き抜きが多く困ったので、協議して割愛制度ができたが、そのときの制度で日航に転出した一人であった。

さて、昭和十八年三月、またまた転勤で、谷水君と二人で艦隊航空隊戦闘機隊富高基地に入隊することになった。すでに多くの搭乗員が着任していて、やあやあとほとんどが旧知の顔ぶれであった。初めての人はほとんどが新人のパイロットで、海軍戦闘機隊は狭いんだな、と感じたしだいだった。

富高で各艦別に分かれ、それぞれの基地に移動していった。私と谷水はともに翔鶴で、鹿児島県鹿屋市の笠ノ原基地と指定された。

隊長以下三十四名は各自飛行機で笠ノ原に移動した。瑞鶴、瑞鳳は鹿屋飛行場に進駐した。笠ノ原飛行場は鹿屋市街の東方四キロのところにあり、志布志にいたる東西にのびた笠ノ原街道の南側に平行した一本の芝生の飛行場であった。

訓練も薄暮、黎明、夜間の訓練にくわえ洋上航法や新しく採用された二機、二機の四機編隊が取り入れられた。またミッドウェー海戦の戦訓を参考に、敵空母の発着甲板を破壊し、飛行機の発着を不能にする。そして撃沈はあとで専門の雷撃隊に委ねるという戦法（零戦の降爆隊編成）が考えられた。すなわちA攻撃隊構想である。

かつて支那事変当時、九六戦で爆撃をおこなったことがあるが、投弾直後、何回か自爆したことがあった。検討の結果、せまい脚間隔のため投弾直後、爆弾の風車が接触し爆発、自爆したことが判明した。それ以後、戦闘機による爆撃が禁止された。しかし、零戦は引込脚となったので、その心配はなくなった。また外国の戦闘機は小爆弾攻撃をしているではないか、ゆえに爆撃を再開すべきだとの結論に達し、このたびの実現となったものだった。

零戦は二五〇キロ爆弾も搭載できるが、六〇キロ爆弾なら運動も軽快であり、甲板破壊は十分だ。小林保平大尉が研究の責任者となり、つぎの編成ができた。

一番機＝小林保平大尉（海兵六七期）、二番機＝杉野計雄一飛曹（丙三期）、三番機＝脇本忠雄一飛曹（乙一一期）、四番機＝谷水竹雄一飛曹（丙三期）。

飛行場東端の小川の川砂と使用ずみの射撃の曳的の麻布を利用して、一キロ砂弾をつくる。つぎは指揮所横に石灰で五十、二十メートル直径の輪を描く。投弾の標的である。つぎは降爆方法である。机上計画を立案し、一つ一つ実験してデータを記録し、改良改訂をくりかえして接的進入、投弾、避退と諸元をさだめ、高度、速度、角度などを研究し実験してはデータをあつめ、検討改善をくわえ、最良の爆撃法を編み出すのである。ときには艦爆隊の指導を仰ぐこともあった。

実験をかさね一応の目安ができたころで、鹿児島市の鴨池飛行場に移った。海軍記念日のころ、鴨池に予科練が開隊したが、私はこのとき初めて七ツ釦《ボタン》の予科練生を見た。兵学校生徒の服装によく似ていた。

鴨池での訓練は、内地最後の訓練となったが、隊を二分して編隊空戦をやった。このとき、佐藤仁志先任搭乗員と檜垣英次郎上飛曹が空中接触し、両機とも翼端を切断したが、幸運にも両機とも飛行場に帰投できた。奇跡的といおうか。

その後、昭和十八年七月十五日に出港、南進中の母艦を追って全機収容され、トラック島に進出する。

艦攻、艦爆が多いので、大鷹とちがって対潜哨戒の任務から解放された。数日後、無事トラック島に入港し、竹島飛行場に基地をとった。前回とちがって基地隊も常駐し、士官宿舎も砲台山の下にたくさんできていた。搭乗員室は改装されていたが、陣地裏の長い元設営隊のいた宿舎に整備員とともに入った。変わったことは、海上に長く突き出した桟橋トイレができていたことだった。

訓練は夜間飛行、着艦訓練、空戦訓練、三百浬《かいり》航法訓練、編隊訓練、射撃、A攻撃隊降爆

訓練と総仕上げに入った。訓練中の事故も発生して、着陸寸前に失速して場外の海中に墜落殉職した石井金市二飛曹（丙六期）、編隊空戦で瑞鶴の一機（氏名失念）と空中衝突して落下傘降下で救助された前田秀秋一飛曹（乙一一期）などがいる。

またA攻撃隊の訓練も、海面にわずかに頭を出した珊瑚礁標的降爆訓練から、動的目標爆撃と進んだ。そして標的艦矢風が二十ノットで直進中に一キロ爆弾での降爆訓練となった。一、三、二、四番機の順で降爆に入り、私の投弾直前、目の前が黒点で覆われた。その瞬間、ガンガンと機体に衝撃を感じたので、爆撃を中止した。左翼の日の丸の外にパクリと穴がひらき、操縦装置に異常はなく、助かったと思った。矢風は煙幕を出して右旋回している。中止の合図である。海面には白い小さなしぶきが広く立っている。脇本機の空中分解とわかった。

このころの竹島は大鷹で来たころとは大きく変わり、島全体が補給基地となり、物資や飛行機がところ狭しと並んでいた。九月に入るとブイン方面の戦闘も激しくなり、ニューギニアもまたしかり、多くの戦死者を出す戦闘が展開した。十月末になると、敵は機動部隊を前面にブーゲンビル島の攻撃を開始した。

初撃墜の日

昭和十八年十月三十日、艦隊航空隊にラバウル進出が下令された。瑞鶴、翔鶴、瑞鳳の各飛行隊はトラックの基地を撤収し、三十一日に全機がラバウルへ進駐した。翔鶴戦闘機隊はブナカナウ飛行場（通称山の飛行場）に基地をとった。瑞鶴らは湾内にある飛行場であった。さすが艦隊だけあって、一機の事故もなく、全機が無事進出できたことはみごとである。着陸後、掩体壕に分散駐機を終わったら、日が暮れはじめていた。

この基地は中攻隊の常駐飛行場で、一式陸上攻撃機が進駐していた。連日の攻撃に奮戦して大半を失い、宿舎もガラ空きになっていた。われわれはその一棟を拝借することになって、トラックの荷台に乗って椰子《やし》林の中の宿舎に案内された。大きな竹骨で組みたてられ、椰子の葉で葺《ふ》かれた、高床の割竹の床にアンペラ敷きの座敷であった。

十一月一日の攻撃は、昨夜、ブーゲンビル島沖で彼我の艦艇の遭遇戦があり、敗走中の敵艦隊の追撃戦を支援するための攻撃であった。南東方向に逃走中の敵水上艦艇に艦爆隊を突入させたころ、高角砲の一斉射撃をうけた。同高度で炸裂する弾幕にこれで終わりかと思うほど射ちまくられ、生きた心地はしなかった。しかし、あとで考えてみれば、黒い弾雲は炸裂した残りで、恐れる心配はなかった。なぜよけて飛んだのかひとり苦笑した。

打ち合わせ場所で艦爆隊を待っていたが、一機も帰ってこない。しばらく探したが一機も見つからない。列機はぴたり付いてきている。引き揚げを合図して帰投針路に入り、三十分ぐらいして低空を同方向に飛んでいる艦爆らしい機を発見する。接近してみると、瑞鶴の艦爆一木栄市兵曹であった。ラバウルまで掩護して帰った。

明くる十一月二日は、私にとって忘れられない日だ。戦史にも大きく残るラバウル迎撃戦の日である。午前中に掩体壕内の指揮所で作戦打ち合わせ会議をおこなっていたとき、警戒警報なしにいきなり空襲警報が発令になった。われ先にと機上の人となり、離陸して湾上に出た。標高数百メートルの山の飛行場は、湾上に出ると一五〇〇メートル以上の高度になっている。

下を見るとB25、B26の編隊が西から入って下の飛行場や湾内の艦船を攻撃して、東の湾口の方向に避退していく。もういちど上を見張ると、わが隊の半分くらいは上昇をつづけ、花吹山上空方向にむかっている。私は下の爆撃機に目標を定め、双発の爆撃機に迫った。後ろに四機ついて来ているのを確認して、B25に肉薄、一撃を加えた。敵機は白い尾をひいて森の中に消え、火柱が上がったのを確認して、つぎの一撃を加えんとした。

しかし、味方が多すぎ、危険を感じたので、花吹山方向で乱戦になっているP38に目標を変えて反転した。そして味方の苦戦を知って降下してきたP38の真下に潜り込んで待った。P38はわれに気づいた様子もなく舞い降りてきているので、この機を逃がさず四機のP38の先頭に喰いつき、鋲が見えるほどに近接して一撃を発射する。さらに二機目を狙い、これも難なく撃墜した。初めての撃墜である。少し遅すぎた撃墜であったが、これで一人前になったと会心の笑《え》みが洩れた。

一日三機を撃墜し、その夜は嬉しくて眠れなかった。

三機撃墜したときは、二〇ミリは全弾を使い終えていた。必ず来るであろう二次攻撃を迎えるには、いまのうちに弾薬燃料を補給しておこうと考え、飛行場に引き返していくと、飛行場手前でふらふら飛んでいる零戦を見た。近づいて見たら、風防は割れて飛び散り、被弾している。山本武雄一飛曹である。

私を見て指一本を出した。撃墜したというのだ。私は手を上げて了解し、直進で着陸した。すると列線に入るや整備員が跳び乗ってきて、後続機が落ちていったと知らせてくれた。指揮所に整備員が数名、トラックに乗ってきて私を待っていた。後続機がすべり込んだ場所は飛行場のすぐ近くであった。丘の上の道から零戦が見えたので、車から降りて五十メートルぐらい先の土民の家の庭先に零戦が行儀よくすべり込んでいた。

そして、落下傘をひらいた上に山本君が横に寝かされていた。親日の土民の厚意であった。お礼をいって、車に乗せて帰った。軍医が検死したが、身体に被弾の跡はなかった。反対に返して「ああ、これだな」と軍医が指す首に、一三ミリ弾が尾部を見せて刺さっていた。新聞記者が記事に書きとっていた。これは機体を貫通して勢いを失った弾丸が、山本君の首に命中したので止まったのだろうと診断されたようだ。

その数日後、内地から進出してきたパイロットが持参した新聞に、二〇一機撃墜の戦果の記事が書かれてあり、その下に小さく死を超越した操縦、そしてY兵曹の美談として私の報告もともに載っていた。

この日の戦果は、戦史叢書によると、全撃墜一一九機（うち不確実二十二機）、翔鶴戦果＝撃墜四十七機（うち不確実七機）とある。また、戦死は翔鶴で宮部員規（中尉、乙二期、落下傘降下後死亡）、川村正次（上飛曹、甲六期）、佐藤源七（一飛曹、丙三期）、山本武雄（一飛曹、丙六期）の四名があげられている。

その後も連日の迎撃戦とブーゲンビル島の攻撃、敵のタロキナ湾上陸、飛行場建設中、使用開始と熾烈の度をくわえていった。旬日にして完成した飛行場からの敵機の来襲があり、ラバウル決戦がはじまった。

十一月八日、ブーゲンビル島攻撃で戦闘機隊総指揮官の瑞鶴隊長納富《のうとみ》健次郎大尉が進撃中、雲中から飛び出してきた敵グラマンの奇襲のため、私の眼前で一瞬に火だるまとなり、戦死された。この数機のうちの一機は後続の私が撃墜したが、他は雲中に逃げ込んでしまった。これに気づかぬ者も多い一瞬の出来事であった。またこの日、同様に瑞鶴の檜垣英次郎飛曹長（乙飛七期）も戦死した。残念な思い出の一つである。

当時、ブーゲンビル島飛行場は、上陸十日後には使用を開始している。これだけでも戦争に勝てる相手でなかったのだ。大和魂にしてもしかりで、生き残った偉い人の中にもずいぶんみっともない人がいた。空将補になっていた人に特攻隊の参謀がいたのには驚き入った。日本には大和魂があったというが、米国にも英国にもドイツにもそれぞれ民族特有の勇気があった。ヤンキー魂も決して大和魂に劣るものではない。実戦を体験して彼らの勇敢なことをよく知ることができた。

十一月十一日の戦闘で翔鶴戦闘機隊はまたも佐藤仁志（飛曹長、操練二八期）、立住一男（上飛曹、乙一一期）、磯部隆造（上飛曹、丙七期）を失った。内地出撃いらい、これで十名を失ったことになる。

十一月十三日、艦隊飛行隊は建て直しのために、一時トラック島に引き揚げたが、ルオット方面に敵機動部隊来襲の報に十一月二十六日、ルオットに進出した。しかし、十二月五日の空戦で消耗し、十二月八日、トラック島に復帰し、十二日に再編のため本土に帰還した。

しかし、瑞鶴の中川健二大尉を指揮官に瑞鳳の鹿田二男飛曹長を分隊士、翔鶴の杉野計雄上飛曹（私）を先任搭乗員に各艦七機ずつ、計二十一機を瑞鶴戦闘機隊として再編されることになった。そして内地に帰る者に見送られて十二月六日、ラバウルのトベラ基地（ココポ南方）にある二五三空飛行長・岡本晴年少佐のもとに派遣された。これで二度と内地の土を踏むことはなかろう、という気持であった。

二五三空へ

ラバウル湾の東、海岸の陸軍飛行場（ココポ／南飛行場）から数浬の奥地の椰子林を切りひらいて造成されたトベラ飛行場は、二五三空戦闘機隊の飛行場であった。

この部隊の前身（鹿屋空戦闘機隊）は、昭和十一年に陸攻隊として開隊されている。中国方面で活躍したが、昭和十七年に艦上戦闘機だけの隊となり、ラバウル方面に進出し、二〇一空、二〇四空とともにニューギニア、ソロモン方面航空戦で健闘した。その後、昭和十九年七月に解隊したが、残存搭乗員は南東方面艦隊司令部付に転じ、終戦までラバウルにあって活動した唯一の戦闘機隊である。

さて、ブーゲンビル島に飛行場をつくった米軍は、連日ラバウルに攻撃をかけ決戦を挑んできた。わが方も黎明や薄暮を利用して少数の戦闘機による小型爆弾攻撃や銃撃など、心理作戦を挑んだ。しかし、ほとんど効果は期待できなかった。

当時、二五三空搭乗員は負傷者や病気で入院している者も多く、われわれが進駐したときは、先任搭乗員は乙飛十一期の村上康二郎君であった。そのため岡本晴年少佐飛行長から、全部の先任搭乗員を艦隊の私に任命された。私はみなの元気を引き出すため、先任としての指導方針を考えた。それには酒の力を借りることにした。酒が入ると恐れを知らなくなる者が多い。神経が麻痺して気が太くなるからだ。

戦死者が出ると、明日はわが身かと思って少しは気がめいる。そんなときはできるだけ酒が飲めるように酒を貯えておいて、飲むことにした。酒をあまり飲めない岡本飛行長が私にウイスキーや特配の酒を、また将校は多少の特配もあるようで、よく私を呼んでは酒をくださった。

こんなふうに航空増加食で交換したり、いろいろの方法で酒を集めておいては時を見計らって酒宴を催し、とにかく元気を引き出すように努めた。その効果は大いにあった。

あるとき、若い人が酒の肴《さかな》を銀蠅《ぎんばい》（カッパライまたはお貰い）に行ったら、主計科の先任下士官に、「お前らパイロットばかりが戦争してるんじゃねえ、甘えるな」といわれて追い返されたという話を聞いた私は、カチンときた。

そこで私は拳銃を手に軍刀を持っている者五名を引きつれ、主計科前に押しかけ、「おい主計科先任下士、出てこい」と大声で叫んだ。何事かと四、五人が出てき、そのなかの応召兵の老下士官が恐る恐る先任だと名乗った。

「そうか、貴様は先ほど搭乗員ばかりが戦争してるんじゃないと言ったな」「ハイ」「そんなら、主計科では何人死んだ」「……」「黙っていてはわからん、言ってみろ」「……」

「それなら聞かせてやろう。搭乗員は飛ぶたびに何人も死ぬんだ。ショボショボさせんため、酒を飲ましてるんだ。銀蝿は皆のピンはねになるので良いとは言わん。しかし、ショボショボさせんために飲む酒の肴だ。横着いうとは許せん、撃ち殺してやる」と構えたら、「許してください。私の言い過ぎでした」と謝ったので、よしわかったと引き上げた。

それからは大作戦や迎撃戦があれば、向こうから食べてくださいと酒の肴を届けてくれるようになった。

大分空の教員に

昭和十九年の正月を迎え、ついで二月に入ったら艦隊航空隊は内地に引き揚げが発令された。トラック島まで艦隊の戦闘機で帰り、そこから飛行機を残して船便で帰ることになった。そのとき艦隊の飛行機は六機になっており、座席裏に乗せることにした。二十一名が十名になっており、十一名が戦死したのである。

トベラを出発した日が何日だったか記録がなくてわからないが、二月上旬の早い頃だったろうと思う。トラック環礁の春島について、置いて帰ることになった愛機の最後の清掃、手入れをしていた二月十四日、とつぜん警戒警報なしで空襲警報が発令された。隊長もいないので私と谷水君は機銃弾を給弾し、緊急発進した。

離陸しながら高角砲弾の弾煙の方向を見たら、B17が二機、戦闘隊形で一千メートルぐらいの高度で冬島の方向に逃走していく。オーバーブーストを引いてこれを追跡したが、もう少しのところで積乱雲に逃げ込まれ、逃がしてしまった。独断先行の追撃であった。

その翌日、内地に帰る母艦の便で出港し、航海中の十七日、トラック大空襲を知った。もう二日出港が遅れていたら、戦死していたであろう。

無事に横須賀へ入港したが、入港前に電信連絡により転勤先がわかった。私が大分空戦闘機隊の教員で、谷水君が台南空であった。昭和十六年二月いらい満三ヵ年のあいだ、二人はいつも同じ転勤であった。日本海軍でも珍しいことであろう。

谷水君は三重県の志摩町出身で、一目老母に会って台湾に行くというので別れ、私は大分なら山口県は近いので、そのまま大分に直行した。隊門で報告すると、相生高秀飛行長がお待ちかねだというので挨拶に直行した。飛行長は心待ちにしておられたようで、私の顔を見るなり、

「やあ、ご苦労だったな、待っていたぞ。別府も近いし、早く戦塵を洗い落としてから頑張ってくれ」と人間味あふれる言葉に感謝し、やるぞと決意を新たにした。

ここで私は第一分隊先任教員を命ぜられたが、第二分隊先任教員は親友の同年兵、丙二期の伊藤清君で、三分隊先任教員も同年兵で操練五十六期の米田忠君であった。第四分隊が先輩の操練四十三期、北条博道兵曹であった。当時の戦闘機の学生は海兵七十一期、予備学生

十三期、乙飛第十六期、特乙一期、そして丙飛は最後の十七期であった。

六三四空へ

さて、昭和十九年四月一日付で、大分空戦闘機隊は帝都防衛戦闘機隊の任務をいただいて、茨城県の筑波航空隊と入れ替わり、移動することになった。つねに実弾を装塡して訓練し、情報が入ればただちに迎撃隊に早替わりする仕組みである。

外出して泊まる下宿を探さねばと町に出たが、先着の隊員が去っていく赤とんぼ隊の人から申し送られ、後着のわれわれには残っていない有様だ。あきらめて帰隊することにしたが、途中で練習生当時に知った原田病院の先生を思い出し、一言ご挨拶しようと自宅の方に立ち寄った。

院長先生とすこし話して、下宿が見つからないので隊に帰るのだと話したら、先生は奥さまと何か話しておられたが、

「私のところは病院ですから、万一病気がうつれば天皇陛下に申し訳ない。そこでですが、お客様としてあなたをお泊めします。下宿でなく、毎日でも結構です。この部屋を使ってください。まず今夜から是非とも」と遠慮する私に有無を言わさず決めてしまわれ、さっそく、その夜からお世話になることになった。

筑波でも土曜と日曜は毎回、袋田温泉に官費休養が計画され、教員はほとんど全員が行くことになり、下宿に泊まるのは平日の外出時にだけであった。立派な客間の下宿にほんの数

回お世話になっただけで、八月一日にはまた艦隊航空隊への転勤がきた。初めておぼえた水戸の芸者遊びも数回で、少し未練もあったが仕方ない。二年も教員をしている人が少々うらやましかった。転勤の挨拶を相生飛行長にしようと士官室にうかがったら、

「やあ、早かったな。じつは私も転勤だ」と言われた。「もう少し休ませてやりたいと思ったが、なにしろ君は指名だからな」

何のことか、すぐには意味がわからなかったが、飛行長の説明では、下士官兵は入校などの場合をのぞき、転勤は階級と人数、転勤先と日時が指示され、ほとんどの場合が所属部隊に人選は一任されるのが例で、士官のように個人指定で発令されることは稀《まれ》であるという。私の場合は、士官なみの転勤であり、名誉なことだと話され、納得した次第であった。

八月五日、誕生日の朝、友部の駅から汽車に乗り東京発の夜行で東海道を下り、明けて六日の午後、岩国に着隊した。編成中の六三四空戦闘一六三飛行隊、戦闘一六七飛行隊は転入者でごった返していた。編成は各飛行隊の保有機数四十八機である。
◇戦闘一六三飛行隊
隊長＝福田澄夫大尉（海兵六九期）、分隊長＝香取頴男大尉（海兵七〇期）、分隊士＝野口毅次郎少尉（操練二四期）、岡部健二飛曹長（操練三八期）、先任搭乗員＝真田栄治上飛曹（操練五五期）
◇戦闘一六七飛行隊
隊長＝福田澄夫大尉兼務、分隊長＝尾辻是清中尉（海兵七一期）、分隊士＝沢田万吉飛曹

零戦二二型。三二型で翼幅11m、翼端角形折畳なしを、二一型と同じ翼幅12m、丸味をおびた翼端折畳式に戻した

長（操練三六期）、石田鎮飛曹長（操練四四期）、先任搭乗員＝杉野計雄上飛曹（丙三期）

岩国基地で編成を終わり、飛行機の領収がはじまった。分隊士と先任搭乗員が三菱と中島の飛行機製作所にそれぞれ分かれて領収飛行にあたり、十機程度できたころ、搭乗員を呼び寄せて空輸させることになった。

飛行機が集まるにつれ岩国飛行場が狭くなり、四国の徳島基地に移動することになった。搭乗員もほとんど集まって定着、着艦訓練となった。九月十五日ごろに着艦訓練がはじまった。そのころ卒業して間もない海兵七十二期の赤井賢行中尉と猪口智中尉の二名が入隊してきた。二人とも紅顔の美青年であった。

猪口中尉の父上は武蔵の艦長猪口敏平少将で、叔父は航空参謀の猪口力平中佐であった。出撃に備えこの青年将校の訓練に協力することになった。指揮官の優劣は、部隊優劣に大きく影響することは当然のことである。訓練に協力することは、また自分のことになるのだと、暇をつくっては空戦訓練にもお相手をした。

十月に入ると汗も少なくなり、訓練に力が入った。十日に敵機動部隊が台湾を空襲し、十一日に出撃待機命令が出たので、約六十機は鹿屋飛行場に集結した。そのとき、黒板に「総攻撃」と大書してあったのを忘れない。

比島作戦

昭和十九年十月十二日、陸海軍は大編隊（約一千機と聞いた）をもって沖縄経由、台湾沖の敵機動部隊に索敵攻撃を敢行した。鹿屋を発進し、沖縄の小禄飛行場で燃料補給を行なったが、発進までに時間がかかり飛行機の置場がなくなった。

燃料補給の終わった機を造成中の飛行場（いまの嘉手納飛行場）に着陸できないか試してくれ、と艦隊戦闘機隊に依頼があった。それではと私に試着陸して大丈夫なら降ろしてくれとの特命をうけ、着陸地点を上空通過で確認した。たくさんの作業員で片づけ終わり、白旗を振っている。

試着陸したら、多少の不安はあるが十分に着陸可能と判断して、持参したT形の木綿布で方向を示し、吹流しを竿にとりつけて立てた。そして、約二十機を無事に着陸させて待機した。約一時間後、全機編隊に集合して攻撃に加わった。

台湾沖の機動部隊攻撃は空振りに終わっただけでなく、わが隊の真田先任搭乗員と高鍋秀男上飛曹（丙六期）が編隊で進撃中、雲かげからグラマンF6Fの奇襲攻撃により一瞬のうちに火だるまとなって散華した。私の眼前のことで、一機は撃墜したが、他は雲中に逃げ込み逃がしてしまった。残念な出撃初日であった。

この日の総攻撃は、ついに雲下の敵発見はできぬまま、攻撃隊の未帰還機は多数であったと思う。私は夕暮れ近く、予定の台中飛行場に約十機を引きつれて着陸した。

台中では攻撃に一度出たが、このときも敵空母は発見できず空振りに終わった。また地上待機中、数機のグラマンが銃撃にきたが、格納庫横の防空壕に飛び込んで事なきを得た。この日、銃撃に入ったグラマンを高射砲陣地の機銃で撃墜するのを目撃した。この陸軍さんは、海軍のパイロットに、飛行機を狙うから駄目だ、思い切り前方を狙えと教えられ、それで命中したのでしょう、と喜んでいたと聞いた。

私たちは出撃するとき、一作戦終わったら帰るんだと聞いていたので、洗面袋ひとつで出撃してきた。酒保で褌だけはたくさん買ったが、着のみ着のままである。そこで隊長に申し出て、防暑服を全員が借りた。

十月二十三日、比島への進出が決まった。落下傘袋に砂糖をつめて帰ろうと話していたが、夢に過ぎなかった。捷号作戦が発令されたのだ。

台中を飛び立ち、バシー海峡をひと飛びしたらルソン島だ。リンガエン湾につっかけてクラークフィールドに変針した。広い平野に、富士山の形の千メートルぐらいの山がひとつ聳《そび》え立っている。われわれはこれを「マニラ富士」と呼んだが、実によい目標になった。しかし空襲になると、決まってこの山のどこからか白い煙が立ちのぼる。スパイが敵の飛行機に信号しているらしい。反日派のゲリラが立てこもっているとも聞いた。

予定の飛行場がわからない。みんな初めてのクラークなのだ。私が降りてみることにしたが、そこは不時着場で、マバラカット飛行場はすぐ近くだった。私の先導でその不時着場へ全機が着陸したが、その後は転々と飛行場が変更になり、アンヘレス西、北、バンバンなどいくつも移動した。クラーク飛行場は山手で滑走路もあり、大きな飛行場であった。

レイテ島に敵が上陸をはじめ、彼我の艦隊の砲撃戦がはじまった。この日、飛行機隊は敵空母艦隊の索敵攻撃に出撃した。十月二十四日のことである。米空母戦闘機隊との空戦で、福田隊長以下七機を失った。

その後も数次の索敵攻撃に出たが、敵空母は発見できなかった。

索敵攻撃へ出撃の途中、彼我水上艦隊の砲撃戦を目撃した。このとき武蔵を攻撃している敵機を見て、隊長に「攻撃しては」と合図したが、空母攻撃が任務で駄目といわれ、みすみす見捨てて前進した。その隊長も未帰還になった。

攻撃の帰りに傷ついて単艦（駆逐艦がついていた）避退中の武蔵を見たのは、この日のことだったと思う。私は上空を一旋回して夕暮れに基地に帰った。その夜、武蔵は自沈したとあとで聞いた。アンヘレス飛行場に名札も階級章もない防暑服の軍人が何名か来て、ドラム缶を転がして作業していたのを見ている。武蔵の生存者だという。日本に帰してもらえず、雑役に使われているのだという。いっさい口を閉じて話そうとしなかった。

レイテ攻撃に銃爆にいって被弾した私は、セブ島に不時着した。十一月二日のことだったと思う。ここで瑞鶴での隊長中川健二大尉に久しぶりで再会した。訣別いらいの再会で、その夜、招かれて飲みながら昔話をした。明日レイテに殴り込みをすると話された。

一方、しばらくぶりに同じ隊の猪口智中尉に会った。彼は武蔵艦長の父上の戦死を知って、憂《うれ》えておられた。私は猪口参謀からも「先任兵曹、よろしく頼む」と言われていたので、明るくなるよう話しかけておいた。

明けて、忘れもしない十一月三日がきた。中川隊長の出撃を見送りに出たら、猪口中尉が出発前の飛行機に飛び乗り、搭乗の下士官をおろして自分が乗り込んだ。そして、中川隊長のあとについて離陸していった。あっという間の出来事であった。

低空を這うようにして山越えし、レイテ飛行場を攻撃する計画であった。しかし、敵はわが方を近くまで引き寄せ、稜線に配列した機銃で一斉射撃し、全機を撃墜してしまったという。これが上空偵察のパイロットの報告で判明した。残念な攻撃であった。

数日して、修理のおわった飛行機で士官ゼロとなったクラークの六三四空に帰った。

十一月十二日、梅花隊の隊長としてレイテに特攻出撃した尾辻是清大尉の戦死をもって、ついに六三四空の士官パイロットはゼロとなった。

自決未遂

比島戦も敗色が濃くなった十一月末、迎撃待機していたとき緊急発進の合図のZ旗が上げられた。急発進で離陸に入ったが、前方の二機がつづけざまに火を吹いて落ちていった。敵機が薄雲の上で待っていたのだ。三機目の私も離陸寸前、座席前の胴体槽が火を吹いたので、瞬間に飛び出していた。

バリバリという機銃掃射の音で気絶から目が覚めた。危うく銃撃されるところだった。自動曳索で開傘しているのを敵が狙っているところであった。立ち上がって走ろうとしたが、夢の中でもがいているようで動けない。足の方を見ても血は出ていないようだ。下半身の感覚がないことがわかった。敵が引き揚げた飛行場では、二十機ぐらいの戦闘機が燃えて黒煙が立ち昇っている。離陸は駄目だと思って、搭乗員は飛び降りて逃げたという。いつまでも発進させなかった指揮所の責任である。

私は小型消防車に乗せられ、若い搭乗員二人に付き添われて近くの陸軍幕舎の救急所に運ばれ、世話になった。三日たった日、軍医がヒソヒソ話をしているのを聞いていたら、「脊髄がやられているんじゃ……」と言っている。どうも私のことのようだとわかったが、ハッキリは聞きとれなかった。夕方、軍医に問うたが、うやむやの返事でわからない。

その夜、飛行服のズボンに入れていたブローニングの小型拳銃をとり出し、付き添いの若い搭乗員の眠っているのを確かめ、ひと思いにコメカミに当て、引き金をひいた。ビシッと音がして弾丸が出なかった。未遂に終わったのだった。

不思議なことに、その夜から足に感覚がよみがえってきた。軍医もびっくりして、首をかしげていた。一週間後には立てるまでに回復し、杖をつかえば歩行できるようになった。あとで強打による一時的麻痺《まひ》と診断された。一月下旬には飛行機に乗れるまでに回復し、飛行場に出るようになった。

十二月下旬に内地から補充の戦闘機に乗って、戦闘機隊教員当時に同宿であった米田忠君が出てきた。彼には久しぶりの戦場だったので、馴れるまでは絶対無理するなよ、と注意をしておいた。

十二月二十五日、敵艦上機の迎撃戦に彼は勇んで発進した。薄雲が空一面に張って、機影はまったく見えない。空中戦が頭上で展開していて、ダダダダ……と零戦の二〇ミリ砲の音がする。ゴーゴーゴーという音は敵の一三ミリ機銃音だ。そんな音を聞いているだけで敵の優勢がわかるのだ。米田君もこの日、還ってこなかった。

昭和二十年の新年を迎えた二日の午前、空襲警報が発令になった。この日は私はどうしたことか宿舎にいたが、クラーク飛行場の西側の山手からB26の大編隊が低空で進入し、東方に向かってバラバラバラと落下傘爆弾をバラ撒いていく。人畜殺傷が目的である。私は防空壕には間に合わないと思ったので、田の溝の中に伏せた。近くに落ちた炸裂弾が飛ばす土砂を頭からかぶったが、怪我《けが》はなかった。まったく不意をつかれたお年玉であった。

一月下旬、クラーク地区は治安も悪くなり、ルソン島北部のツゲガラオ飛行場に後退した。このときは機に乗れるまでに回復していた。

一月二十四日、台湾から進出してきた若いパイロットが、「リンガエン湾沖に味方の大船団が来ている。全兵力を送ってきたのですかね」と報告した。司令部はそんな連絡は入っていないとあわてている。さっそく松田二郎少尉（甲一期）に紫電改での偵察を命じた。

ほどなく帰投した松田少尉の報告では、上空哨戒に数機のグラマンがいるので、近づけなかったとのこと。この報告にあわてた司令部は、一式陸攻で大半が台湾に引き揚げて行った。まことに見ていて滑稽な風景であった。

翌日から飛行隊もつぎつぎに緊急発進で台中に逃げ帰った。私は必死になって搭乗員を台湾まで送り返す決心をした。飛行機はつくればできるが、パイロットはすぐにはつくれない。一人でも多く台湾まで返してやらねばと結局、ひとり残らず台湾へ帰すことができた。

全員特攻

私は輸送機便を待つことにした。整備の下士官が来て、「先任搭乗員、どうして帰らなかったか」と言うので、「パイロットをひとり残らず帰してから私も帰るつもりでいた。いまこうして台湾への便を待っているところだ」

「じつは部品がなくて、どうしても脚が入らんのが一機ある。エンジンは好調です。台湾まで乗って帰ってください」

それは有難い。夜なら敵にも会わないだろうと、夜間に飛ぶことにした。「台湾に電報しておいてくれ。今夜、暗くなる前に出発する」と頼み、燃料増槽までつけて飛び立った。

やはり脚は上がらなかったが、燃料は十分だ。ほとんど予定どおり台湾南端のガランピ岬を確認し、高雄の横に到達した。

高度一千メートルぐらいで航空灯を一杯に明るくして、味方識別に代えた。やれやれと思っていたら探照灯につかまり、近くで高角砲弾が炸裂した。味方にやられてはたまらない。必死にゆるくバンクを振ったら、数秒で射ち止んだ。友軍機とわかったようである。

無事着陸したあと、発進の電報は届いていなかったと飛行場で聞いた。その日は高雄で一泊し、翌日、台中に移動した。台中では六空当時の飛行長・玉井浅一中佐がおられた。

「六空でお世話になりました。記録係の杉野です」と申し上げたら、「覚えているよ」との返事。私は記録係をしていた関係で、毎日、印をもらいにあがった。そのとき、玉井飛行長はよく頭が痛いといって、「手拭を濡《ぬら》して頭を冷してくれ」と言われたもので、そのことで覚えていてくださったのだろう。「御印はお前が押していけ」とまかされていたのである。

台中ではさっそく山丘の明治温泉に二泊の入湯外出をいただき、隊の車で送迎してもらった。休養を終えて帰隊したら、士官室横の大広間（畳敷）に搭乗員総員集合があった。航空参謀が出てきて、時局の重大さを力説し、「総員頭を伏せ、目をつぶれ」と号令した。そして、

「この時局を挽回するため、全員特攻に志願してもらいたい。万一、不服の者がおれば手を上げよ」一同、しーんとして静寂がつづいた。目を開けると、航空参謀がつづけて、「有難う。これで全員特攻が決まった。この後で実は私も志願したい。しかし、私は参謀の重職があるので行けない。私は居合いの名人である。飛行機がなくなったら居合いで敵を一人でも倒して、必ず諸君のあとを追う」

私は何か白々《しらじら》しい気分になったのを鮮明に覚えている。この人は早ばやと内地に逃げ帰ったとあとで戦友に聞き、腹が立った。航空自衛隊にも入ってずいぶん偉くなったのを私は知っている。散華した戦友はさぞ怒っていることだろう。

その夜は覚悟とも諦めともつかない複雑な気持で、夜の更けるのを忘れて飲みかつ歌ったことを、いまでも忘れることができない。

博多空へ

全員特攻の発令があって何日かたったころ、司令部にくるようにと伝令がつたえにきた。何事かと思いながら急行した。副官に案内されて司令官室に入ると、司令官は一通の封書を差し出され、これは直接手渡しなさいと言われた。私には何のことか、まったくわからなかった。

「じつは明日、負傷パイロットを内地に送還する飛行便があるので、君にその指揮官をお願いする。永いあいだ御苦労だったね」

有難く敬礼して司令官室を辞した。うれしいような、特攻のみなにすまないような気持であった。出発前にみんなを集め、「先任搭乗員は特命で負傷パイロットを送り届ける任務を果たすため、今日出発する。帰って来るまで頑張っていてくれ」と挨拶して出発した。先日もらった白鞘の短刀も航空食糧とともに残しておいた。

鹿屋に着陸し、負傷者を基地の医務科に渡した。それから司令部に行って封書を渡すため東京の増田中佐に会わねばと届けたら、当直将校が、

「中佐はいま出張で来ておられるので、待て」と言われた。しばらくしたら、「君かね、私に用があるのは」

「はい、これを」と司令官からの封書を差し出した。増田中佐はすぐ読み終わって、「御苦労でしたね。明朝ここへ来てください。昼ごろがいいな」と言われ、「今夜はゆっくり外出でもしてきなさい」と言って出て行かれた。

間もなくして当直下士官が清酒を一本持参して、飲んでくださいと渡され、車で町に送っ

てくれた。勝手知った鹿屋の町はなつかしかった。さっそく色町の方向に足が向いていた。

青木町に入ったが、誰もいない。人出の多い時間なのに、外出止めになっていた日で、公用使以外は人出がないことがわかった。町はずれ寄りの大きな一軒の二階から美しい女性が窓を開けて見ている。酒を一本肩にポケット猿を抱き、軍刀一本のヘンな飛行服姿の私を見て不審そうにしていたが、急に手で招いた。よしと決心して入っていった。

ポケット猿に興味をもったのか、店の娘の総員集合となって、静かな街がワイワイ、ギャーギャーと賑《にぎ》やかになった。それを見とがめた巡回中の憲兵がどやどやと靴のままで上がって来て、「貴様」というなり私を連行しようとした。こちらも「何するんだ」と言いながら、わざととなすがままにサイドカーに乗せられ、町はずれの憲兵隊に連行された。

横柄な口調で取調べをはじめんとしたので、膝のポケットからブローニングの小型拳銃を出して、不意に天井に向けて一発パンと発射して啖呵《たんか》を切った。

「おい、なめるなア、戦闘機の杉さんを知らねえか。文句があるなら隊に聞け」

テキはあわてたのなんの。さっそく隊に電話し、あちこち電話がまわっていたが、すぐに事情がわかり、「せっかくのところ、済みませんでした」と謝られて、サイドカーでまた元のところまで連れて行ってくれた。翌日、隊に帰ったら、当直将校がニヤニヤしながら「大変でしたね」と笑っておられた。

帰隊してしばらくしたら、当直室に電話が入り、私の転勤先が決まった。博多航空隊付だという。博多は水上機の航空隊と思っていたので、ヘンだなと思いながら鹿児島に出て一泊し、翌日、鹿児島本線で香取経由で博多航空隊に入隊する。

隊にはすでに連絡が入っていて、筑波で教えた予備学生が数名、隊門で迎えてくれた。命がけの教官だが、下士官の身分でこんなにしていただくなんて、やはり予備学生は人間味が溢れていると痛感した。戦後五十年たっても付き合っているのは、予備学生出身が多いのもそのせいだろう。

墓参休暇をいただき、郷里の土を踏むことができた。徳島を出撃するときは、荷物をそのままで出撃したので、官品は返還され、私物は家方に送り返されていた。家では戦死したものとあきらめ、簡単な葬式もすませていたのに、そこへひょっこり本人が現われたので、幽霊と間違えられる一幕もあった。

博多では別府温泉治療が命ぜられ、鉄輪の富士屋旅館に投宿していたが、五月に大分の大空襲があり、別府の海岸通りも艦上機の攻撃をうけた。じっと温泉に入っている気になれず、勝手に帰隊して九三中練の二五〇キロ爆弾搭載離陸試験や、操縦学の座学を受け持ったりした。やがて博多の町も爆撃され、夕暮れの空にバラバラと焼夷弾が落とされ、大火災になった。

八月十五日がきた。正午に玉音放送があるというので、志賀島にいたる松林（元結核療養所）の宿舎の松林の中に整列してラジオを聞いた。雑音が多くて何のことかよくわからなかったが、「耐え難きを耐え、忍び難きをしのび」だけは記憶にある。

放送を聞いたあと、遠賀川の河畔に分散していた飛行機のところに行き、玄界灘にやってくる敵空母に特攻をかけるということになった。そこで飛べる練習生と教員で列車で直方経由植木まで行き、女学校に一泊して待機した。しかし、隊に呼び返されて帰隊してみると、持物は全部、兵隊と民間人に持ち去られていた。金も衣類もなくなっていた。香椎駅長のご厚意で無札乗車証明をいただき、帰省することができた。

その後、ラジオで博多航空隊員は原隊に復帰せよと毎日叫んでいるのを聞いて帰隊し、残務整理をしていくらかのお金をもらい、復員証明書をいただいて九月上旬、正式に復員した。

モロタイに突入した殴り込み零戦隊

敵補給基地モロタイに決死の爆撃命令をうけた十六機の挺身攻撃隊

当時 戦闘三〇八飛行隊搭乗員・海軍少尉　中山光雄

私がはじめて実戦に参加したのは、昭和十七年五月七日の珊瑚海海戦であった。このとき、私は小型空母「祥鳳」に二月いらい配属されていたが、米機の猛攻をうけて乗艦は沈没、私も膝関節部を負傷し、病院船氷川丸《ひかわまる》に入院して内地へ帰還した。

このように私の初陣はあまり芳《かんば》しいものではなかったが、第二回目もあまりよいとは言えない。昭和十九年四月、傷のいえた私は、トラック島の基地防衛隊としてふたたび出撃した。しかし、はげしい空中戦で両眼窩部に負傷したため、またもや入院、療養中にサイパン島失陥の報に接した。「絶対国防圏」が破られたことは、日本の未来に暗いかげがさすのを感じた。と同時に、トラック島のわれわれも、補給と退路を遮断されてしまったことになるのだ。連日の敵の猛爆と食糧不足に苦しめられながらも、私は零戦とともに出撃していった。

そのような苦しい戦いをつづけていた八月九日、一式陸攻隊の救出をうけてトラック島脱出に成功した。そして九月十四日、フィリピン経由で内地に帰還、ただちに九州・笠ノ原基地に本拠をかまえる戦闘三〇八飛行隊付となった。

ここで、米軍の大攻勢の前に、日本軍がじりじりと追いつめられている十月二十七日、当時、九州からフィリピンのクラーク基地に進出していたわれわれに、思いもかけぬ命令が下された。

それはモルッカ諸島ハルマヘラ島の北に位置するモロタイ島の米軍補給基地を叩くというもので、まさに生還など思いもよらない長駆挺身攻撃であった。攻撃隊は小林大尉を隊長とする零戦十六機で、九七艦攻一機が誘導のため同行する。

これはフィリピンのクラークからモロタイまで、途中に点在する三つの基地を飛び石づたいに三泊四日をかけて進出し、飛行機や兵器など連合軍の軍需物資の一大補給基地を奇襲しようというものであった。加えて、飛行場に翼をならべているであろう敵の大、中型機群には、超低空で三号爆弾（投弾三秒後に爆発するように調節）を投下し、さらに銃撃をくわえる計画であった。

そのため、さっそく夜間飛行のできる優秀なパイロットが選抜された。

ひそかに前線基地へ

十月二十八日、基地隊の全員が帽振れで見送るなかを、われわれはつぎつぎと離陸していった。クラーク基地の上空で編隊をととのえると、まずボルネオ島とミンダナオ島のちょうど真ん中にあるホロ島に向かった。マニラ上空を通過して太平洋へ出ると、フィリピン群島の西方海上を約六百浬《かいり》南下し、スル海を高度五千メートルでひとまたぎ、約四時間の飛行で到着した。

ホロ島の飛行場は、米軍の攻撃の激化にともなってわが前線の飛行隊が引き揚げて以来、久しく使用していなかったためか、雑草が背たけほどものびており、いかに優秀なパイロットであっても、着陸は危険をきわめた。

そのため、脚の折損、転覆などの事故を起こし、早くも三機が任務を前にして落伍してしまった。私の愛機も、着陸のさいに脚の折畳装置の爪が両方とも折れて飛んでしまい、明日の離陸が心配であった。

その夜は、基地隊の整備班にごやっかいになった。彼らはひさしぶりの零戦隊の訪問を歓迎はしてくれたものの、前線にとり残された不安と孤独感はぬぐうべくもなかった。しかも、つねに敵偵察機の監視下にある基地としては、日本機が立ち寄ることはすなわち、米軍の爆撃機のおいでを誘うことになるのであった。また、それとともに、いつ上陸されるかわからない恐怖感がみなぎっていて、明るさのない、何ともいえぬ重苦しい異様な空気につつまれた一晩であった。

私たちは明日にそなえて早めに床についた。となりの蚊帳《かや》のなかでは、基地の隊員たちが石油ランプをかこんで「オイチョかぶ」にうち興じていた。その声を聞きながら、夢うつつの間に、いつしか疲れがでて、私は深い眠りに入った。その夜はさいわいにも夜間爆撃がなかった。

明くる二十九日の早朝、ホロ島を発進した。しかし離陸後、さらに二機が落伍した。昨日の事故で心配されたわが機は、脚がぶじにおさまり、ひと安心だ。十一機の戦闘機と誘導機の艦攻一機はセレベス海の上空五千メートルを飛ぶ。約三時間半の飛行の後、セレベス島東北部のメナドに到達した。ここは緒戦のころ、日本海軍の落下傘部隊が降下したので有名なところである。

メナドの飛行場は赤道直下の高原飛行場で、海抜七百メートルにあった。滑走路は爆撃によって、いたるところに大穴があいていて、基地隊が応急修理したばかりの場所をめがけて着陸するむずかしさは、ホロ島以上であった。そのため、ここでも大損害が生じた。転覆一、脚折れ一、故障一という惨憺たるありさまで、ついに可動機はわずか八機になってしまった。搭乗員はおたがいに無言のままで、声も出ない。

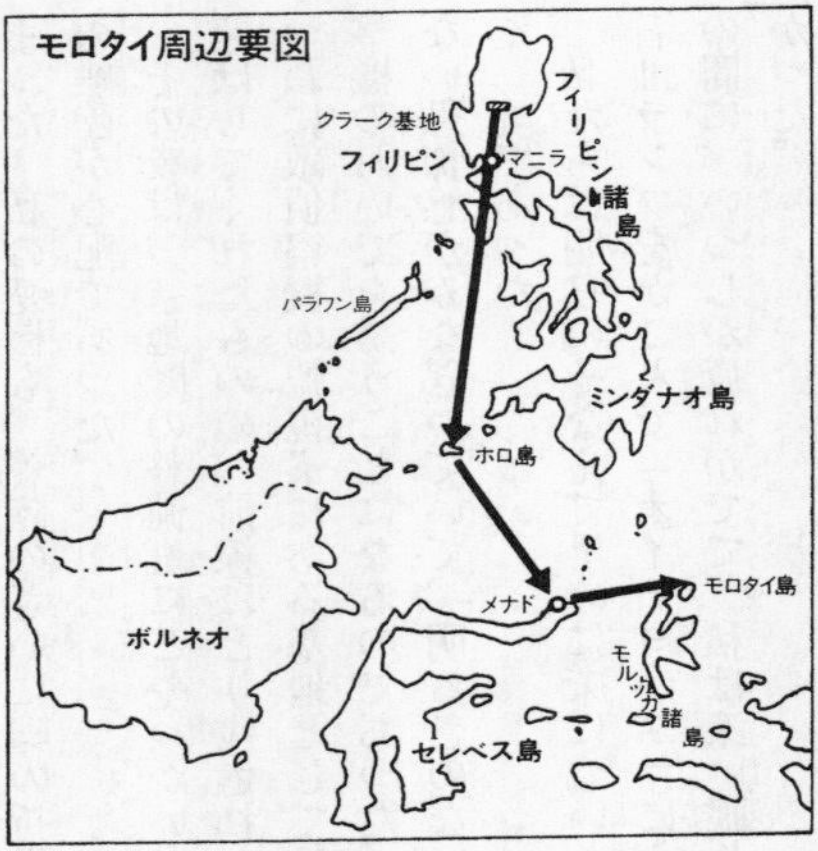

ともかく、われわれはピストの一角をかりて、明日の攻撃のこまかい打ち合わせをおこなった。飛行機の隠蔽を基地員にまかせて、われわれがトラックに便乗し、約二キロほどはな

れた宿舎に着いたときは、もうあたりは薄暗くなっていた。宿舎といっても、現地人の民家である。しかし、上流の者が住んでいたものらしく、部屋には大きく立派なシャンデリアがあって、その中には石油ランプがともされくらいの部屋を明るく照らしていた。

いよいよ明朝未明、決行である。天候は申し分ないうえ、敵の攻撃もなく、隠密行動は予定どおりすすんでいた。しかし、途中の事故で戦力の半減したことが、何としても残念であった。それは、味方機が半減するのは、それだけ敵機がふえることになるからである。

明朝の離陸は三時ときめられた。離陸後は、敵にわれわれの接近を知られないよう、発光信号や電話はいっさい使用しないことにする。また敵の電探をさけるため、五メートルという超低空でモルッカ海峡を渡り、ハルマヘラ島の山かげに隠れるようにして忍び寄り、島かげから一挙に高度をとればモロタイ島が眼前にあらわれ、ちょうど黎明攻撃ができる計算になる。

各隊の攻撃目標は、四本ある滑走路の右二本が第一小隊、左二本が第二小隊ときまった。それぞれの滑走路には分隊（二隊）ごとに同時に突入し、攻撃は一航過で銃爆撃をくわえる。そしてハルマヘラ島北端の岬の上空を集合地点とし、誘導機はここでわれわれ攻撃隊を待つ、という手筈である。

攻撃隊員は疲労していたためか、明日の攻撃をひかえてそれほど興奮する者もなく、明朝は早いからというので、八時ころには就寝した。

愛機よあれがモロタイだ

明けて十月三十日午前二時、われわれは迎えのトラックに乗り込んで基地にむかった。飛行場ではすでに暗闇のなかで整備員が出撃機の試運転に懸命であった。ときおり排気管から赤い火を吐き出しているのが見える。

指揮所の前では、簡単にしつらえたテーブルに白布をかけ、陸軍のセレベス方面軍の最高司令官がきて、私たちの前途を祝福して酒盃をかわした。日の丸の鉢巻に白いマフラー、飛行帽を小脇にはさんで一斉に乾杯した。そして隊員はまず小林隊長に、そしておたがいに万感をこめて敬礼する。いよいよ出撃である。

九七艦攻がまず爆音をのこして飛び立っていった。つづいて八機の零戦が、真っ暗闇のなかを離陸していく。あとにつづく機は、前をゆく機の赤や青の両舷灯と、ときどき排気管から流れ出る火の粉だけが頼りである。八機のなかには初めての夜間飛行という者もいたが、とにかく難関の離陸には成功した。

敵の電探をさけるため、編隊はメナド東方の山合いをぬうようにして降下し、標高七百メートルの飛行場から海岸に出ると、予定どおり約五メートルの高度で飛ぶ。夜間の編隊飛行には、そうとう高度の技術が要求されるものだ。そのため、一機は敵陣突入を目前にして、海中に突っ込んで戦死してしまった。

上空一面には、星がまるで砂をまいたように輝き、水平線を境に海は真っ暗であるが、それでも海面はわかる。約一時間四十分にわたる緊張の飛行ののち、夜空がいくぶん明るさを

零戦が全力滑走、離陸浮揚する瞬間を捉えた一葉。尾輪が浮き機体は水平

まし、視界も広くなりかけたころ、ハルマヘラ島の黒い影が眼前に立ちはだかってきた。

編隊は一気に急上昇をはじめた。いよいよ突撃準備である。飛行帽のうえの眼鏡をかけると、機銃の引き金をたしかめ、照準器のスイッチを入れた。

そのとき、ついにめざすモロタイ島の姿が目に入ってきた。機の前下方に見えるモロタイ島は、まだ明けやらぬ海上に、朝靄《あさもや》につつまれて静まりかえっていた。

米軍基地の灯りが、島のところどころにチラチラ見える。編隊はなおも上昇をつづける。やがて高度一二〇〇メートルに達した。そしてよく見れば、巡洋艦、駆逐艦、輸送船をはじめとして、そのほか大小艦艇数百隻が島のまわりに群らがっており、その数を判断することもできないほどだった。時まさに黎明、突撃開始のチャンスである。

隊長機の大きなバンクを合図に、編隊は二機ずつに分かれる。四隊に分かれた攻撃隊は、艦艇には目もくれず、その上空をすれすれに飛びこえて、はるか前方に長くのびる四本の滑走路をめざす。それぞれが、右側から順に目標を定めて、梯団となって一斉に突入するのだ。

まずは獲物を見きわめなければならない。私は打ち合わせ通り、第三滑走路の所在をたしかめた。そして、私の左側にしっかり編隊を組む僚機の塚原（甲七期）にバンクを送るとともに、増加タンクをすてて突撃態勢にはいった。

しかし、奇襲にはならなかった。突入する日本機めがけて、敵は一斉に防禦砲火を撃ち上げてきたのである。陸上陣地と海上の艦艇からは、黎明の空に仕掛け花火のようにはげしい弾幕がふきあげてきた。

そのとき私は、右前方に敵機の姿をとらえた。敵は事前に情報をキャッチして、夜間戦闘機を配備していたのかもしれない。あとにつづく塚原機に、敵機発見を合図する間もない。私は機を左急旋回させ、敵の機首をおさえながら立ち向かうと見せて、また右に急転した。零戦の軽快な動きにほんろうされた敵機は、かなわぬとみたのか避退していく。

当面の敵に肩すかしをくわせた私は、まずは第一任務である滑走路にならぶ敵飛行機に爆弾を投下しなければならなかった。まるで花火の噴水のように噴きあがるすさまじい弾幕のむこう側に、目ざす滑走路があるはずであった。そして、そこに居ならぶ飛行機を発見しなければならないのだ。

敵基地へ突入開始

あとにつづく塚原機は、敵の対空砲火によって被弾したらしく、しだいに高度をさげていくのがわかったが、その後はまったく見ていない。敵弾は前後、上下、左右、ところかまわず火をひきながら後ろへ流れる。あたりに目をやると、第一滑走路に突入した第一小隊の一機が、火の玉となって自爆するのが見えた。

高度五百メートル、全速一杯である。もはや突入あるのみだ。だが、前方の滑走路には、まったく敵の機影がなかった。（しまった！）しかし、滑走路の左側に構造物を発見した。私はすぐに目標をこれにかえると、照準をセットした。じっと見つめるＯＰＬ照準鏡のなかに、敵の曳痕弾が私の機をめがけて無数にむかってくるのが見える。

敵艦のマスト上空を飛びこえ、椰子《やし》の木をこするように超低空いっぱいで飛ぶ。いまだっ！「テーッ」と自分で声をかけると同時に、力いっぱい爆弾投下レバーをひいた。つぎの瞬間、二発の三号爆弾がパッと光って炸裂した。

戦果確認どころではない。敵の機銃弾は、大きな束となって追いかけてきて、後方へ流れていく。突然、カンカンカンという後部胴体あたりに機銃弾の命中するショックを感じた。前方はモロタイ島の中部にそびえる山岳地帯である。

何と機のおそいことか。気はせくが、飛行機は思うほど速く飛んではくれない。やや高度をとりはじめるころ、やっと弾幕を抜けることができた。ふりかえって見ると、どうやら味方機の第一撃が終わったらしく、敵の砲火はさほどではない。また、滑走路上から飛行機を隠していたためか、敵機の上がってくる様子も見えなかった。

やがて少し落ち着いてくると、塚原機の見えないのに気がついた。そして、はるかに上がる煙が、はたして味方機なのか敵機なのかもわからない。高度をとりながら山の裏側（北西側）にまわった。こちら側には、まだ日本軍がいるはずである。モロタイ島守備の日本軍が、米上陸部隊の攻撃をうけて拠点を占領されたのに対し、ふたたびハルマヘラ島から日本軍が逆上陸して、その奪還と増援をはかったのである。しかし、ともに優勢な米軍によって山中へ追いつめられ、まさに敗軍の状態でひそんでいたのである。

ジャングルの上空を飛びながら下を見ると、そこには手をふり、日の丸をちぎれんばかりにふって合図する日本兵の姿が、いたるところにあった。空を飛ぶもの、地に戦うもの、ともに明日のない命かも知れないが、私は大きくバンクして、彼らの合図に応えた。

だが、敵地の上空でまごまごしてはいられない。約一二〇度の左旋回をおこない、いまきた米軍基地の方向に機首をまわす。と、明るくなった海岸線の斜め左前方に、双発飛行艇のPB2Yが一列になって、横にずらりと並んでいるではないか。すでに味方機は集合点にむかっているのか、攻撃中の姿は見えないし、敵の弾幕も上がってこない。しかし、この好餌をむざむざ見逃して帰るわけにはいかない。とにかく冷静に考えている余裕はない、据膳は食わねばなるまい。

「よし、突撃だ！」

とっさにそう判断した私は、飛行艇の列線をめざす。私の進行方向と飛行艇とは百度くらいひらいて、機首はこちら向きである。これを右側から左へ流し射ちにしようというのである。左へ旋回すると、無数の艦艇からの銃砲火と、滑走路傍の機銃陣地のなかにまた突入することになり、避退するにしても、左旋回の横腹を敵に見せながらそのコースを飛ぶことになって、きわめて危険である。

高度は七百メートル。もちろん、突撃開始とともにエンジンは全開にした。降下角度二十度、最右端の敵機に照準をあわせた。直距離約一千メートルで発射した。両翼の二〇ミリ機銃二梃、座席内の七・七ミリ機銃二梃が一斉に火をはいた。機銃弾は、まるで吸いこまれるように敵機に命中する。

私は機を左旋回させながら、流し射ちをくわえる。超低空のアクロバット飛行である。左片翼が椰子の木をこするようにして飛ぶ。そのためか、先ほどとちがって、艦艇からも陸上からも敵弾はまったく飛んでこない。

避退するため、私は思いきって操縦桿をひいた。機は垂直旋回する。まだ山岳方向へまわりきらないうちに、またも敵の一斉砲火があびせられてきた。Uターン後の上昇姿勢では、速力がなかなかつかない。撃っているときはよいが、撃たれるときの何と機の遅いことだろうか。そして、時間は果てしなく長く感じられた。

やっと弾幕の外にでた。翼下は、先ほど友軍が手をふっていた山腹である。そこで私はもう一度、大きくバンクして、彼らの健闘を祈った。

たった一機の復讐戦

基地の上空には、まったく機影を認めない。われわれの肝を冷やした夜間戦闘機もいないようだ。しかし、味方機も見えない。全機やられたか、それとも帰途についたか、あるいは私の集合を今やおそしと待っているのだろうか？

高度を一五〇〇メートルにとった。あたりはもう完全な朝である。見通しもよい。私はハルマヘラ島北端の岬の西岸ときめられた集合点に機首をむけた。左下に敵の艦艇群をにらみながら、敵戦闘機を警戒して飛ぶ。

空中戦では、一にも二にも見張りである。敵機さえ見ていれば、そう恐れることはない。ほとんどが奇襲でやられるケースが多いのである。

エンジン全開で集合点へ急いだ。いま、攻撃をおえたばかりのはるかな滑走路では、やっと敵の戦闘機が離陸をはじめている。爆撃の戦果か、味方機の墜落による炎上か、基地のほうぼうから黒煙が上がっている。しかし、それを偵察しているゆとりはない。

そのとき、左前下方に敵の哨戒艇を発見した。しかもそれは、こちらへ向かってくるではないか。私は一瞬まよった。自分だけが遅れている。しかも、敵の戦闘機が追撃にきている。さらに、メナド飛行場が爆撃をうけないうちに帰還し、そこで燃料を補給して発進しなければならないのだ。攻撃すべきか、やめるべきか……たぶん、この哨戒艇はハルマヘラ島の日本軍陣地の近辺を哨戒してもどってきたのであろう。

「チキショウ、帰りがけの土産《みやげ》だ」私は思いきって左に突っ込んだ。急降下角度約五十度、高度一千メートルでセットした。しかし、それより早く敵艇からの防禦砲火が一斉にふきあげてきた。そのあまりの猛烈さに度肝を抜かれて、どうしたわけか、引き金がにぎれない。

敵艇のマストすれすれに機を引きおこすと、そのまま海面をはうようにして避退したが、ものすごい追い射ちをあびせられた。さらに、左方向からも艦艇群の猛烈な弾幕があった。全艦艇の大砲、機銃が水平にこちらを向いて火をふいている。右に左に大水柱があがり、上下に機関砲弾が炸裂する。一気に一千メートルまで急上昇して、やっと弾幕の外に出た。敵機はまだこない。

戦果はどうかと思って振りかえると、炎上する敵機、傾いている飛行艇の姿が見える。しかし、残念ながら戦果は少ないようである。集合点についてみると、すでに味方機はいなかった。誘導機の九七艦攻も見えない。いまなお日本軍の支配下にあるハルマヘラ島にも、人の動きは見えなかった。

私はもときた道を今度は逆に、真西にむけて単機で帰投するよりほかはなかった。だが、心配していた追撃機はないようだ。

戦闘機の洋上航法は苦手である。モルッカ海峡を横断して、約一時間の飛行ののち、ようやくセレベス島の東北端にたどり着いた。あと数十分でメナド基地につくはずだ。基地上空を一航過してみると、そこには零戦も誘導機もすでに翼を休めていた。

最後の難関である着陸も、何ら事故もなくおえて機から飛びおりると、さっそく小林大尉が飛んできて、「ご苦労ご苦労」と肩をたたいて迎えてくれた。ただちに経過報告をすませると、未帰還機のことが気になってたずねると、四機ということであった。

総合してみると、この長駆攻撃は完全に失敗であった。未帰還四機の犠牲はやむをえないとしても、あまりにも戦果が少なかった。われわれの攻撃をいち早く察知した米軍は、飛行機をすべて避退させていたのである。

過ぎたことをいつまでも悔やんでいるわけにはいかない。すぐにも米軍機が、先ほどの〝お礼参り〟にあらわれるかもしれないからだ。燃料補給がすむと、われわれはまるで追い立てられるようにメナド基地を離陸し、途中、パラワン島のプエルトプリンセサ基地で一泊したのち、十月三十一日、ふたたびフィリピンのクラーク基地へと帰着したのであった。

海軍航空のメッカ横空で鍛えた空戦術

若き日に海軍航空発祥の地で体験した九六艦戦誕生に至るプロセス

当時 横空第五分隊長・海軍大尉　野村了介

横須賀港のいちばん北の入江は、陸岸と突堤で波浪をふせぎ、水上機の発着に適していた。入江の端には川の三角洲と小さな島とがあって、そこで明治憲法が起草されたという。いまも記念碑が残っているが、憲法とは無関係にこの島と三角洲の一帯が埋め立てられ、狭い（東西二百メートル、南北六百メートル）飛行場がつくられたのが大正元年（一九一二）だった。

野村了介大尉

明くる大正二年、本部兼兵舎が完成し、大正四年には、横須賀海軍航空隊（横空）が開設され、初代司令は山内四郎大佐だった。この街の片隅の広っぱのような粗末な飛行場、最近のもっとも辺鄙《へんぴ》なローカル空港とくらべてもはるかに程度の低い飛行場が、日本海軍航空の発祥の地であり、メッカといわれた横空のあった所である。

横空の歴史は、すなわち日本海軍航空の歴史といっても過言ではないが、これを短時日の準備で書けるはずがない。したがって、これは私が横空に勤務していたころに見聞したことのあれこれを書いてみよう。

横空のあった追浜《おっぱま》は、その地形をすっかり変えてしまうほどの大工事をしないかぎり、満足のゆく飛行場などできるものではなかった。陸上飛行基地選定の第一条件からはずれていた所だったが、前にも書いたように水上機の基地としては、全然ダメというわけではなかった。

〔海軍創設期の海外派遣状況〕

年	階級	氏名	派遣先	飛行機名
明43	大尉	相原 四郎	独国駐在	モーリス・ファルマン水上機（ルノー七〇馬力）
明44	大尉	金子 養三	仏国駐在	
明45	大尉	河野 三吉	米国出張	カーチス式水上機（カーチス七五馬力）
〃	〃	山田 忠治	米国出張	
〃	機大尉	中島知久平	米国出張	
〃	大尉	梅北 兼彦	仏国出張	
〃	〃	小浜 方彦	仏国出張	
大2	大尉	井上二三男	仏国出張	デュペルデッサン単葉水上機

それは、海軍で必要な飛行機はなにかといえば、その頃の人ならだれでも、一も二もなく下駄ばき水上機と答えただろう。なにしろ海軍航空創設期の人たちの考え方もそんなところにあったことは、その人たちが海外に派遣されて、どこでなにを勉強し、どんな飛行機を持って帰ったかを見ればよくわかる。（表参照）

このように第一目標が水上機にあったとすれば、横須賀鎮守府管下では、やっぱり追浜を選ぶしかなかったのかもしれない。航空予算の年額がたった二十五万円が不成立に終わったのが大正四年で、大正七年の航空隊維持費がなんと十四万九八〇〇円だったころの話だから、わりあい気前よく人をだしたものだとおもう。

車輪が引込式となり、飛行機のスピード記録が陸上機の手ににぎられるようになるのは後年のことであって、横空に陸上機がきたのは大正八年だったらしい。日本製の飛行機の第一号機は、中島知久平大尉がファルマンを改造したもので、大正二年七月に完成している。馬越喜七大尉が純国産の横廠式一四〇馬力を完成して、大臣表彰をうけたのは、大正七年である。

大正八年に舶着したのは、デハビランドDH9艦上偵察機（シドレー二四〇馬力）、ソッピース・クック雷撃機（イスパノ二〇〇馬力）、ブラックバーン・スイフト陸上機などで、英人技師が三菱で試作した一〇年式艦戦は、大正十年十月に完成している。また、この年には、キールに載せるときから空母として設計された世界最初の軍艦「鳳翔」が進水している。

母艦の調査は、大正五年に金子養三少佐が世界最初の改造空母である英海軍のフューリアスについて行なっている。そして英人パイロット、ジョルダンと吉良俊一大尉とが、ワイヤーアレスターをつかわないで鳳翔への着艦に成功したのが大正十二年三月十六日で、これが後年の機動艦隊の誕生日ではないだろうか。横空の狭い飛行場で訓練した効果が、ほんのわずかながらあったかもしれない。

海軍パイロットが誰一人として横空の狭さについて文句をいったものがなかったのは、つねに着艦のことを考えていたからで、横空のような狭い飛行場にうまく着陸することに、むしろ誇りを持っていたからである。

クセ者ぞろいの分隊長

横空の開隊は海軍航空隊令によることはもちろんであるが、それには「横須賀海軍航空隊は前諸条の外《ほか》将校および機関将校に航空術に関する事項を教授し、且つその改良進歩をはかる所とす」とあって、その任務が教育と研究実験にあることを明示している。教育については教えることはちがっても、教える方法はほかの教育とかわりはない。したがって特に説明する必要もなさそうであるが、実験研究、とくに試作機の実用実験はいちばん興味が深いので、いくつかの例について、それに従事した人の人柄から仕事の性質、かんたんな経過までを述べてみたい。

昭和十年、海軍機が全金属性の低翼単葉機にかわろうとする航空機躍進時代の先駆となった九試が各社から出そろった年であった。

戦闘機では中島と三菱が九試単戦を納入していた。三菱九試はのちに九六艦戦となったもので、中島九試はおなじ低翼だが、翼を張り線でささえたもので、最高速で四十ノット近い差があって不採用になった。攻撃機のほうは、七試の大攻の実用実験がすこし残っており、九試陸攻の実験がすすめられているころだった。

飛行機の試作命令は、もちろん航空本部から出される。そしてその技術的、飛行性能的な検討は航空技術廠があたり、用兵的な実用実験は横空が担当した。横空では各機種ごとに性格のちがう分隊を二個ずつ編成してあった。

例を戦闘機にとると、四分隊と五分隊で、四分隊は横須賀鎮守府の戦闘機隊として作戦兵力の一部であり、かつ戦闘機の用兵上の諸問題、たとえば対戦闘機の編隊空戦法とか、対多座機攻撃法といったようなものを実験研究するのが任務であった。そして五分隊は、試作機の実用性、たとえば発着艦特性、空戦性能、搭載兵器の装備法などを研究するのが任務だった。

九試が審査をうけているころの配員は、水上隊では三田少佐、攻撃隊は新田慎一少佐と三原元一大尉、空技廠実験部は得猪治郎少佐と須田少佐、艦爆は崎長大尉、戦闘機では隊長が岡村基春少佐、四分隊長が柴田武雄大尉、五分隊長は源田実大尉、のちに野村了介大尉、実験部は小林淑人少佐、のちに吉富茂馬大尉などであった。

一クセも二クセもあるこれらの搭乗員分隊長たちをうまく使いこなす人材は、全海軍に人多しといえども、そう何人もいるわけではなかった。そのなかでもピカ一と考えられていた大西瀧治郎大佐が、扇のかなめともいうべき教頭の座についておられた。ところが三原大尉の一日は、そのころ士官室一同の謎になっていた。朝昼食とも士官室に顔を出したことはなく、夕食には顔を出すが、夜の十一時ころになると、まじめくさった顔をしてどこかへ行ってしまう。

三原大尉は後年、檜貝襄治大尉とならんで陸攻隊の双璧といわれ、この人が指揮官になるとその部隊だけでなく、その方面の飛行機隊の士気が上がるとまでいわれたほどである。それは、実戦で僚機が被弾したりすると、指揮官機みずから速度をしぼって最後まで援護するので、決して部下を見すてない人として敬慕されていたからである。

この秘密は当分わからなかったが、後年、支那事変となってからの渡洋爆撃とか、第二次大戦中の基地航空部隊の台湾基地からフィリピン爆撃となってその正体をあらわした。彼の飛行実験というのは陸攻による洋上遠距離基地の攻撃法の研究で、深夜に横空を出発し、黎明に台湾の基地に仮想の攻撃をおこない、そしてまた横空に帰投するというパターンを、毎日くり返し訓練していたのだった。

艦隊の艦艇兵力が削減されたのを航空兵力で補いたい。だが、母艦の数には限度がある、陸上基地から太平洋の真ん中くらいを攻撃できる航空兵力がほしい、という日本海軍の祈りに近い願いを実現するための最有力な途だった。

そのほか彼の功績の一つとして、艦攻の魚雷発射がある。第二次大戦中、日本海軍も多くの技術指導をドイツからうけたが、日本から教えることはあまりなかった。そのなかで航空魚雷およびその投下法については、ドイツからぜひ指導してほしいという申し入れがあった。その指導教官として白羽の矢を立てられたのが三原少佐だったが、幸か不幸かこのはなしは途中で立ち消えになった。

飛行実験中の得猪少佐は、あらゆる飛行実験の基礎をきずいた人で逸話も多いが、その人柄を知る上でいちばん特徴的なのは、晩酌のお燗《かん》をするときである。徳利の一本一本に水銀寒暖計をさしこみ、それが四二・五度を指すのをみて、はじめて飲むということだった。

新田少佐は文字どおりの酒豪だったが、どんなに困難な飛行にも文句をいったことのない人だった。ともあれ陸攻隊の飛行機だけでなく、その用兵上の基礎を確立したことで、得猪、三原の名前は忘れてはなるまい。

命がけだった空戦の実験

戦闘機のほうの陣容は、飛行実験部が小林少佐、横空飛行隊長が岡村基春少佐、四分隊長が柴田大尉、五分隊長が源田大尉だった。審査実験すべき試作機のほうは、八試複戦、三菱九試、中島九試などで、中島の九〇戦改が正式に九五式艦戦になる日を待っていたところだった。八試だの九試だのといっても一般の方には、わずらわしいだけなので、もっと大ざっぱに、九試以後はほとんど全金属低翼単葉機になったのだと考えていただければよい。

実験部の小林少佐は、かつて英国に留学中、ロンドン近郊で飛行訓練中に火災を起こした。空中火災はパラシュート降下以外に助かるみちはないが、いますぐ脱出しては火災機が人家に飛びこむおそれがあると判

九五式艦戦。中島九〇式艦戦の性能向上型で戦闘機としては最後の複葉機

断して、自分が火傷を負うのを知りながらも苦痛にたえて、飛行機を安全な方向に誘導したのちに脱出した。英国民はこのことを知って、リューテナント小林の沈勇をほめそやしたという。よくボーン何々ということばが使われるが、小林さんはボーンパイロット（生まれながらの）だったと思う。

飛行隊長の岡村少佐は、搭乗員が機種ごとに配属されるようになった初期のはえぬきの戦闘機パイロットで、第二次大戦末期には、特攻隊司令として苦しい作戦をつづけておられた。着眼のいい方で、いろいろ新機軸を生んでおられるが、とくにフラットスピンについては、海軍でただ一人の経験者であった。

そのときの飛行機は、三菱の八試単戦で、パラソルタイプの上翼単葉機だった。この飛行機で、ダブルロールのテスト中、フラットスピンに入り、いろいろとやってみたが回復せず、脱出した。しかし、フラットスピンのため飛行機の落下速度が小さく、パラシュート降下中のパイロットのほうへ飛行機のプロペラがまわってきて、接触しそうになったので、夢中でそれを手で払いのけるようにしたとき、右手の指二本を切られてしまった。しかし、この経験とそれにたいする適切な判断とが、そのころやっと完成した空技廠の垂直風洞での貴重なテスト資料となり、その後の海軍機では、このような不幸は二度とおこらなかった。

柴田、源田、吉富の三人についてはいずれも、各方面で活躍中なので省くとしよう。しかし、話がこと海軍の戦闘機に関することになると、かならず出てくる名前である。

私が横空分隊長の辞令をいただいて、陸軍の各務原飛行場に着任したのは、三菱がフランスから購入したドボアチーヌＤ510戦闘機が到着したからだった。

当時、海軍の戦闘機は九〇艦戦が制式機で、あと一ヵ月くらいで九五艦戦として制式採用が予定されていた九〇戦改があった。八試は岡村少佐の事故をふくめてすべて不採用。九試は三菱と中島と二機種があったが、さきに書いたように、のちに九六戦となる三菱九試が圧倒的な好成績をおさめていた。そして、その最後のテスト項目として私がひきついだことは、九試の空戦性能をどのへんで落ち着かせるかということだった。

飛行機の重量を翼の面積で割ったものを、翼面荷重（ウイングロード）といっているが、一般に翼面荷重が大きいと旋回性能が悪くなり、旋回性能が悪いと空戦に弱くなるといわれていた。事実、そのとおりだったが、飛行機の運動を垂直旋回（九十度角）のような水平面での運動と、宙返りのような垂直面での運動にわけると、翼面荷重は主として水平面の空戦性能にだけきくもので、垂直面の性能は、馬力当たりの重量（パワーロード）によって左右されることが、源田大尉の実験でわかっていた。

この二つの数字と、実際に空戦をやった結果を比較検討すると、そうとう荒っぽい話だが、各種戦闘機の空戦性能のランキングがつくれるのだった。九試と一位の九五戦とをくらべると、水平面すなわち横の空戦では全面的に九五戦が優位だが、垂直面すなわち縦の空戦では、あるていどの翼面荷重までなら九試の方が九五戦より強い。そこでこの臨界翼面荷重をつきとめる必要があった。

それから約一ヵ月、くる日もくる日も鉛のデットウエイトを九試に積んだりおろしたり、ウイングロードを九〇から一キロごとに変化させて、一つのウイングロードについて少なくとも三回以上、九五戦と高々度の空戦をやってその記録をとるのだから大変だった。パイロットもその技量に大差があってはならない。

そこで当時の五分隊の主要パイロットとしては、間瀬平一郎空曹長は源田サーカスの二番機、水兵出身のパイロットとしては海軍随一の技量と見識を持っていた。当時の五分隊の分隊士だった。青木与一空曹は源田サーカスの三番機、戦闘機操縦の名人で、まもなく満期をとって中島へ入社した。また望月勇二空曹は戦闘機の達人で、それに半田亘理二空曹と中村三空曹がいた。

これらの名人たちが毎日数回、高度七千～八千メートルで力一杯の空戦をやってくるのだ。半月ほどすると、全搭乗員の体重が減ってきて、元気がなくなってきた。空戦実験中、搭乗員にかかる加速度は、最大五Gもあった。こんな加速度を一日数回、延べ十分くらいもかけられると、まず血圧が下がってくる。そして食欲がなくなり、すぐ目がくらむ。血圧の最高が八十くらいになると、風呂へ入れなくなる。なにしろ入ると卒倒してしまうのだ。

そのころ、ちょうど軍医官が注意を向けだした航空病の一つである。陸攻隊などでは航空病になる一つの条件として、一ヵ月に六十～八十時間以上の飛行時数というのがあったが、戦闘機のようにGがかかる場合は、二十時間くらいでも航空病になるようだ。

航空病の治療は、飛行を休ませるより方法がなかったが、実際の要求からは一日も休ませるわけにはいかない。このような命がけの実験で、空戦性能というつかまえどころのないも

九六式艦戦。三菱九試単戦を原型とする全金属製低翼単葉の高性能戦闘機

のの、一つの標準値ができあがった。たとえば、九六戦のウイングロード九四の時の空戦性能といった具合にである。

報国号の披露飛行で気分一新

ドボアチーヌD510の実験は、各務原で二日かかっただけで終わってしまった。その主な原因は、九試単戦がたいへんな成功機で、はじめ世界一流の全金属製の低翼単葉機と比較してみるという計画が、性能的に問題にならないということで、テストする目標がなくなってしまったためだった。

D510は高々度性能と、イスパノエンジンのプロペラシャフトを中空にして装備された二〇ミリカノンだけしか参考にならないという結論が、早々に出てしまったのである。

そこで九試の空戦実験が終わらないころ、二〇ミリ機銃を二梃翼内に装備した九試ができあがってきた。それと同時に九五戦に七・七ミリ機銃を四梃装備したものもできてきた。後年の多銃式戦闘機のはしりであった。魚を銛《もり》で突いて捕らえるとき、針のならんでいる方向を魚の進行方向に合わせたほうがよいか、それとも直角に合わせたほうがよいかということである。

そのため多銃式の腟軸線をどのように整合すればよいか、あらゆる組み合わせをやってみた。しかし結果は、銃の数と命中率とは正比例しないこと、すなわち銃が四梃になっても、命中率は二倍になるどころか一・二倍にしかならなかった。もう一つは軸線の整合法をいろいろと変えてみても、命中率は大同小異で、また個々の機銃の命中率はいつもおなじようだった。

さて、いちばん重要な二〇ミリ機銃だが、ドボアチーヌの場合はエンジンのどまん中に装備されていて、きわめて安定していたが、九試のほうは翼内、それもペラペラの翼（のように思えた）なので、飛行中はシワルはずである。

それもそのときの速度によって、シワル度合いが変わるだろう。そうなると弾丸はどこへ飛んでいくかしれたものではない。これはまた計算して出せるものでもない。

仕方がないので、飛行場の北端にあったエンジン試運転場の丘のてっぺんに幅広の幕的を張り、追浜の駅あたりから超低空飛行でこれに撃ち込むことにした。ちょうど各飛行隊の格納庫の上を通りこして二〇ミリを撃ち込むのだから、だれが考えてもあぶない芸当だった。案の定、飛行長は反対だったが、大西教頭の一声で許可されることになった。しかし、この実験の成果をもとにして、零戦の最大の武器となった二〇ミリの翼内装備が決定されたのである。

このような実験飛行に明け暮れているころ、当時、アシスタントアタッシェとして英国にいた南郷茂章大尉（のち軍神）から手紙がきた。

ふつうの手紙なので、あまり重要な情報は書けなかったようだが、手紙の最後のところに、「当地の飛行隊でも編隊スタンツがさかんに行なわれている。最近みたのは編隊でスローロールをやっていた」というのであった。そしてそのやり方が略図にしてあった。

これを見た血の気の多い五分隊パイロットたちのことだから、私たちにもやらせてください、としつこくせがんだ。しかし、編隊スタンツで有名なイタリア空軍でも年に九名も死んだことがあったので、私がリーダーのとき以外は厳重に禁止することを言い渡してから、間瀬空曹長と二機のロールを練習しはじめた。

実験飛行の往き帰りに練習するのだが、三〜四日で二機のロールをものにして、一ヵ月くらいで三機のロールもできるようになった。

このころ、民間から飛行機を軍に寄贈させることがはやっていた。陸軍は愛国号、海軍は報国号といっていたが、戦闘機一機が三万円とのことだった。各報国号には報国第何号という番号のほかに、別称がついていた。報国号が贈られると、命名式と祝賀飛行が公開されるのが一般で、テストパイロットは横空からでることが多かった。

報国号で話題をにぎわした「銀座の柳号」は岡村少佐がパイロットだったし、「全国女学生号」は私が操縦した。全国女学生号のときは、三機の編隊で羽田の飛行場を離陸し、編隊宙返り、編隊ロールなどを初めて一般見学者に披露したのだった。こんなことも、忙しく、堅苦しい実験飛行の気分一新には、大いに役立ったのである。

明野から来た果たし状

明野は陸軍戦闘機のメッカだったが、その明野飛行学校から横空戦闘機隊にたいして、陸海軍の協同演習を申し入れてきた。今回が三回目とのことで、岡村少佐からきいたところによると、第一回は岡村大尉が指揮官で横空でおこない、第二回は源田大尉が指揮して明野でおこなったので、今度は横空でやる番だという。

明野の指揮官は松村黄次郎大尉だった。この共同演習は、明野と横空の戦闘機隊が空戦や射撃、兵器整備、そのほか戦闘機に関するあらゆる技術を、対抗競技のようなかたちで全力を尽くして競いあいながら、たがいに技術を公開して切磋《せっさ》琢磨《たくま》しようというので、競技中は天狗《てんぐ》同士だから、真ッ先にやりあったが、最後の懇親会では完全に意気投合したものだった。

私が経験した陸海軍の協同研究のうちでは、これがいちばん実りの多いものだったと思う。われわれが明野から教えられたことも沢山あった。とくに兵器（機銃、無線、写真）整備に関しては、陸軍は海軍より何年か先輩だった。この演習でオフィサーの兵器員が生まれたのは、海軍戦闘機隊の大きな収穫だった。

第三回協同演習のハイライトの一つは、おなじ三菱の低翼単葉機をたたき台にして、陸軍と海軍とがそれぞれ手をくわえた九試同士の空戦実験だった。両方とも例のドボアチーヌD

510で実験しているし、戦闘機乗りとしては一番おもしろいイベントだと思われていた。

ところが好事魔多しで、陸軍のほうは演習の前日、その試作機（見たところ九試とそっくりだった）を明野から空輸してきたのだが、横空へ着陸のさいにアンダーシュートして南端の溝の岩壁にひっかけて大破し、搭乗員は入院してしまった。海軍のほうは、私が最後の試飛行を終わってぶじ着陸したまではよかったが、列線へ帰る途中、工事中の滑走路にはまりこみ、片脚をついたため翼端をこわしてしまった。私はすぐ散髪屋へかけ込んで丸坊主になってから、教頭のところへお詫びにいったが、あまり先ばしりすぎたようで、大西教頭はにがりきっておられた。

いずれにしても、これで陸海軍ともに現有試作機の比較という項目は仲よくパーとなり、使用機種は両軍とも重苦しい複葉の九五戦同士になってしまった。この低翼単葉の試作機がうまくいっていれば、この時点ですでに戦闘機の協同試作という話が出たかもしれなかったのだが、残念なことだった。この演習で顔見知りになった明野の教官たちは、戦前戦中を通じて、陸軍戦闘隊の枢要な地位にあり陸海軍の連絡上、多大の便宜をえたものだった。

さて九試のほうは、協同演習こそ参加できなかったものの、着艦実験にも成功し、制式採用の日を待つばかりだったが、制式のエンジンが決まらなかった。寿三型、寿五型、光一型と付けかえ、どうやら発動機屋さんは光一型にしたかったようだが、実験部の吉富大尉が試飛行中にエンジンが止まり、アンダーシュートして重傷を負ってしまった。そこでいちばん安全な寿二型改をとり付けて実験がすすめられた。

ところが、時局は飛行実験とは関係なく進展し、いつ対中国作戦に進出しなければならないか予断できなかった。そのような場合、現用の九〇戦ではあまりにも心細い。寿二型付きのものでも九試なら安心である。そこで九試を兵器に採用する技術会議がもたれ、ここでも大西教頭の決断によって、条件付きではあったが、寿二型付きの九試を九六式一号艦上戦闘機として制式に採用されることが決まった。

九試の実験で、全金属製の低翼単葉機、二〇ミリ機銃二梃翼内装備、ということまでが決まったあと引込脚、コンスタントペラなどによって近代化されれば、世紀の名戦闘機零戦が横空の飛行場で見られるようになるはずである。それからというものは、五分隊長は私から板谷茂大尉に、そして下川万兵衛大尉へと申し継がれて零戦が実現することになるのである。

零戦隊の栄光を支えた九八陸偵の殊勲

開戦時の比島隠密偵察の大任を果たした台南空偵察隊長の報告

当時 台南空偵察機隊長・海軍大尉　美坐正巳

漢口を基地として長駆、重慶および蘭州を攻撃、偵察していた第十二航空隊偵察機隊が、昭和十六年九月はじめに台南に進駐してから、ひそかに戦争準備がすすめられた。われわれの使命は、これからつづくであろう攻撃目標に対する果敢な単機偵察である。警戒の厳重な港湾、航空基地、またこちらに接近する機動部隊に、単機で敵情を偵察し、味方攻撃隊を誘導するという、はなやかな空中戦を演ずる戦闘機隊や攻撃隊の影武者である。

美坐正巳大尉

昭和十六年十一月二十一日、南海の空は碧く、秋とはいっても日中はまだ暑い。午前八時半、格納庫前に九八式陸偵（陸軍九七式司令部偵察機を採用、改良もした）の発進準備が完成していた。だれの目にも訓練飛行への出発と見えたにちがいない。

近くには訓練飛行機がいそがしく地上滑走をしている。ようやく朝の飛行作業がさかんになる時刻である。

「さあ行くか、大原飛曹長」

私はそれとなく操縦員の大原分隊士をうながし、指揮所を出る。

前夜から今日の秘密偵察はくわしく打ち合わせずみである。長年、戦いを共にした大原飛曹長とは何をするにも以心伝心であった。

指揮所の斎藤正久司令、新郷英城飛行隊長と、無言で敬礼をかわす。お互いになにもいえない状態である。

格納庫前の搭乗機に目をむけると、マークの日の丸は泥絵具で消されていた。よく見れば、私の飛行服の大尉階級章（当時）もはずされている。暗号書を入れてあるバッグは、いつもコンビの大原飛曹長が持っているので、今日はまったくの手ブラである。

出発！　斎藤司令と新郷隊長とが、ごくひかえ目に手をあげて合図、これであるいはお別れとなるかも知れない。

「美坐大尉は作戦命令にしたがって、イバ、クラークフィールド、オロンガポを写真偵察、あとの一機はマリベレス海岸を写真偵察、三空の鈴木大尉はバタンガス、カビテを偵察する。飛行高度は七千ないし八千メートル、往路はなるべく海上距岸五十浬《かいり》、警戒を厳重にP40に注意、あとは貴官の計画により実施、万一、敵戦闘機に見つかったとき、または追撃をうけたときは海南島に避退せよ」

これが日の丸を消した国籍不明機の受けた秘密偵察命令であった。万一、敵戦闘機の追撃をうければ、海南島に逃げなければならない。しかしどう計算しても、燃料がたりない。燃料もたりないが、偵察機には一梃の機銃もない。はだかで危地にはいる無謀さも、わずかに速力の優性と高々度偵察の技術をたよりに強行された。

みごと敵状撮影を完了す

快晴のバシー海峡を左に見て南下する。いくらかは雲があってほしい日であるのに、あいにくと比島上空は断雲のみである。コッソリと南シナ海に進路をはずして、忍び足で目的地に接近する。台南を出発してから一時間半、ようやく半航程。ではソロソロ高度を上げずばなるまい。

「高度を上げよう。八千メートルまで少し頭を右にかわして上昇す」大原飛行長の返事は固い。「大丈夫だ、昼飯の真っ最中に入るんだ。上空はカラッポだ。オロンガポ、クラークフイールド、イバの順序に入る」

午前十一時半、オロンガポの西方洋上五十浬に接近、入るにはまだ早い。針路を右にとり、東シナ海を二十分ほどぶらつく。高度を八五〇〇メートルにとり、針路を比島西岸オロンガポ（マニラ西方）上空にとる。ここは飛行艇基地であり、軍事施設構築中の情報を写真により確認するのである。

十一時五十分、八五〇〇メートルより、きわめて緩降下姿勢をとり、速力を増しつつ進入する。「ヨーソロー」大原飛曹長の操縦はたくみである。

大型写真機を試動、機底の偵察窓をあける。高々度の空気は冷たい、零下二十度付近。酸素吸入器の冷たさで歯がうずく。

いよいよ上空にきた。目で確認するが飛行艇は見あたらず、逃げたらしい。施設付近は赤土がほりかえされ、明らかに拡大されつつある。最近の工事の大きさが目に見える。キラキラ反射する海面の光をさけて、機影に入る。

「敵戦闘機見あたりません」大原飛曹長は期待はずれのような声をだす。奴さんたち、昼飯を食っているなと思いながらも、あまり空家では薄気味が悪い。では念のためにと反転して、二回目の撮影に入ったとたんに「敵戦闘機二機、左後方」

P40らしい二機編隊が、左後方より追ってくる。全力で南シナ海に避退し振りきる。約十分でぜんぜん追尾してこない。P40の速力は当時二八〇ノット付近のため、とうてい三二〇ノットの陸偵には追いつけなかったわけである。

つづいてイバ（オロンガポ北方西岸）に進入、戦闘機基地の滑走路の黒いエプロンに小型機十六機を確認。クラークフィールドには大型三機、小型二十二機を確認。上空哨戒の戦闘機に捕捉されず、わずかに気がついたのかつかないのか、低空にさまよう小型機を三機見たのみで、偵察はぶじ終了した。

命令のとおり、いちど南シナ海に入り、針路を海南島にとる。

念のため追尾を振りきるために一〇〇浬進行して、台南に帰投針路をとる。わずか二十分くらいの隠密偵察に、それまでにない緊張をおぼえたのは私だけではなかった。

九八式陸偵。海軍は適当な陸上偵察機をもたず、急ぎ陸軍の九七司偵を転用、14年11月に九八陸偵一一型として制式採用

かくして開戦前、くわしくいえば十一月二十一日から十二月三日までの間に、比島上空には延べ六機の九八式陸偵が隠密裡に活動した。主として敵航空機の集中移動を偵察したのである。

かくて偵察隊にも運命の日は来た

十一月下旬のころから、目に見えて敵情に変化が見えはじめた。大型飛行艇一機が真昼、高雄港外へ低空偵察をおこない、陸上より認められる距離まで近接した。司令部もわれわれ戦闘員も、凝集されてゆく緊張感を意識せざるをえなかった。十二月三日からは、台湾の基地は各基地上空で訓練するのみで、特別任務の洋上哨戒、天候偵察をのぞいては、さしたる刺戟行動をとらず、満を持して待機していた。

五日――バギオ（リンガエン湾東方内陸部）に比島米軍の各級指揮官参集の無線が傍受された。あわただしい米軍の模様が肌に感じられてくる。

緊迫感はいよいよ両軍にかぶさって来つつあった。日曜日のホテルの解約が解読されてくる。米軍も時の近きを察知したのかも知れない。著名なイバ飛行隊長の名によるホテル取り消しの無線情報が、当時の角田求士航空参謀によって流された。バギオのはなやかな雰囲気は、しだいに殺気立ってきつつあった。

六日――中攻による比島東西海域の洋上索敵、陸偵による天候偵察が実施された。同日、パラオより飛行艇による洋上索敵哨戒が実施され、あと三十時間余にしてはじまる第二次大戦は、時々刻々と近づき、台湾基地に満を持していたわが軍は、五日から外出もとめられて、ひたすら心身の休養と航空機の整備に全力があげられた。

十二月の台湾の夜は内地の秋である。星空は澄み、風はなく、静かな夜がつづいた。時間をもてあます搭乗員も、ふだんはトランプで笑いさざめく士官室も、あまり話し声もない。中国本土で数十回の戦闘をへてきた野武士の集団のごとき第十一航空艦隊麾下の猛者は、静かに世紀の時を待っていたのである。

七日――午後十一時半、天候偵察機が発進、すでに気象班により七日夜半より八日未明にかけての天候不良は予知された。

司令部幕僚は悩んだ。いかんせん、真珠湾攻撃の時刻は近づきつつある。比島攻撃隊の発進はおくらせることは出来ぬ。なんということかこの期におよんで、この天気とは！

そのうえまた予想外のことが起きた。天候偵察機の比島接近とみられるころ、イバ基地の空中哨戒が傍受された。

例の飛行隊長みずから哨戒に出ているらしい。彼らは夜間戦闘が可能なのである。よほどベテランのパイロットを集めたか？　司令部はふたたび重なる苦悩にあせった。

八日——未明零時半、天候回復の見込みなし。四時半ころすこし回復したが、ふたたび霧が来襲、台南空司令斎藤大佐、小園安名飛行長は一睡の間もなく、七日夜半より飛行場、司令部との電話連絡に忙殺された。

しかし、静かにおちついて発進準備は霧中の飛行場で進められた。さすが歴戦の猛者連は、運命は運命としてうけとめ、時のいたるのを待ったのである。

大胆不敵な一列斉射

新郷飛行隊長を指揮官とする台南空戦闘機隊の二十七機は、高雄空の野中太郎隊長がひきいる中攻二十七機の直掩として、十時四十五分、基地を発進した。中支いらいの歴戦の士を集めた戦闘機隊は自信満々、一路クラークフィールド（マニラ北方）へ。他の零戦九機は三空戦闘機隊とおなじく十時四十五分、基地を発進、イバ基地へ戦いをいどんだ。

この日の台南空出撃の各級指揮官は、新郷英城隊長、浅井正雄大尉、瀬藤満寿三大尉、若尾晃大尉、牧幸雄大尉、川真田勝敏中尉、笹井醇一中尉、酒井少尉の面々、そして、戦果偵察の私である。

天候は半晴、異常に西風が強く、進撃高度三五〇〇メートルに断雲の多い日であった。バシー海峡をなかば過ぎるころより、私は高度をとりはじめ、比島西方洋上に出る。戦闘機隊、中攻隊の右後方に位置して進む。

とうぜん予想された東西線に張っているであろう敵戦闘機の哨戒線には、バシー海峡を過ぎてもぶちあたらない。あと三十分で、クラーク突入である。

「大原飛曹長、クラークの上空で戦果偵察をする。あとイバ、デルカルメンに行く」

十三時四十分、新郷隊長は地上銃撃にはいる。他の一隊はデルカルメン（クラークフィールド南西）の地上攻撃、大胆不敵にも一列にならび連続銃撃である。地上の敵機が火を吐く。黒煙のため、ともすれば滑走路が半分かくれる。照準がむずかしかろうに、息もつかせず猛撃がつづく。黒煙は長く比島の空にたなびいて、そこだけが生きているように比島は苦しみあえいでいた。

三十六計逃げるにしかず

高度八千メートルで偵察をつづけている私は、敵戦闘機をも忘れ、しばし友軍の奮闘に見とれていた。

「敵戦闘機二機、左方、追って来ます」大原飛曹長の声に、われを取りもどした。一機ならば気がつかなかったものを、敵さんは、いつも二機でいらっしゃる。われわれ丸裸の偵察機にとっては幸いである。スタコラと逃げるにしかず。

ついでに機をイバにむける。地上銃撃で十四機炎上中を認め、デルカルメンへゆく。山の谷間のようなところにある飛行場は、もうもうたる土煙りをあげている。高度三千メートル前後を、あちこちに右往左往する敵機を見おろしながら、戦果を見とどける。

デルカルメン＝地上撃破二十数機。クラークフィールド＝双発三機、四発五機、大型機三機炎上。イバ＝大型六機炎上、小型五機炎上、空中戦による撃墜は三十数機に及んだ。

満身傷だらけの比島をあとに、十四時三十分、帰途につく。戦いに傷つき、よろめく味方戦闘機四機をつれて、比島の西海岸ぞいに一路、台南基地へとんだ。幸いにも、一分一秒をあらそって帰りを急ぐわれわれに、追い打ちをかける敵戦闘機はついに一機もなかったのである。そのわけはこうである。

敵の虚をついた発進計画

真珠湾攻撃にあわてふためいた在比米軍は、夜明けから飛びたち、空中哨戒につかれ果てた。待てどくらせど日本機はあらわれない。まさか昼すぎの攻撃とは思いもよらなかったのであろう。まんまと昼すぎの虚を衝かれたのであった。

しかし、われわれの考えは違っていた。発進がおくれれば台南、高雄、恒春基地が敵機の空襲にさらされる。それまでに出なくては。万一、出発後に基地が叩かれてもそれは致し方ない、しかし発進完了までは、来てくれませんようにと真剣に神に祈ったものである。

霧のために来れなかったのか、それだけ兵力がなかったのか、私は知らない。ただわが基地を叩くこともなく、わが進撃路に邀撃線を張るでもなく、また兵力も予想通り一〇〇機内外で、増援の様子も見えなかった。

十二月八日の中部ルソンの航空戦は、今もなお、ふしぎに思えてならないのである。

終戦までに、開戦当時の台南空の各級指揮官はほとんど戦死してしまった。斎藤司令と新郷隊長と私、三人だけが兵学校出身の生き残り搭乗員である。

なお、開戦前の比島秘密偵察は、やはり米軍に探知されていたようだ。偵察当日のラジオは国籍不明機の進入をつたえ、また米軍の開戦前史には明らかに高々度機の活動を記録してあると聞いた。

偵四飛行隊「彩雲」ルソン敵機動部隊発見！

誉二一型を装備「われに追いつくグラマンなし」と豪語した彩雲の実力

当時 偵察第四飛行隊長・海軍大尉　橋本敏男

昭和十九年五月末、千早猛彦大尉の指揮する偵察飛行隊は、トラック島を基地として長駆二五〇〇浬《かいり》を飛び、メジュロ、クェゼリン、ガダルカナル、アドミラルティ各根拠地を挺身偵察した。

その結果、メジュロ環礁においてアメリカ海軍の正規空母五、補助空母二、戦艦三、巡洋艦および駆逐艦十三隻が集結中を、またほかの各根拠地にも空母一ないし三隻を中心とする支隊が、それぞれ碇泊しているのを発見した。

橋本敏男大尉

越えて六月五日、ふたたびメジュロを偵察したとき、さきに集結中の米艦隊が、ぜんぶ出港してしまっていることを発見した。大本営ではこの報告を受信するや、米軍の次期進攻作戦開始のせまったことを知り、ただちに「あ号」作戦発動を下令した。

この有効かつ適切な隠密偵察の成果も、彼我兵力と術力の差異および敵のわが暗号解読による企図察知などのために、所在部隊の勇戦奮闘もむなしく、まもなくサイパン、テニアン両島の失陥となった。

あ号作戦そのものは悲惨な敗戦におわったが、作戦遂行に、大きく貢献したこの挺身偵察の使用機こそ彩雲だったのである。

偵察機彩雲《さいうん》は発動機「誉《ほまれ》」二一型一九九〇馬力を装備した単発、三人乗りの偵察機で、最高速力三三〇ないし三四〇ノット、実用上昇限度一万三〇〇メートルで、航続距離はじつに二五〇〇浬というような性能を持ち、兵装としては無線機、固定写真機のほかに七・七ミリ旋回機銃一を後部にそなえていた。

昭和二十年になって一部の彩雲には、両翼端にカバーをつけたアンテナを装備した小型レーダーを搭載して、偵察能力の向上をはかったものも出現したが、最高速力の低下と、レーダーの性能不十分のために、私の飛行隊では大した活躍をすることなくおわった。

一心同体で任務を遂行

そのころ陸軍では一〇〇式司令部偵察機を使用していて、一〇〇司偵とよばれ、大いにその高性能をほこっていた。この飛行機は双発、二人乗りで速力、上昇限度とも彩雲よりすぐれていたが、航続距離は彩雲に遠くおよばなかった。それに三人乗りと二人乗りのちがいで、総合的な偵察能力という点でも彩雲より劣っていたと思う。しかし、これは陸軍と海軍の用

木製400リットル大型増槽を懸吊して飛翔する艦上偵察機「彩雲」一一型

兵思想の差異にもとづくものであろう。

彩雲が初めて戦場に勇姿を現わした昭和十九年春ころは『われに追いつくグラマンなし』と打電した彩雲もあったくらい、そのすぐれた性能を遺憾なく発揮できたが、昭和二十年にもなると、敵戦闘機も新鋭機がぞくぞくと戦場にあらわれ、また彩雲に追いつくために短時間ではあるがロケットを併用しだしたりしてきたために、私の飛行隊では七・七ミリ旋回機銃を取りはずしてしまった。

それは徹底的に制空権を敵にうばわれて、敵戦闘機のむらがる戦場へ出撃して行くのに、敵戦闘機の一三ミリ六梃に対して、そんな豆鉄砲一梃では対抗できないから、それよりもいっそ取りはずして少しでも抵抗をへらし、高速力で敵機から離脱しようという考えからであった。

三人の搭乗員は操縦員、偵察員と電信員で、操縦員は操縦を、偵察員は航法と目視偵察のほか垂直写真および斜写真の撮影を、電信員は無線機の送受信と旋回機銃の射撃をうけもち、敵の艦艇ならびに飛行機に対する見張りは三人平等にひきうける。

これらの搭乗員の組み合わせは、できるかぎり一定にしておくことがきわめて重要なことで、任務を遂行するためにはつねに一心同体で、意志の完全疎通が決定的な要件なのである。

高空にあがると互いに酸素マスクをつけるが、マスクには伝声管が装着されている。八千メートルあたりまでは通話は明瞭であるが、一万メートルとなると、空気が非常に稀薄《きはく》になるため、聞きとりにくくなる。高々度偵察を常用戦法とする彩雲にとって、搭乗員相互の完全な意志疎通が大きくモノをいうのである。

彩雲は前述のようにすぐれた偵察機ではあったが、欠点がないわけではなかった。

最も困ったことは、その発動機と脚の欠点のために可動率の低いことであった。いかにすぐれた飛行機でも、飛べなくてはなにもならない。小型で大馬力の誉は画期的な発動機ではあったが、その整備には高い練度と長時間の綿密な手入れが絶対に必要であった。

敗戦につぐ敗戦で、多くの技量優秀な整備員は孤立した外地に取り残されて、整備員の練度は急激に低下し、そのうえ昼夜をわかたぬ敵の空襲のために整備施設もいよいよ貧弱となり、主として夜間、偽装した掩体の中で懐中電灯をたよりの整備では、整備員の不眠不休の努力にもかかわらず、可動率は低下をたどるばかりであった。

エンジン不調でひき返す搭乗員に対して、司令部あたりでは、さも「卑怯者」であるかのように罵《ののし》られることもあって、私の胸は張りさけるようであった。

貴様のためなら燃料も

昭和十九年の秋、硫黄島にあって同地の航空隊飛行長と第二十七航空戦隊航空参謀を兼務していた私は、十二月はじめに偵察第四飛行隊長を拝命した。任地はフィリピンのクラーク地区の最北端バンバン飛行場である。

司令官の市丸利之助少将は、「サイパンからのB29の本土空襲が激化した今日、硫黄島の価値は東京に対する品川お台場に比すべきものがある。このさい、硫黄島から君を失うことはまことに忍びがたい。しかし、敵がレイテに上陸してして以来、君の任地のフィリピンは天目山にも比すべき主戦場である。喜んで送り出すから勇戦奮闘せよ」と激励されて、「砲爆の巷《ちまた》を去らず朝あけに、兵に囀《さえず》る島の鶯」と揮毫の色紙《しきし》を賜わって見送られた。

一式陸攻で、第三航空艦隊司令部が所在する木更津基地についた私は、偵察第四飛行隊（偵四）の一部が、新機材の彩雲を受領して鹿児島基地で訓練中であり、近くフィリピンに進出することを知った。また、フィリピンから要務で来ている一式陸攻の飛行隊長で、級友の仲斉治大尉に会ったので、わけを話して同乗を頼んだ。

仲大尉は、フィリピン方面の悪戦苦闘の状況を説明したのち、「飛行機は満載で余積はないが、貴様のためなら燃料をそれだけおろしても乗せて行く」と快諾してくれた。鹿児島の出水基地まで乗せてもらって、同地で握手して別れたが、それが同君との最後になった。

鹿児島基地で数日をすごした私は、彩雲五機をひきいて台南経由で十二月十日ころ、ルソン島のバンバン基地に到着した。バンバン基地には偵察第四飛行隊のほかに偵察第三飛行隊

（偵三）がおり、偵三、偵四で第一四一航空隊を編成していた。

二個飛行隊とはいうものの、うちつづく激しい航空戦のため消耗していて、両隊あわせて彗星、零戦偵察機（零戦を改装して固定写真機を搭載したもの）合計十数機しかなかったので、彩雲五機の到着は新威力をくわえることになり、航空隊のなかはもちろん司令部でも大いに嘱望された。

偵三飛行隊長は木村大尉であったが、司令中村丑之助大佐の命により、先任隊長たる私の指揮のもとに、一個飛行隊として運用されることになった。一四一空は連合航空艦隊（第一、第二航空艦隊）直率で、司令部はバンバン基地から自動車で約三十分の洞窟内にあった。

すべて敵機と思え

当時レイテ方面は、わが軍の必死の増強にもかかわらず、米軍は着々と地歩を固めつつあり、クラーク地区のわが基地群は連日、敵機動部隊の艦上機群と敵基地飛行機の空襲にさらされていた。しかし、わが陸海軍の戦闘機隊は、ともに戦力を蓄積するために、一機も迎撃に飛び立たない日がつづいた。

制空権は完全に敵の手にあって、敵機は我物顔《わがものがお》に低空で基地周辺を飛びまわり、林の中でもどこでも銃撃して、偽装隠匿《いんとく》した虎の子の偵察機を二機、三機と炎上させていった。

こんな状況下において、敵の空襲のあいまをぬって、偵察機は連日、二機、三機と敵機動部隊やレイテ方面の偵察に飛び立っていった。

列線を出てから着陸して偽装を終わるまで、発見する飛行機は、すべて敵機と考えねばならなかった。滑走路も舗装されていないので、滑走中も、もうもうと土煙りがあがるので、すぐ上空の敵機に発見されてしまう。

私は列線を出る飛行機の前方を、自転車に乗って上空警戒にあたりながら、飛行機を誘導し、敵機に発見されたと見るや、ただちに搭乗員を飛行機から退避させて、近くのくさむらの中に、頬を地面ですりむきながら息をひそませたものである。

迎撃に離陸しない味方の戦闘機隊にたいして、憤懣《ふんまん》がしだいにつのっていったある日、味方の陸海軍戦闘機隊の全力約五十機が、いっせいに迎撃に飛び立って、P38、P51、P47など約八十機と凄絶な空中戦闘を基地上空一円にくりひろげた。

私は防空壕のそばで、期待に胸をふくらませながら見守ったが、結果は最悪で、墜とされるものはほとんど友軍機であった。残った数少ない友軍機は防禦砲火の援護下に地上すれすれに逃げまわり、上空には米軍戦闘機が悠々と飛びまわりながら、ときどき獲物を狙う鷹のように急降下して、友軍機を攻撃していた。

ルソン島索敵飛行命令

この日をさかいとして、状況はさらに悪化の一途をたどり、陸軍部隊はルソン島への敵の上陸にそなえて、北部の山岳地帯に立てこもるべく連日連夜、長蛇の列をなして南から北へ移動していった。

年が明けて昭和二十年正月早々、航空部隊もまたクラーク地区西方の山岳地帯にうつって、陸上作戦に転換する準備をはじめた。

しかし私には、航空作戦をあきらめることはどうにも残念で耐えられなかった。それで、司令中村丑之助大佐に申し入れた。

「私も搭乗員のはしくれであり、いまどうしても航空戦を断念して山に引きこもる気になれません。最後まで航空戦をやらせて下さい。もし、敵の戦車が飛行場のすぐ先まで来たら、飛行機を焼いて山岳地帯へ撤退して司令と合流いたします。私に搭乗員、整備員、兵器員合計五十名を下さい。そしてその人選を私にやらせて下さい」

中村司令は私の気持を了承されたうえ、「しっかりやれ、頼むぞ」と激励してくださったので、さっそく一騎当千と思われる人々をえらんで、私の意図をつたえた。陸戦配置につく人々は、先発隊からつぎつぎ移動して行った。

一月五日の夜半、連合航空艦隊長官からの命令をうけとった。

「偵察第四飛行隊長海軍大尉橋本敏男は、第一四一航空隊可動全機をひきい、六日早朝発進、ルソン島西方を行動する敵攻略部隊ならびに機動部隊を索敵偵察して、その全貌を明らかにすべし。任務終了後は菲島にもどることなく台南基地に着陸し、第二十六航空戦隊司令官の協力をえて、同方面の索敵偵察任務を続行せよ」

六日黎明、可動全力六機（彩雲三、彗星二、零戦偵一）は所定のコースを索敵のため勇躍離陸した。私は彩雲一番機に乗って、マニラ西方海面にむかって飛行中、電信員から報告

——離陸したうちの二機から「われ発動機故障、基地に引き返す」、基地から「上空に敵戦闘機、着陸するな」——私はまた二機を失うかと暗澹《あんたん》としながらも、無事に生還できるような奇跡を念じた。（二機とも台湾、ルソン島間の孤島の不時着場に不時着し、後日、戦列に復帰した）

高度八千メートルで索敵した私は、リンガエン湾において一〇〇隻以上の攻略部隊、機動部隊を発見し、高度を一万に上げて、直上を航過して垂直写真を連続撮影した。

ふと、下を見ると二千メートル下をグラマンF６Fの四機編隊が、アップアップしながら高度を上げて追跡してきた。

しかし彩雲にとって、この高度差二千はまずまず安全なもので、敵発見の第一電、つづいて付近の天候を打電して台南にむかった。台南基地で現像した写真を判読した偵察結果を連合航空艦隊、連合艦隊、軍令部に電報で報告し、つづいて、この方面の索敵偵察任務

彩雲一一型。母艦昇降機ぎりぎりの胴体長のため垂直尾翼後縁が前掲

にしたがった。

クラークの山岳地帯に入っていった中村司令以下の身の上を案じて、暗く重い気持に沈んでいたが、数日後、その中の搭乗員一同が、疲れきったからだで、私のところにもどってきた。

報告によれば、そのすぐあとに命令が出て、搭乗員は全員、ルソン島の北端ツゲガラオ飛行場まで行軍して、同基地から夜間、中攻で送還されたとのことで、予期しなかった再会を互いに心から祝福しあったのである。

その後まもなく、級友の島勇次郎大尉（後日戦死）のひきいる偵察飛行隊が、木更津から進出してきて交代することになり、偵四は軍令部の計画にもとづいて、四国の松山基地で再編制に着手した。

壮烈、高田大尉の最後

松山基地には、源田実大佐のひきいる三四三航空隊があって、飛行隊としては偵四のほかに戦闘三〇一、戦闘四〇七と戦闘七〇一の各隊があり、当時の最新鋭戦闘機「紫電改」をもって装備されていた。

三四三空は怒涛《どとう》のような敵の進撃をくいとめるための突破口として編成されたものであって、紫電隊の空中戦闘を有利に展開するため、会敵する前に相当の余裕をもって、敵情や付近の天候を偵察して、指揮官に報告するのが偵察第四飛行隊の任務であった。

偵四が飛行機隊を再編成してから一ヵ月後、すなわち戦闘機隊の眼となり耳となる新しい任務を達成すべく、訓練にはげんでいた昭和二十年三月十八日、敵大機動部隊の飛行機隊が大挙して、九州一円を空襲して来た。

明くる十九日には、これら機動部隊の内海西部空襲は必至との源田司令の情況判断のもとに、十九日早朝から三四三空は警戒厳重な待機態勢にはいった。

一方、偵四に対しては、彩雲三機をもって黎明に基地を発進し、足摺岬と室戸岬の間を哨戒して、敵飛行隊を発見したならば高速を利してこれに触接しつつ、敵情をつぎつぎと報告せよ、との命令がくだされた。

午前五時四十五分、三機の彩雲は暁闇をついて発進した。六時五十分、東側哨区を担当した高田満少尉機から「敵機動部隊見ゆ室戸岬の南三〇浬」、ついで「敵大編隊四国南岸を北上中」と無電がはいった。

待機中の五十四機の紫電改は、一斉にエンジンをとどろかせ、つぎつぎに離陸して迎撃にむかった。終日、激闘がくりひろげられ、約三〇〇機とわたりあって、じつに五十七機を撃墜するという大戦果を挙げた。わが方の損害二十一機のなかには、前述の高田機もはいっていた。

高田機に対して、連合艦隊司令長官小沢《おざわ》治三郎中将から、その武勲顕著なりと殊勲をみとめられて全軍に布告された。

悪天候でも偵察を続行

三月末に米軍が沖縄に上陸するや、鹿屋基地の彩雲隊偵察一一飛行隊は、連日の勇戦に人も機も、しだいに消耗していった。

当時、内地には彩雲の飛行隊は、木更津の偵察一二飛行隊、鹿屋の偵察一一飛行隊と松山の偵察四飛行隊の三個しかなかったので、偵四と偵一二から鹿屋の偵一一に対して、二機あるいは三機と増援されたが、それでも消耗をおぎなうことは出来なかった。

五月中旬、偵四は三四三空の指揮下をはなれて鹿屋に進出を命じられ、偵一一とともに新しく編成された一七一空司令木暮《こぐれ》寛大佐の指揮下にはいった。沖縄方面の陸上基地および中城湾在泊艦船の写真偵察、特攻隊の戦果偵察、特攻隊のための天候偵察ならびに敵機動部隊の索敵、哨戒が主任務であった。

彩雲で沖縄を偵察する場合、天候さえよければ一万メートルの高々度写真偵察が可能であった。すなわち列島線の西方を進撃して、沖縄の西七十浬から西の上層風の追い風を利用、高速一航過偵察で離脱をはかれば、エンジン故障でないかぎり一〇〇パーセント成功であって、この方法では一機も失わなかった。

しかし、特攻の午前偵察のさいは、天気が悪くても偵察を中止することは許されない。中高度もしくは低高度偵察は、敵戦闘機に喰われることが多かった。以下は天候不良のため、低高度偵察で未帰還となった一例である。

六月二十五日、操縦員＝松田賢治上飛曹、偵察員＝柴田剛毅上飛曹、電信員＝早川英夫上

飛曹、任務は沖縄泊地艦船ならびに基地偵察。

行動は午前九時三十二分に鹿屋基地を発進、十二時三十五分「……地点、敵の兵力は大型空母一隻、大型輸送船三〇隻、中型輸送船五隻、小型輸送船約一五隻、敵付近の天候は視界二〇浬、雲高約二〇〇〇、雲量九、天候曇」を送信後、連絡がたえて未帰還となる。

今でも勇躍離陸して行ったこれらの人々の面影を、私は忘れることは出来ない。

還らぬ十二機の彩雲

六月ごろだったと思うが、第五航空艦隊司令部は鹿屋から大分《おおいた》基地に後退し、それにつれて一七一空本部と偵察一一飛行隊も大分県の戸次《へつき》基地に移動していって、偵察第四飛行隊だけがそのまま鹿屋に残った。（他の飛行隊で鹿屋にいたものもある）
前述の沖縄偵察にくらべて、敵機動部隊索敵は未帰還率が高かった。位置のはっきりしている沖縄と異なり、機動部隊は、いるかいないかもわからないので、はじめから高々度で飛行すると、途中でいても見のがす恐れがあるので、必然的に低空もしくは中高度を飛ばねばならぬためである。
そのほかに、機動部隊にとっては偵察機に発見されることは致命的であるため、沖縄よりもさらに警戒が厳重であったものと思う。
高度八千メートルでも、グラマンに執拗に追いかけられて、危うく逃げかえったことも、たびたびあった。

私が偵察第四飛行隊長を拝命してから終戦までの満八ヵ月の間に、私の指揮下にあって、勇戦奮闘しながら未帰還機となった偵察機は合計十六機で、内訳は彩雲十二機、彗星四機である。

隠密秘法を駆使した「奇兵隊」偵察行

偵察第四飛行隊が武器なき高速機「彩雲」を駆っての決死行

当時偵察第四飛行隊分隊士・海軍中尉　及川喜久男

四国の松山基地に、剣《つるぎ》部隊といわれた三四三空が新設されたのは、敗色日ましに濃さをます昭和二十年二月一日であった。隊員の主力は南方戦線に雄飛した生き残り搭乗員であり、また一部には実戦の経験をもたない若い人たちもいた。

われわれの偵察第四飛行隊隊は彩雲で編成されることになっていたが、まだ一機か二機しかなく、大村や木更津航空隊に飛行機を受領にいき、ようやく飛行隊らしく十二機ぐらい集まったのは、一週間後であった。

及川喜久男中尉

さっそく錬成がはじまり、実戦の経験者はただちに索敵行に飛んだ。

偵察は北、中央、南の三方面にわかれ、進出距離はだいたい四五〇ないし五〇〇浬《かいり》、左右は二十ないし三十浬ときめられていた。

このころの機種は彩雲だったが、偵察一本槍の戦法のため、機銃をはずして速度の向上をはかっていた。当面の敵機グラマンよりは遙かに優速をほこり、「われに追いつくグラマンなし」の電報は嘘ではなかった。

彩雲の性能は諸元表に見るとおり、当時、世界一といっても過言でないほどすぐれていたが、全速で三十分も飛ぶとリベットが飛びだしたり、マグネットがたるむ、という故障機が出てきた。そのため整備員の苦労は並大抵ではなく、文字どおり不眠不休の作業で、目を真っ赤にはらしながら、機体と取りくんだものである。整備員も生き残りのベテランが多かったが、整備作業中に空襲にあい、戦死したものも少なくなかった。

偵察は毎日おこなわれたが、三月十八日の大空襲までに喰われたものは、中央、太平洋の索敵に出て、敵機動部隊の戦闘機におそわれた一機だけだった。

十八日および十九日の空戦は激しいものだった。敵機動部隊の本土接近は、その数日来ぶきみな動きをみせていたが、ついに十八日、四国南方に姿をあらわしたのである。彩雲の出動は十五機におよび、その情報をあわせると敵の機動部隊は四群よりなっていた。第一群はホーランド、ワスプ、ベニングトン、ベローウッド、第四群はエンタープライズ、イントレピッド、ラングレー、インディペンデンスの空母八隻、遠くの方に第二、第三群のボンフォーム、リチャードらが続いているのが望見された。

米海軍がほこる第五十八機動部隊の全力をあげての殴り込みである。十九日、櫛の歯をひくような偵察機の報告に、わが紫電隊はつぎつぎ迎撃に飛びたち、この日の戦果、じつに六

向こう２機は彗星、手前２機が彩雲。彩雲は最高時速654キロ、航続距離1700浬で、主翼容積の８割が燃料槽だった

十四機撃墜をかぞえたのである。

この空戦で、わが彩雲隊は高田機ほか一機を失った。しかしこの日より、敵の艦上機は松山には寄りつかなくなった。それほど敵の損害は大きく、恐怖心をあたえたのであった。

奇兵隊の異名と仕事ぶり

偵察第四飛行隊の陣容がようやくととのったころ、隊の名称がきまった。明治維新に功績のあった高杉晋作のひきいる奇兵隊にあやかって名付けられたのである。そのいわれを詳しくいえば、偵察隊の任務もおのずとわかっていただけるものと思う。

偵察とは昔ふうにいえば、伊賀甲賀の忍者の仕事である。すなわち隠密裡に行動し、自分の姿はかくして敵情をさぐる。いったん命令をうければ、己れの生命をかける。主命には絶対忠節を守り、死地へおもむくことを宿命天命と思っているのだ。

偵察機には武器はなく、万一敵機におそわれ、己れの快速を利することのできない場合は体当たりしかない。味方の航空部隊全般の作戦を有利にみちびくためには、一身の犠牲をいとわない。また偵察機は足が速く、高高度にのぼる身軽さをあたえられている。敵の虚をついて味方に勝利をもたらす任務は、まさしく現代の忍者というにふさわしい。

戦闘機、爆撃機、攻撃機は、それぞれ騎馬隊であり、鉄砲組であり、槍隊である。戦いの花形として戦場をかけまわるはなばなしさはないが、戦術には孫子のむかしも今も変わりはない。まず敵を知ることである。

したがって敵にとって、偵察機ほどぶきみな存在はないであろう。たった一機のために、全基地、全艦隊が叩かれることが少なくないからである。だから偵察機とみれば、しゃにむに墜とそうとかかってくる。

それだけに偵察隊には、ほかの機種とちがった活気があふれていた。縁の下の力持ちだが、舞台は大空、しかも高度一万メートルの高空から敵陣、敵艦隊を見下ろす気持は、偵察隊員だけが味わう爽快さであった。

グラマンには飛ぶたびに追いかけられたが、絶対の自信があった。五百メートルの距離からパッパッと一連射をあびせかけてくる。当たりはしないが、逃げるが勝ちとエンジンをふかす。敵機も全速で追いすがるが、機速の差はひややかな計算をだす。たちまちぐんぐんと差をつけ、なかにはおどけた奴もいて、敵機に向かってオイデオイデをしながら、尻に帆をかけて遁走する。整備さえととのっていれば、彩雲はじつに力強い飛行機であった。

その証拠に、彩雲の機体に敵弾をうけたということを聞かない。

銀河や月光が偵察に出た場合、よく敵弾を喰って帰ることが多かった。これは敵戦闘機とぶつかったとき空戦をやるからで、敵機を墜としても、それまでに機体のどこかに一発や二発を喰っているのである。

しかし彩雲には空戦性能がない。武器がなければ戦うことができない。したがって帰還する彩雲には弾痕はなく、最悪の場合には体当たり、玉砕しかゆるされないのである。

偵察機が生きるために必要なのは高度であり、いちばん大切なことは見張りであった。ゴマ粒ほどに見えたら手強い敵戦闘機で、シラミのうちに気をつけろ、とはよくいわれた言葉である。

また気象、とくに風向に気をつけなければならなかった。

風にさからうと、彩雲でも性能は半減し、飛行機が流されるとたちまち燃料にひびく。ふつう七時間から八時間、往復一千浬は飛べるものが、燃料の無駄づかいによって、予定行動もとれなくなってしまうのである。

ミナト・キイロの怪電報

三月十八日、敵機動部隊が本土に近接したころより、電波による妨害がはげしくなって、ニセの電報がどんどん入ってくるようになった。米軍お手のものの謀略戦術のひとつである。

通信長も首をかしげるような、もっともらしい無電が飛び込んできて、その応接に大あわてさせられたこともたびたびあった。そのうちこちらからも偽の情報を流し、その隙《すき》に飛びだすなど、狐《きつね》と狸《たぬき》の化かし合いみたいなことも行なわれた。

飛行機と基地のあいだでかわす電報は、あらかじめ決められた暗号で打ってくるが、敵状を報告したのち敵戦闘機に襲われたらしく、最後には平文で「テンノーヘイカバンザイ」と叫び、そのあとしばらくは、ただ「ジャー」と打ち、パッタリと音を出さない。こんなとき通信室で無電機を聞いているほど辛いことはない。何十台と並んだ機械にくいついているもの、つめかけてきたもの、ただ無言で顔を見合わせるだけである。

八月九日、ソ連参戦の日、一通のモールス信号が英文で入ってきた。日本語に訳してみると「シカク・コイヌ　ミナト・キイロ」と綴ることができた。

掌通信長はじめ、たれもが意味がわからない。そのうち長崎に原子爆弾の第二号が投下された情報が入ってきた。日本文として語呂が合わないところ、意味がわからないところがあるが、原爆投下のことだろうと、半信半疑ながら解釈した。このとき隊は、四国から九州に移動していて、鹿屋の洞窟陣地で聞いたのであった。

松山から鹿屋に移ったのは、四月に入ってからすぐだった。四国沖合に遊弋《ゆうよく》している敵機動部隊の艦上機は、松山を素通りして名古屋東京方面を襲い、また九州をさかんに空襲していたので、それに対応するのと、沖縄方面にたいする偵察からの移動である。

四月一日七時三十分、米軍は沖縄へ上陸を開始した。鹿屋へ進出したわれわれは五航艦一七一空の指揮下に入り、ただちに南方方面にたいして本格的な哨戒に入った。くる日もくる日も偵察機の飛ばなかった日はない。

六月一日、紫電隊の集結はおわったが、このころはすでに制空権は敵手にうばわれ、鹿屋の上空には、いつも双胴のP38が数機、制圧のため哨戒しているありさまだった。たいがい山かげにひそんでいては、上空にまだ明るさが残り、地上が薄暗くなる夕方に侵入してくるのが米軍のよくつかう手段であった。

しかし彩雲は離着時に墜とされたことはない。それだけ操縦員の苦労、偵察員の見張りは、ともに相当な手腕を要した。ようやく高度をとり、沖縄へむかう。

西風を利用して一万メートルの高度を飛ぶ。沖縄周辺の海面には毎日、敵機動部隊および輸送船団を発見した。これに対して特攻機が攻撃をかけるのだが、翌日、索敵にゆくと昨日となんら変わりない。むしろその数はふえてさえいるのだ。

叩けども叩けども、すぐ補充してくる敵の物量には底知れないものがあった。こうなっては偵察報告も、戦果確認も、偉大なる戦力の前には影のうすい存在でしかなかった。

何年ぶりかに見た電灯の光

かくて一人へり、二人へり、ベッドの空きがしだいに多くなったとき、八月十五日がやってきた。風呂にも入らず飛行場の崖下の洞窟ぐらしに薄汚れた顔は油ですすけ、くやし涙で、まるで自分のものとは思えないほどだった。

その日の午後、情報のいりみだれる中を私は隊長から命じられ、沖縄の状況を偵察することになった。P38は姿を見せない。終戦は本当なのか、まだ半信半疑だった。

途中、ぜんぜん敵機に出合わない。だが油断は禁物、陸岸を一五〇浬もはなれ、九千メートルの高度で沖縄を五十浬ほどやりすごす。彩雲の性能としてはぎりぎりの距離だ。おもむろに左に旋回して一万メートルの高度をとる。

全速一航過を操縦員の松本上飛曹に命じる。電信員の名倉上飛曹が「分隊士、失速しませんか」と叫んでいる。

私はすばやく写真をとる。敵艦船は数えきれないほどだが、飛行機は飛んでいない。四時をまわったばかりで、まだ真昼の明るさだ。巡洋艦をふくめて、何百隻の輸送船がビッシリ海面をうずめている光景は、昨日とあまり変わりない。

日没時、西の空の余映をたよりに基地へもどる。アッと驚いた。電灯があかあかと灯《とも》っているではないか。何年ぶりかで見る平和な光の祭典である。これよりも明るい地獄の火は見たが、すぐ暗黒の闇にとざされるのでは、人間のもつ光といえない。この夜、第五航空艦隊の宇垣纒中将が、自決の旅へ舞いあがったときいた。

八月十六日、朝からふたたび沖縄へ飛ぶ。

グラマンが五、六機、三千メートルあたりを飛んでいるが、殺気だった気配はすこしも感じられない。海上の艦艇も煙を風になびかせ、のどかな風景である。昨日までの修羅場とうってかわった平和な姿である。その美しさに見とれているうちに、戦争は終わった、という息吹きがどことからともなく実感をともなってあらわれてきた。

高度六千の我慢くらべ

八月十七日、三たび偵察行におもむく。こんどは激戦の島、沖縄列島をすれすれに飛ぶ。

思えば昭和九年に海兵団にはいってから、偵察ひとすじで通した飛行機乗りの生活が、十年の歳月の一コマ一コマに焼きついて、私の脳裡を影絵のようにかすめる。

偵察練習生として横須賀航空隊にあったとき、専修課目の航法、無線、射撃、爆撃、写真など、すべての分野をマスターしなければならなかった。のちには分業化され、飛行機に乗っていても操縦ができない搭乗員があったりして、なにか淋しい気持を抱かされたものである。

昭和十三年十二月、支那事変の龍州攻撃が私の初陣だった。彩雲の前身ともいうべき九七式艦上攻撃機をあやつって、母艦加賀を飛びたったとき、私は下士官になったばかりの三等航空兵曹だった。電信整備に夢中になっていた私は、艦長以下の甲板員の見送りに、敬礼もせずに飛びあがってしまった。ハッと気がついたときはもう遅い。母艦がだいぶ小さくなっていた。

地上砲火こそあびたが、もちろん勝ち戦さで、意気揚々であるべきなのに、私の心は重かった。帰還すると、さっそく副長の山中中佐に呼びつけられた。おそるおそる出頭すると、意外にも中佐は温顔で、偵察員たるものの心得をさとされたのである。

私が九死に一生の場面を、たびたび切りぬけてきたのも、このときの注意を、よく守ってきたからであろう。

いきなり怒鳴りつけられたのでは、若僧だった私のその後に、どんな影響をあたえたかもわからなかった。海軍には上官と部下とのあいだに心情の通うことが多かった。偵察第四飛行隊長の橋本敏男少佐、一七一空司令の木暮寛大佐、私はよき先輩にめぐまれた。

とくに三人乗りの彩雲では、人の和が大切だった。寸秒をあらそう空の戦いには絶対に欠かせないものだった。機長の私が二十七、松本上飛が二十三、名倉上飛が二十一歳。若さが機内にあふれていた。三人の気持が一致した話である。

ふつう酸素は六千から七千メートルの高度でつけた。酸素の寿命は三人分で一時間半から二時間だったので、倹約するわけだ。民間航空では三千メートルでつけるのが、航空医学の常識であった。五千、六千を越えると、鼻すじから目がしらにかけて、ジーンとキナ臭くなってくる。

そろそろつけようかと私がいうと、二人の返事はまだまだである。そのうちいよいよたまらなくなって、酸素をつけるのが三人いつも同時で、よく笑い合ったものである。

戦闘四〇一飛行隊「紫電」転戦譜

三四一空獅子部隊から三四三空維新隊へ。比島および本土上空の戦い

元三四一空戦闘四〇一飛行隊・海軍上飛曹　古積康雄

昭和十八年十一月十五日、松山基地において第三四一航空隊（獅子）は誕生した。われわれが松山に来たときは、まだ飛行場は完成していなかった。

その日は肌寒い一日で、われわれ二十数名は松山駅前より路面電車に乗り、どこをどう回ったかはっきり覚えていないが、バス停留所にちかい市役所前で降りた。やがて一丁足らずの街路を歩くと、バス停留所についた。

やがてバスは松山の町並みを走る。車窓からながめるそれらの景色が後ろへ飛び去っていく。しばらくして町はずれになった。道幅が急に狭くなって田舎らしくなってくる。それでも道路ぞいの家は、城下町らしく高い石塀で白壁の土蔵のあるがっちりした家が多かった。

古積康雄上飛曹と零戦

バスを降り立ってみると、そこには木造建ての兵舎がならんでいた。そのむこうに未完成の格納庫がひときわ印象的で、ダイナミックな感じがしたが、これが新設の松山基地であった。

われわれは庁舎の前に整列して転勤を申告した。その後、獅子部隊の兵舎に案内してくれた。ここでの生活は建築作業で、年いった通信科の士官が一番の先任者として、毎日、飛行作業に関係のある諸資材をそなえて、忙しい明け暮れであった。

そのうちに、各地の航空隊から搭乗員がぞくぞくと集まってきた。約十日間で、大原先任士官をはじめ七十数名が勢ぞろいした。

飛行作業といっても、わが隊には飛行機は一機もなく、豹部隊から借りて、もっぱら離着陸をやる程度であった。そのうちに、金子元威、浅川正明両中尉が零戦を二機空輸してきた。そこで豹部隊機と競争で飛行作業をやった。なかでも同期の大塚上飛曹がやった高圧線の下をくぐる芸当は、今でも忘れられない。

それから一ヵ月足らずで、獅子部隊は九州鹿児島の笠ノ原基地に移ることになった。昭和十八年十二月五日のことである。

硫黄島上空に消えた戦友

笠ノ原基地では主にはげしい基礎訓練が月々火水木金々でおこなわれたのであった。朝に霜を踏みながらの飛行機出し、夕べには星を見るまで編隊飛行、空戦訓練、射撃訓練をおこなった。この訓練で、山田、糸井、尾谷、大石上飛曹の航空事故は忘れられない。また、罰直であの広い飛行場を駆け足でまわったのも思い出の一つである。

正月には特別休暇が出た。しかし私は故郷が遠いので、霧島温泉で休暇を楽しんだ。ところが帰隊してみると、父母が面会にきている——という。そのため別に休暇をもらって鹿児島で父母と面会できた。こうしているうちに獅子部隊は、ふたたび思い出深い千葉の館山基地に移ることになった。昭和十九年一月十四日、笠ノ原基地を飛びたった。その日のうちに館山基地におりたった。新春の房総は木枯しが吹き荒れていた。

それからしばらく零戦による猛訓練がつづいた。そんなある日、川西航空機より胴体のずんぐりした、四枚プロペラの脚の長い中翼の戦闘機が空輸されてきた。局地戦闘機「紫電」ということであった。零戦のスマートさにくらべて、グロテスクという印象であった。われわれがこれに乗るのだと思うと、胸も小さく震えた。そのために大いに勉強もし努力もした。しかし紫電の操縦をマスターしたときは、筆舌につくしがたい喜びがあった。

いっぽう整備員の辛苦は並大抵ではなかったようだ。不具合な点を改良に改良をかさねて、立派な機体に整備していった。なにしろ、エルロンが吹き飛ぶという紫電では空中分解がたびたびあったので〝殺人機〟の異名があたえられたのである。私の同期の蔵原、木原上飛曹を失った。

しばらくして、金子大尉が指揮する戦闘四〇一の十三機の零戦がテニアンへ空輸のため、館山を飛びたった。ところが硫黄島に進出したところで、米艦上機との硫黄島上空戦に遭遇した。この空戦で金子大尉、鳥島兵曹、川村上飛曹、金沢上飛曹、三谷上飛曹、高木上飛曹、奥田上飛曹、戸谷上飛曹らの多くの戦友が露と消えた。

その後、鈴木上飛曹が館山湾に消えた。福永上飛曹が川西からの空輸で、前田上飛曹が勝木兵曹と空中衝突する壮烈な事故死をとげた。

しかし、そんな悲しいことだけではなかった。楽しいひとときもあった。ある日の夕方、飛行場つづきの海岸で土地の漁師の地曳網を手伝ったところ、お礼にと漁りたての魚をもらった。それを肴《さかな》に酒宴をひらいたこともある。

また、十日に一度の休日にはグループで安房鴨川まで出掛けたり、安房小湊にも遊びにいった。館山では柳屋、喜久屋、富士橋などはわれわれのよき宴会場であった。

そうこうしながらも、戦闘四〇一飛行隊は隊長白根斐夫大尉を中心に、立派な飛行隊として成長していった。

四〇一飛行隊、台湾へ進出

昭和十九年八月三十一日、戦闘四〇一飛行隊の第一陣が、紫電十七機をもって台湾の高雄に進出した。九月中旬には第二陣二十五機の紫電が、宮崎基地、沖縄の小禄基地を経由して高雄の岡山基地へ移動した。ここは第一線基地だけに、上空哨戒には毎日一度はあがった。

真夏の台湾でも高度八千メートル以上にあがるとさすがに寒い。下方を見ると、ちょうど地図で見る台湾が鮮やかに浮かんで見える。

比島で米軍の手に落ちた紫電一一甲型。戦闘四〇二飛行隊の所属機

十月二日「近海に敵機動部隊有り」の報に接した。早朝まだ薄暗いうち、第一回の上空哨戒があげられた。そして午前七時、上空見張りが、「飛行場上空、高度五〇〇〇。敵グラマン戦闘機編隊あり」と叫ぶのとほぼ同じぐらいに、全機発進の信号旗が掲げられた。時をうつさず戦闘四〇一飛行隊の紫電が、ものすごい砂塵をまきあげてつぎつぎに離陸していった。

と見る間に、上空で壮烈な空中戦がくりひろげられた。約六時間の死闘の末、友軍機は一機また一機と帰投してきたが、待てど帰らぬ友軍機は七機であった。つづく十三、十四日とB29の爆撃にさらされ、飛行場、兵舎等は見るもいたましいまでにやられてしまった。全くの修羅場と化していた。

こうして全てを失ったわれわれは、大崗山基地へ移ることになった。移動は夜行軍でおこなわれた。この基地は不時着場としての設備しかないので、近くの民家を兵舎にした。しかし電気はなく、山小屋のようなランプ生活がはじまった。

そのころ比島方面で一大航空決戦がはじまるというので、白根斐夫大尉にひきいられた獅子部隊は、ルソン島のマルコット基地にむかって離陸していった。

そして十一月二十四日、総攻撃の制空隊として出撃したが、白根隊長以下ほとんどの搭乗員が未帰還となった。

獅子部隊の名声を残すためにも飛行機が欲しい。そこで一部が内地へ飛行機を取りに帰国した。

このころから残留部隊の疲弊がいちだんとくわわり、マラリア、伝染病患者が続出した。私もマラリアにかかり大変だったが、なんとかなおった。

その後、わが隊は神風特別攻撃隊新高隊を命じられ、索敵のため、中国大陸近辺まで出撃した。

フィリピン上空の一大航空戦

いっぽうマルコット基地はクラーク基地の中飛行場の南側にあり、東の空には〝マニラ富士〟と呼ばれたアラヤット山が美しいシルエットを見せていた。

午前四時半に起きて、飛行場までトラックで行く。夜明け方の南の空には南十字星がきらめいている。くる日もくる日も索敵行、邀撃《ようげき》戦で休む暇もない。B24の邀撃戦で山口大尉と平川上飛曹が未帰還となった。

十二月二十五日午前十時ごろ「敵の大型機来襲」の報に、ただちに邀撃配備についた。十一時、大型機はクラーク上空高度四千メートルぐらいで侵入、P38が直掩としてやってきた。そして高角砲の弾幕が張られたと思ったとき、壮烈な空中戦がはじめられた。

上空は百雷が一度に落ちるように、エンジンが轟きわたる。するとわが方の一機がP38四機と反航戦をはじめた。一回、二回と格闘戦をおこなっていたが、不覚にもその機は高度一千メートルぐらいで壮烈な自爆をとげた。

後でわかったことだが、これが同期の鶴見上飛曹であった。約一時間の空中戦は終わり、あたりには静かな自然があった。こうして激しい戦いの日は暮れた。

昭和二十年一月一日、主計科の心づくしの御馳走を受け取り、元旦から落下傘をつけたままの待機がはじまった。一月三日「敵機来たる」の報に、今日こそはと勇みたち、わが精鋭の若武者たちは、指揮所にいる飛行長に快適の笑みを残して飛行場に消えたが、すでにそのとき、米軍機はわが上空にあった。

そして米軍のP47の編隊は、飛行場から飛び立たんばかりのわが隊の飛行機の銃撃に入っている。列線にあった機からは、つぎつぎと黒煙があがった。

このとき中辻上飛曹は頭を射ぬかれて戦死、満岡兵曹は大腿部を射ぬかれてその日の夕方、出血多量でついに戦死した。

一月七日「搭乗員総員集合」がかかり、司令舟木忠夫中佐の訓辞があった。

「本日をもって比島方面の航空作戦は全部打ち切ることになった。諸氏は一日も早く内地に帰り、再編制して、またこの地に帰って来てくれ。それまで司令はこの地を死守しているぞ、君たち一人一人は一戦艦一空母に匹敵する大切な身だ……」

みなの顔は涙でぬれていた。

こうして獅子部隊誕生いらい苦楽を共にしてきた整備の人たちに見送られて去ることになった。トラックに便乗してエチアゲをめざして出発したのは、午後一時ごろであった。しかし、エチアゲは飛行場が狭過ぎるということで、つぎの基地ツゲガラオにむかった。

零式輸送機にゆられること三時間の夜間飛行で、懐かしい高雄の岡山基地に帰った。そして、われわれが内地に帰還できたのは昭和二十年一月末であった。みんな髭面で、顔は真っ黒に陽焼けしている。

鹿屋基地をへて昔の松山基地に帰り、再編制の日を待った。しかし、三月一日、浅川正明大尉はわれわれ戦闘四〇一飛行隊の残りを集めて獅子部隊の解散を宣言したのであった。

部隊発足当時、七十数名いた獅子部隊も、岡山分隊

紫電二一型(通称紫電改)。戦闘三〇一飛行隊長・菅野直大尉の搭乗機

士以下、高橋、伊奈、小野、古積、田中（安）、大塚、宮本、田中（眩）、森、糸井、亀井、青柳、内藤、栗田、山田の十七名しか生き残っていなかった。

三四三空、四国上空の戦い

そして昭和二十年三月一日、浅川大尉の率いる戦闘四〇一飛行隊十七名は、第三四三航空隊に編入された。私は鴛淵孝大尉の戦闘七〇一飛行隊（維新隊）に配属となった。

三月十九日午前五時、搭乗員全員が指揮所前に集合した。やがて源田実司令が姿をあらわし、壇上に立った。

「今朝、敵機動部隊の来襲は必至である。わが剣部隊は、この敵機に痛撃をあたえる考えだ。目標はあくまでも敵戦闘機である。今日は態勢挽回の第一歩だ。徹底的に撃墜せよ」

このあと、副長の相生高秀中佐、飛行長志賀《しが》淑雄少佐から敵情説明やこまかい注意があって、各搭乗員はそれぞれの待機列線にむかった。

午前五時四十五分、ひときわ高い爆音がとどろき、三つの機影が南をめざして飛び去った。それは偵察の任務を課せられた彩雲であった。源田司令は、敵機があらわれる前に空中で待ち構えることができるように、戦闘機隊を発進させるのが作戦的に勝つとして、その情報をうるために彩雲の偵察を常時おこなっていたのであった。

午前六時五十分「敵機動部隊見ユ室戸岬ノ南三〇浬《かいり》」という第一電が彩雲から発せられた。敵機は連合艦隊が入港している呉軍港をねらってやってくるのだ。

「全飛行隊即時待機！」

エンジンがいっせいに始動しはじめた。つづいて第二電が入った。

「敵戦爆連合大編隊、豊後水道ヲ北上中、高度三〇〇〇メートル」

そのとき源田司令の声がするどく飛んだ。

「全機発進」

志賀飛行長によって白い旗が勢いよく振りおろされた。日ごろの猛訓練の成果を見せて、鴛淵大尉率いる戦闘七〇一飛行隊十六機、林喜重大尉の四〇七飛行隊十七機、菅野直大尉の三〇一飛行隊二十一機が編隊で離陸していった。

われわれが高度をとりつつある間に第三電が入った。

「サラニ敵三コ編隊見ユ、戦爆連合約百機北上中、高度四〇〇〇メートル、地点高知ノ西二〇浬」

この情報により敵機編隊の位置が明確になった。いよいよ決戦のときがきた。われわれは機上で酸素マスクをつけ、風防ごしに見る僚機の搭乗員とたがいにうなずき合い、やがて下方にあらわれた敵機群に突っ込んでいった。

空中戦は敵も味方も二機は必ず密着して戦闘をした。上になり、下になり、横になり斜めになりながら、敵の赤ら顔が鮮明に見えるぐらい接近して、敵の後ろにつく戦闘をくりひろげた。

渡辺中尉の二番機だった私は、敵グラマンＦ６Ｆと空中戦を戦い、二機撃墜し三機目を狙おうとしたとき、後方からＦ４Ｕが襲いかかってきた。すると渡辺中尉機がパッと煙を吹いたかと思うと、下方にむかっていった。

《ヤッタナ、この野郎ッ》と思うと、私はＦ４Ｕに立ちむかっていった。高度四千メートルからいっきに海面スレスレまでおりて空中戦をやり、ついに一機に煙を吹かせた。ところが、わが愛機はすでに胴体翼中に被弾しており、燃料も残りすくないため、やむをえず基地に引きかえした。

この日、邀撃にむかった剣部隊の紫電改四十三機、紫電十一機は、Ｆ６ＦおよびＦ４Ｕあわせて四十八機、ＳＢ２Ｃ四機、地上部隊による撃墜したＦ４Ｕ五機の合計五十七機を撃墜した。また、わが方の損害は自爆・未帰還（この中には彩雲一機を含む）十五機、地上炎上・大破五機の合計二十機であった。

この日の活躍にたいして数日後、連合艦隊司令長官より部隊感状が授与された。

鹿屋上空「雷電隊」の怒れる精鋭たち

三〇二空雷電隊とともに鹿屋に進出した防空作戦指揮官の手記

当時三〇二空防空作戦士官・海軍中尉　市崎重徳

市崎重徳中尉

高度二五〇〇。右手の機窓には山頂に白い雪をいただいた富士が、あまりも鮮やかにくっきりと浮かんでいる。左眼下に目をやると、相模湾の海岸線は白い波頭が幾何学模様をえがいている。祖国日本の美しい姿。これが見おさめになるかも知れないと思った。この美しい自然は、はげしい人間の闘争をあまりにも冷徹な姿で見ている。時は昭和二十年四月も終わりのころであった。

昨晩とつぜんに総隊命令として、海軍、いや日本とっておきの新鋭局地戦闘機雷電《らいでん》部隊を駆って、沖縄攻撃、いわゆる天号作戦の援助をするため、鹿屋基地の菊水部隊への戦闘参加を命ぜられたのである。航空戦隊の司令部で航空参謀から、参加作戦士官の指名をうけ、ただちに身のまわりの整理をすませた。そして翌朝、司令部を出発して、厚木基地から帽ふれの見送りをうけて、飛びたってきた指揮官機（九六陸攻）に同乗しているのである。相前後してつぎつぎに飛びたったが、雷電の姿はすでにない。速力四百ノットの雷電隊は南に先行しているのであった。

飛行機はいつしか名古屋上空にはいった。眼下に見える市街は、ドス黒い煙を噴きあげながらさかんに燃えている。罪のない民衆がこの人間のつくった劫火にどれだけ逃げまどい、傷つき死んでいったことだろう。かつて東京に外出した電車のなかで「私たちはこれで六度も焼けだされました。戦争は大丈夫ですか」と、不安気な表情で私にむかっていった老夫婦の言葉がふと思いだされた。

しばらくして機は伊丹空港に立ち寄り、瀬戸内海上空を飛んで夕方、鹿屋についた。夕闇せまる鹿屋基地――それはあまりにも憐れで、あまりにも無惨な姿をさらしていた。格納庫は鉄骨がむきだしていて、すでに使われていなかった。そして周囲は爆撃の跡が戦争のすごさを如実にものがたっていた。これが、いま最大の日本南端の基地の姿であろうか。

機から降りると同時に、出迎えの下士官が、「いつ爆撃されるかわかりませんから走ってください」という。私は軍刀をふりながら走った。「俺はまだ内地の基地におりたのだぞ」と思うと腹がたった。

さっそく菊水部隊の司令官室に挨拶に出向いた。われわれは三〇二空、三三二空、三五二空の雷電四十余機をもって竜巻部隊と命名された。沖縄攻撃の基地防衛の任務である。

菊水部隊の参謀は「B29は墜ちない。この基地周辺には海軍の零戦が、紫電が、そして陸軍の隼がある。しかしB29を撃墜したことはない」といった。それは一種のあきらめに似た言葉であった。「君たちはB29をたくさん墜としたというが、ほんとうに墜とせるかどうか」と、お手並み拝見というような印象であった。

これには激しい憤りと悲しさをおぼえた。こんなことで迎撃作戦ができるのだろうか。沖縄へ向けて攻撃機が飛び上がれば、頭上から逆落としに敵機の攻撃をうけるありさまで、どうして沖縄への出撃ができるだろうか。これほど敵に蹂躙《じゆうりん》されていて、この基地の防衛が、どうしてできるだろうか。

神棚の前にぬかずく小園司令

そのころの菊水部隊の作戦経過も聞いた。それを聞いているうちに無性に腹がたってきた。なんという作戦をしているのだろうか。こんな幼稚な作戦が厳然とした命令となって、それぞれの特攻隊にでているのだ。

得々として誇らしげな説明を聞いているうちに、この基地に集まっている特攻隊の中にいる、戦友の顔が浮かんできた。無意識に反発の声があがった。いや憤りを懸命におさえた心の叫びであった。

「そんな無謀な……飛行機の性能を知っているのか。つぎつぎと死んでいったのは、おなじ教育をうけたわれわれ飛行科の戦友だぞ」

この本土最大で最強といわれた基地に着いたばかりなのに、なんという、あまりにも憐れな負け戦さに、やり場のない憤りを押さえることができなかった。それと同時に、虚無的な風貌で帰らざる出撃にでていく搭乗員の姿と、成功もしない作戦をしながら恬淡としてみえる参謀連中に、なぜか無性に腹だたしいものを感じた。

われわれ三〇二空の小園安名司令は、部下の一機が散っても、司令室の神棚の下の机に、黙って頭をたれて沈思しておられた。その黙禱した後ろ姿のさびしさに、なにも言えなかったが、われわれは共に死ぬことを心にそれぞれ誓っていた。

血の気の多いわれわれと司令部の今村航空参謀との間で、ちょっとしたやりとりがあって、今村参謀から厳しい叱責をうけた。私はその経緯をありのままに西畑喜一郎司令に報告して、軽率な態度をわびた。ふつうは厳しい西畑司令の反応はまったくべつであった。私は司令について、作戦室に帰った。そこに今村参謀がいた。

「今村参謀、いま報告は聞いたが、新たにここについた者の目にうつるものは何かわかっているだろうな。君たちは麻痺している。負け戦さをつづけながら、いまだに天号作戦の発表もできない君たちには、自責があり反省があるのか」

西畑司令の痛烈な言葉がつづいた。今村参謀は黙りこくっていた。西畑司令の憤りの言葉を聞きながら、いつしか祖国のたどる不安な運命が、予知されたような気持を私はどうしようもなかった。だれが責任をとる。小園司令の心をつくづくと味わされるものがあった。

そんなわけで結局、今村参謀が西畑司令にあやまった。そして私は、その作戦室に机をよせて作戦図をひろげる用意をして任務についた。そのおもな目的は、来襲するB29をこの基

雷電二一型の増加試作機。主翼前縁の20ミリ機銃は上向角がついている

地、いやここに侵入する前に捕捉して、竜巻隊の要撃戦闘機隊に連絡指示して、敵機を要撃し、この基地から沖縄海域に出撃する攻撃隊を助けることであった。つまり、いまでいうバッジの〝元祖〟というべきものである。

夕方になって今村参謀の帰る前に、きょうのイザコザのことを率直にわびた。今村航空参謀は釈然としない面持ちであったが、「よろしく頼む」ということであった。

その日、日がとっぷりと暮れたころ、私は特攻隊の芙蓉隊に梅宮少尉をたずねた。その特攻隊のあいだでは、B29を百機以上撃墜したという輝かしい戦績をもった雷電隊がきたことを頼もしく思っていたことや、たいへん評判のいいことに驚いた。それはまた裏をかえせば、それほど出撃する攻撃隊は基地防空の貧弱さというか、微弱さに泣かされていたということである。出撃に飛びたちかけた攻撃機が、来襲した敵機に狙いうちされたという悲しいはなしも聞いた。

こよい別れれば、あるいはこれが永遠の別れかも知れない。悲しい別れの夜だった。

「貴様は命令ひとつで、それが数刻の後でもこの世の別れだが、俺はきょうあすの命ではない。おなじ戦士でありながら、立場立場でその緊迫度は大きな差異がある。ともかく俺たちを心配なく基地から飛び立たせてくれ。これは貴様らの責任だぞ。明日から安心して飛び立てるぞ」

ささいな感情のいきちがいがあっては、生きていけない。彼らと別れて帰り、壕のなかの寝台に横になりながら考えてみると、彼らなりに、直感的に祖国のなりゆきを肌に感じているのだろうと思った。しかし俺たちの死は無駄にしてくれるな。そんな言外の叫びを、だれに投げかけてよいものか迷っているようでもあった。

われわれとの任務のちがいから彼は、現在の戦況を知らない。むしろ知りたくないだろう。この戦況、われわれも拠《よ》りどころを知らない。ではだれが、祖国をまちがいなく正しい方向へみちびけるか。だれもが、だれかの責任で、と思っているうちにも戦場ではつぎつぎと若い命が散っている――。

黒煙をはきながら墜ちるB29

だが、いまはただ現実の戦いをするほかには考えまい。私は翌日から作戦室につめた。そして五日目、ついに緒戦となった。早朝、私は作戦室にはいった。独得の作戦図につぎつぎと記入していく。敵位置、進行経路、進入地点、敵速、高度、機数など的確に判断しなければならない。そのための前例となるものは何もないのである。見本となる記録もない。しかも基地全部がこの第一要撃戦に全神経を集中しているのだ。

私と某上曹二人ですべてを処理しなければならない。彼は私の顔色を見ている。意地でも彼らの目の前で、B29を墜としてみせると私は張りきった。だが設備から人員から、何においても横鎮（横須賀鎮守府）の防空作戦指揮所とは雲泥の差だが、いまはそんなことを言ってはいられない。無、白紙のなかから現実の成果をうみ、このチャートに軌跡を記入しなければならない。

そのとき敵機をとらえた。敵速一八〇、高度七五〇〇、一集団十二機前後、進入都井岬。「要撃位置（マチ）都井岬高度八千、〇八三〇」私はすぐに西畑司令に電話で報告した。すると司令から「よし、わかった」という返事がかえってきた。西畑司令の信じきった気持になにか温かいものを感じた。

間違いなくぶっつかる。初めてでもかならず戦果はあがるという自信があった。某上曹はふだんから無口だが、一言の余計な言葉も発することなく、黙って記録していった。「都井岬上空、空戦中」見張所からの報告がはいった。「敵B29一機、黒煙をはいて墜落中」

私は内心でやったと叫んだ。だが、すぐ逸る気持をしずめると、ふたたび図面を睨みながら航路を追った。今日のこの図面が、明日にはとうとい資料となる。これを一枚一枚つくって、所要の作戦基礎図が集約されるのである。

「待受変更（マチへ）鹿屋上空」ついで「日向上空」敵機は日向灘に脱出していった。

撃墜一機、撃破五機。この五機が黒煙を出したのだから撃墜数として考えてもいいのではないかという意見もあったが、これがわが部隊の小園司令からの伝統で、いくら黒煙をはいても墜落確認をしなくては、そのまま逃げのびて洋上に出て、黒煙を消すことも可能だということから、きわめて控え目な発表であった。

そして翌日も要撃において撃破十五機という戦果をあげ、その反響はたいへんだった。参謀長自身、自分の目でB29が火を吹いて墜落するのを初めて見た。私の肩をたたいて喜んでくれた参謀長。そして今村航空参謀も心から喜んでいた。西畑司令もヤンチャ坊主のような口のきき方で、威張られたものである。

戦争はぜがひでも勝たねばならないだろう。だが今は昔のように、ただ力の強いものが勝つ時代ではない。それは多くの要素がつぎつぎと加えられるのだ。もちろん経験も必要だが、はたして高級将校たちに、たえず勉強していく姿があるだろうか。

私は職業軍人ではない。それぞれの分野の研究機関もあるが、第一線での結果がただちに、その研究開発に反映しているであろうか。なんだかバラバラな感じで、セクショナリズムをみる思いである。かつておさなき日に読んだ明治維新、日清、日露の志士、将軍たちの人間性（人間形成）と比較した場合、どんなにちがうことだろう。

それでも戦いはつづいた。そのうち米軍の捕虜もやってきた。階級は大尉と少尉であった。

しかし私は彼らの態度に接して、いままで軍人精神は日本人の独占のようにいわれて、それ

雷電二一型。視界が悪い、振動がひどい、離着陸が難しい、など搭乗員の評判が芳しくなかったが、対29戦闘では雷電は唯一の有効な局戦であった

を信じ米軍人を笑っていたことの大きな誤りをいま感じた。彼らがもつヤンキー魂というか、はたして日本人のなかで何人の人が、この捕虜のように従容として冷静な態度がとれるだろうか。三五二空からきたオッチョコチョイな清水中尉が、米兵捕虜に話しかけて、黙視されていることばを聞いて、学生出身の予備士官のなかにはこんな奴もいるのかと情けなく思いながらも、米士官の態度に畏敬の念をいだかずにはおれなかった。

「敵を知り己れを知れば百戦危からず」孫子のことばを日本の為政者あるいは軍の一部の連中は、忘れている。敵の精神的強さもじゅうぶん認識されねばならないことだ。

私は、司令の命令で連合艦隊長官ならびにこの編成部隊所属の横須賀、呉、佐世保の各鎮守府長官あてに概要書と報告書を書いた。

それは「天号作戦は失敗である」という言葉ではじまる大胆なる報告書であった。しかしこれは事実であった。それは米軍の沖縄上陸となってのちに現われたのである。

わずか四十余日の作戦の間に、私なりにいろいろと貴重な経験をした。また若さゆえ大胆な茶目っ気いっぱいのこともやった。

あるときは機銃陣地を見てまわる途中、広っぱでグラマンの襲撃にあい隠れ場所もなく地面に伏して、銃撃の弾丸が身近な地面にプスプスと突きささる音を聞きながら、必死に地面に爪をたてていたこともあった。また食事中に空襲でみなが避難した士官大食堂で、四、五人の同僚と高等官従兵などと言いながら、勝手に缶詰をとりだして食事をしたこともあった。

なにしろいま笑っていた奴が、三十分後には永遠に消えてしまうというのが、飛行機乗りの、しかも局地戦闘部隊の運命なのであった。ピンピンしていたのが、場合によっては、なんにもなくなるのだ。形骸さえもである。それが戦争というものだと言ってしまえばそれまでだが、その国の大統領や首相や元帥や重臣が、この危険な立場に直接たって身をさらすことになれば、賢明にもある程度の戦いは避けられるものではないだろうか。

滑走路でうけた弾丸の洗礼

五十余機撃墜破のかがやかしい戦果をもって、私はふたたび七十一航空戦隊司令部に帰った。そのとき菊水部隊の参謀長から「君は九州の出身だ。九州の護りに残らないか。十日に一度は築城飛行場にいく便で帰らせてもよい」とまでの誘いをうけたが、司令のことばや当初の感じから、また私の畏敬する司令官や参謀のいるところの方がはるかによかったと同時に、やはり中央部のはなやかさを望んでいたといってもよかった。

五月十七日、指揮官機に乗った司令ほか私と梅津中尉の三人は、鹿屋から厚木基地にぶじ帰ってきた。機中で司令から「市崎、お前もこんどの作戦で殊勲甲の申告がされるぞ」と申し渡された。

だが戦いは苛烈に、そして祖国の運命の日も刻々とちかづいていた。厚木基地に着陸したときは空襲中であった。在厚木の戦闘機はみな飛び立っており、しかもなんと無謀なことだったろうか。敵機P51が大島上空に集結しているところを無線連絡もとらずに、相模湾よりにノコノコと帰ってきたのだ。よくも彼らの餌食にならなかったものである。

われわれは着陸すると同時に、輸送部隊一〇〇一の飛行隊から「署名を」と呼びかけられる言葉も聞かずに、司令の「走れ」という言葉に、滑走路の端を三〇二空の指揮所めがけて、一目散に駆けだした。

一五〇メートルから二百メートルも走ったかと思われたとき、眼前の滑走路の端からまるで地中から涌きでたように、敵P51六機の編隊が超低空で地をはうようにやってきた。早駆けの二歩三歩、グワーという爆音。ダダッという機銃音。ピューンピューンという弾丸が滑走路のコンクリートにはねる音。それらが一緒に合奏してとおりぬける。ゴーという音にふりかえってみると、いま乗ってきた輸送機が、銃撃で火炎を吹きあげていた。

つづいて、またつぎの編隊が滑走路の端に浮かびあがる。まるでトリック映画のようだ。超低空で真一文字、飛行機の風防があけられて、飛行眼鏡の顔がこちらを見おろしている。P51は翼の下には斜め下方の銃口が並んでいるため、狙い射ちができる。

また一つ合奏が頭上をとおりすぎる。いや正確にいえば、私の頭上より横の方である。いままでの経験からいえばウサギとカメの駆けっこの話ではないが、遅い方が勝ちである。というのは敵機は真一文字つまり一直線だ。しかし私はそのやってくるP51にむかって走っているわけだから、自分の目で機の進路がとらえられる。遅い足は、進む方向を敵機の進路から、楽に横にそれることができるからだ。

そのため、いくら機上からのぞいて射っても、いたずらに横の滑走路に弾丸をハネかえらせるだけだ。しかし決して、気持いいものではない。必死というか真剣というべきか、つぎつぎに現われては過ぎてゆくP51の編隊機から、一寸たりとも目を離すことはできない。へタなよけ方をして、つぎの編隊のなかに入ったら、一瞬にして私のからだはコンクリートのうえに射ちつけられるのだ。やっとの思いで自分の部隊の防空壕にころがりこんだときは、もうあふれる汗で一杯だった。

ところで、こんなにはじめから沈着大胆だったわけではない。経験が沈着をあたえ、的確な判断をうみ、大胆とみえる行動をとらせるということである。なにをさておいても尊いものは経験であり体験である。

このたびの空襲で、いままでほとんど避けられていた厚木基地までが敵襲にあうようになった。Ｐ51という優秀な戦闘攻撃機ができたためかも知れないが、要は戦闘がどうやら追いつめられてきたようだ。

横鎮の防空作戦指揮所に帰って、司令官に報告した。この山田司令官は、神風特攻隊の司令であって、ここに栄転してきたが、われわれ士官は、この司令官よりわれわれの司令であり、参謀長の小園大佐に心酔していた。私はふたたび西畑中佐が航空参謀となり、その参謀付となった。

ついで（横鎮長官、本土決号作戦計画にもとづき第四管区長官ともなっていた）塚原二四三中将、参謀長の横井忠雄少将に挨拶をした。かつて防空作戦指揮所でかわいがられたことや毎日顔を合わせていたこともあって、一ヵ月半ぶりの面接に喜んで迎えられて、ほんとうの自分の家に帰ったような気分になった。

明らかになった決号作戦

戦さというものは悲惨なものだ。誰にいわれなくったって、わかっている。しかし男であるからには、自分の祖国が、社会が、親や親しい人々の生命を守るための、やはりその楯とならなければならない。戦さをしないことは為政者にある。

だが、戦さとなっても人間性を失ってはならない。相手を殺すために殺してはならないと思う。もうそうなったら、それは動物だ。使命のために最小限度の制圧をもって、最大の勝利、勝機をつかむことが作戦の最上である。降伏する者は殺してはならない。この倫理観にたってはじめて勝つことができるし、平和への機会をつかむことができる。

権力がおたがいに死を現実にしないように努力をすることである。往々にして大言壮語する者に、その権限においてあまりにも未熟な人間性を暴露する例も数多く見た。沈黙をかならずしも尊ばない今日の社会だ。表現どおり実行できる者こそ最上であろう。そんな感慨に私はとらえられていた。

そして終戦まで、数々のことがあった。水鳥のとびたつ音におどろいた平家のようなことや、また激しくも哀れな、前線からの最後の電文。そして終戦前後のあわただしいうごき、行動、またそれにまきこまれた私個人の行動。

そのころ何回となく東京にもでた。義兄でもあり、従兄でもあり、おじさんと呼んでいた木下中将が憲兵学校の校長をしており、終戦時は京浜地区の司令官にもなったが、ここで軍人のハカマをぬいだため身内の家庭の憩いもときどきとれた。そのころ横須賀の憲兵隊が、いつしか木下中将との関係を知って、司令部内でも私がシャベらないうちに、憲兵隊よりわかってしまった。M特務大尉などは、私の東京外泊を戦時の外泊区域外であるにもかかわらず、奨めてくれ、しかるべく処理してくれた。結構それだけ、遊びの方の余禄をうけることもできたのである。

本土決号作戦の軍機（最高機密）の作戦要領を検討しながら、ついにきたるべき本土決戦の対応をひしひしと胸に感じ、私が親しくしている一般の人々の面影が、浮かんでは消え消えては浮かんだりした。決号作戦を検討している段階のころから、原爆前後の行動、そして終戦前後の私の周囲の状況は、また記録するにしてもかなり長くなる。

こうしているうちにも本土はつぎつぎと焦土化し、無差別の爆撃はつづき、一線部隊の本土転進は不可能な状況にあった。それでも狂気のように、戦さの呼号は叫ばれつづけていた。竹槍が、バケツ消火が一体どれだけ役に立つというのだろう。そんな幼稚なことで戦える戦争ではない。在郷軍人連中のヒステリックな呼びかけよりも、一般の人には、壕に逃げかくれることの方が精一杯の様相であった。

これからいったい日本は、どうなるのだろうか。われわれには勿論わかるスベもなかった。

わが雷電で綴った青春の墓碑銘

雷電との出会いから三〇二空雷電隊員として戦った帰らざる日々

当時三〇二空雷電隊・海軍大尉　塚田　浩

私が海軍戦闘機搭乗員として、一年半あまりのあいだ生命をかけて乗った局地戦闘機雷電《らいでん》は、昭和十四年に試作がはじめられながら実用になったのは、じつに昭和十九年であった。それほど、この飛行機には難点がおおかった。

雷電の名称のとおり、かつての名横綱を思い出させるどっしりしたスタイルをもっていた。いや、我々にはあまりにもどっしりしすぎているような感じさえした。ちょうど一トン爆弾のようにずんぐりとしており、見る者に凄味さえあたえた。そして、その印象のとおり、当時、雷電は帝国海軍最大の〝殺人機〟の異名さえもっていたのである。

塚田浩大尉

私がはじめて雷電を見たのは、霞ヶ浦航空隊で練習機教程をおえ、一日、横須賀航空隊へ見学にいったときであった。あのスマートな零戦ばかりを見なれていた我々の目には、こんな不格好な飛行機が、はたして飛べるものかどうか疑問であった。

雷電の飛行をはじめて目撃したのは、神ノ池基地時代だった。教官と教員の四人が厚木基地へ雷電の講習をうけにゆき、その帰りに、キンキンという爆音をたてて乗ってきたのであった。このめずらしい飛行機をとりかこんで、我々はただちに議論百出、雷電にたいする誤った考えが生まれたのであった。

当時の教官や教員にいわせると、このような飛行機はまったく問題にならず、文字どおり殺人機であるという。操縦性はきわめて悪く、すぐ失速して危険であった。

着陸速度が九十五ノット（時速一七五キロ）というから、とても我々のような未熟者には扱いかねる代物と思われた。そのため、この四機の雷電は雨や埃りにまみれたまま、神ノ池飛行場の片隅に放りすてられて、だれも乗ろうとはしなかった。ときどき飛行学生がものめずらし気に操縦席について、空戦フラップを動かすくらいであった。

神ノ池基地での戦闘機教程がおわったのち、甲戦（艦上戦闘機）と乙戦（局地戦闘機）への機種決定がおこなわれ、私は希望どおり甲戦に配属されて大喜びした。たぶん零戦に乗ることになり、まず雷電はまぬがれた。

甲戦組のはしゃぎようとは裏はらに、乙戦組はしょげきっていた。教官たちは彼らをなぐさめて、「乙戦といっても雷電にきまったわけじゃないぞ」と励ますのだった。

ところが、実施部隊への配属先をきいて、我々八名の喜びは吹きとんでしまった。なんと雷電を擁する厚木基地の第三〇二航空隊である。もうだめだ。我々はみながっかりした。

昭和十九年七月三十日、我々は厚木基地へ赴任した。そして上陸（外出）準備中の山田九七郎隊長のもとに挨拶へいったが、そのとき最初にうけた訓示は決定的だった。

「君たちには雷電に乗ってもらいたい」

一日おいて八月一日から猛訓練がはじまった。しかし雷電に乗るには、よほど技量に自信があり、しかも腹がすわっていなくてはできないことだった。零戦の訓練をおえて雷電にうつった当時、我々の飛行時間は、わずか一三〇時間ていどにすぎない。とても自信などあるわけがない。まして、雷電は恐いという先入観があった。

それでも、我々は張りきって毎日の訓練にのぞんでいた。一日も早く第一線にたって、実戦に参加したかったからである。一週間もたったころ、我々もまがりなりに、この難飛行機に乗れるようになっていた。

初めて雷電の操縦席について飛行したときの第一印象は、何ともいえず恐ろしかった。本当に腹の底から気持わるかった。この印象は、その後、何時間もこの飛行機に乗ったが、去らなかった。どうしても雷電に慣れることはできなかったのである。十年一日のごとく、飛行のときの悪寒は去らなかった。そのかわり全神経を集中して操縦し、ぶじ着陸したときの喜びと、それまでのスリルは雷電搭乗員でなければ味わえないものであった。

それにしても雷電は、じつによく事故をおこした。まさに殺人機の名に恥じないように、あらゆる原因で墜落した。私と同期（海兵七二期）の者にも犠牲者がでるようになった。まず最初に雷電に喰われたのは、武田君であった。彼は直上方訓練中に、発動機が不調となり、そのまま厚木基地の東方に不時着して死んだ。

厚木では毎週、海軍葬がかならずあった。若者たちはジャジャ馬雷電《らいでん》を乗りこなせずに、つぎつぎと死んでいった。武田君につづいて山根君がテスト飛行中、保土ヶ谷に墜落、機体は十五メートルも土中にめりこみ、彼も惨死した。ともかく雷電の訓練をおこなうと、必ずといってよいほど、あちこちで事故機がでた。

とはいえ、雷電には短所ばかりあるのではなかった。良い所もたくさんあった。それゆえに我々は雷電を好きになり、愛してもいたのである。とくに高々度での運動性には、すばらしいものがあった。また、そのスピード、その勇姿も見なれてくると、不思議にも非常にスマートに思えるのであった。二〇ミリ機銃四梃を装備し、千発の二〇ミリ弾をつんで、轟々とエンジンをとどろかせて発進する雷電は、じつに頼もしい感じがみなぎっていた。

九州へ布陣した防空戦闘機隊

昭和二十年春、我々はもう一人前の搭乗員に成長して、厚木を基地として活躍していた。ある日、我々が厚木広場で映画をみていると、突然、雷電隊の搭乗士官は飛行長室にあつまれという。何ごとかと思いながら飛行長室へいくと、「厚木雷電隊は全力をもって九州南部に転進、南九州にたいする要撃をおこなう」という命令があたえられた。

当時、沖縄決戦はまさに激烈をきわめ、彼我の空軍力は互角であり、いま一息のところで戦勢がどう変わるかわからない状況にあった。このようなとき、マリアナを基地とするB29

は爆撃の目標を南九州にむけ、九州各地に展開する戦闘機隊、特攻隊の基地に爆弾の雨を降らせていた。この重爆隊の要撃に、我々雷電隊が帝都防空の任を一時とかれて、南九州へ投入されたのであった。

我々はただちに準備にとりかかった。そして全兵力三十数機を編成した。このとき、南九州行きを命じられた者はみな喜び勇んだが、反対に残留組のさびしそうな顔はじつに対照的であった。その晩おそくまで、チャート（航空地図）や身辺の整頓をおこなった。もう生きてふたたび厚木には帰れまいと思うと、じーんと胸につかえるものが感じられた。

翌朝は五時に起床した。死出の旅にそなえて身を清め、下着も真っ白で清潔なものに着換えてから飛行場へいった。愛機は前夜から整備員が徹夜で整備している。

整列する搭乗員にいろいろな注意をあたえたのち、司令から奮闘を祈るという趣旨の訓示があった。いよいよ出発である。

第一陣は私の指揮する三個中隊だ。私は真っ先に司令に挨拶をすると、愛機にとび乗った。エンジンはじつに快調であった。基地員や残留搭乗員の見送りをうけるなかで、チョーク（車輪止め）をはらって第一番に離陸した。二度とかえれぬと思うと、じつに名残りおしかった。

その日は天候不良で、視界はそうとうに悪かった。離陸した雷電隊は飛行場上空であざやかな編隊をくむと、厚木を一周し、機首を西へむけた。雲にかすむ箱根をこえ、清水、浜松、名古屋が翼下にすぎていった。やがて前方に鈴鹿山脈がたちふさがってきた。まるで黒屏風

米軍のテストを受ける雷電二一型。右横転中。胴体下面の様子が一目瞭然

をたてたように、そこから先は真っ暗であった。

高度二千メートルでその中に突っ込んでいった。もう大阪湾が見えてもよいはずだが、しかし、行けどもいけども山また山である。そのうち、前方に大きな湖が姿をあらわしてきた。しまった、琵琶《びわ》湖へきてしまったようだ。

私はあわてて南に変針した。やがて京都を眼下にみて、機は大阪へ入った。大阪市内はB29の空襲によって、痛々しい姿にかわっていた。そのような市街地のかなたに伊丹《いたみ》基地をさがした。

十二時前、我々は伊丹飛行場にぶじ着陸した。そこでは思いもかけず同期のものと再会した。彼のいる三三二空の雷電隊は、鳴尾《なるお》基地から要撃戦に出動しているという。我々が着陸後しばらくして、飛行長と隊長が九六陸攻で到着した。

昼食後、のこりの行程をゆくため試運転をおこなった。ところが、どうしたわけかエンジンの調子が悪い。その整備に思いもかけず手間がかかり、私が伊丹を出発したのは午後四時半に近かった。これから鹿屋まで一気に飛ぶのだが、いちばん気になるのは時間である。暗くなる前に、なんとしても到着したかった。

我々は四国を左にみて、瀬戸内海上空を飛んだ。松山の手前で突然、二番機が高度をさげていった。心配していると、また上昇してきたので安心した。

あとで聞いてみると、燃料が切れたため、予備燃料への切り換え操作に手間どったからだという。

その彼も、鹿児島湾上空での要撃戦で、ついに不帰の人となってしまった。優秀な男だっただけに、じつに残念である。

豊後水道をぬけると九州である。佐伯を右にみて南下、宮崎の上空にさしかかった。このあたりからは、敵の攻撃圏に入る。いつ敵があらわれるか緊張するが、いっぽうでは眠気がおそってきた。この調子ならば、明るいうちに鹿屋へ着けそうである。前方に桜島が見える。あと一息だ。

志布志湾と鹿児島湾のあいだには、三ヵ所の飛行場があった。そのもっとも鹿児島湾寄りにあるのが鹿屋基地である。二本ある滑走路のうち、外側の滑走路にぶじ着陸した。長かった飛行も、これで終わりである。

思わず、ほっとため息がもれた。長い誘導路をとおって、指揮所前まで機をもっていく。指揮所には先着した部隊の者の顔が見える。私が機から降りると、すぐに予科練の者がいずこかへ運び去ってしまった。

その後、長いあいだ待たされて、ようやく宿舎にうつされた。飛行場内は建物といわず、滑走路といわず、爆撃でめちゃくちゃにされたため、我々は民家に分散して泊まることになった。こうして我々は一ヵ月あまりにわたる困難な要撃戦を戦ったのである。

還らざる同期生の思い出

この雷電隊が全力をあげての南九州進出より一ヵ月ほど前の昭和二十年四月中旬ごろ、はげしい沖縄攻防戦によって、南九州地区の戦闘機戦力が弱体化したため、わが厚木基地からも十二機の戦闘機隊が応援にかけつけることになり、寺村純郎大尉を隊長に、赤松貞明少尉と私がいくことに決定した。

当時の三〇二航空隊に、私と同期で片山という男がいた。

彼はじつにさっぱりとしたいい男だった。しかし、その反面、兵学校時代はあまりにもわがままな、高慢な男と感じさせるところもあった。正直なところ、神ノ池を卒業したのち、彼とともに厚木へ着任すると聞いて、内心あまりおもしろくなかった。

彼は部下をよく殴った。あまりにもひどいと思えるほど張りきっていた。そんな彼だが、不思議と部下たちはなついた。その原因を、厚木にきて彼とおなじ部屋で起居を共にして知った。彼の男らしさに、みな惚れていたのである。

兵学校時代から相当の猛者《もさ》であった。操縦学生時代もいろいろな問題をおこした。頭の毛をのばして飛行長の怒気をかったり、教員を殴りとばしたこともある。じつに困った奴だと思っていた。操縦もうまかったが、乱暴であった。

私は厚木時代、片山、武田、山根の四人で一部屋をつかっていた。まず武田が帰らぬ旅に出たあと、片山が第一回の要撃戦で厚木の兵舎付近に不時着して病院行きとなった。さらに山根が保土ヶ谷の土中ふかく散ったため、ついには私一人になってしまったのである。

じつに淋しかった。他の四人部屋はみな健在であったが、そのうち三人が転勤ときまり、厚木における海兵七十二期出身者は私と橋本の二人だけとなった。そして、その橋本もまた三四三航空隊にうつってしまった。

そんなとき、片山が帰ってきた。昭和二十年の二月ごろであった。私たちは再会を喜びあい、こんどは二人部屋に陣どって、最後までがんばろうと誓ったのである。

片山はあいかわらず張りきっていた。そして、硫黄島へも張りきって出かけていった。しかし、彼はなかなか戦果をあげられなかった。それも無理のないことだった。彼は不時着いらい、長い間ベッド生活をつづけていた。そうすぐに、空戦のカンがよみがえるはずがなかった。

そのようなときの南九州進出であった。戦果のない彼の前で、私は得意気にいった。

「おい、貴様はこの前、硫黄島へいったから、こんどは俺のいく番だ」すると、片山はむきになって叫んだ。「よし、俺もどうしても連れていってもらうんだ」

そういうと、彼はその足で隊長と分隊長にかけ合いにいってしまった。そしてしばらくすると、意気揚々と部屋に帰ってきた。

「俺がいくことになったぞ。貴様は遠慮してくれ」この言葉に、私は憤慨した。「なに、それは卑怯だ。俺のお株をうばうことはないだろう。よし、それなら俺も頼みにいく」

こういうと、私はすでに寝ておられた山田隊長のもとを訪ね、さらに分隊長も訪ねて私を連れていくよう懇願《こんがん》した。山田隊長は私の言い分を聞かれたのち、しばらく考えてからいわれた。

「二人とも行くわけにいかんから、二人でよく相談して決定せよ」

私は隊長の言葉をもって部屋に帰った。そして、夜おそくまで片山と討論した。そのとき、彼は涙を流さんばかりにして私にいった。

「貴様は今までに相当の戦果をあげているが、俺はまだ奉公できない。こんど行けば、必ずやってみせる。頼む、こんどだけは我慢して俺にやらせてくれ」

片山の気持はいたいほどよく分かった。私の心は動いた。しかし、最後のご奉公と一度は決心し誓ったのである。私は彼の前で頭を横にふった。そして明朝、クジできめようと提案した。その後も私たちは話し合った。私は情理をつくして、片山が雷電隊にとってなくてはならぬ人間であることを説き、その夜は、どうやら彼も納得したようであった。

そして翌朝、いよいよ出発の時はきた。私はすべての仕度をととのえると飛行場へいった。

武者ぶるいのためか、軍刀をもつ手がかすかに震えていた。これで厚木も見おさめかという、感慨に胸があふれた。飛行場へいくと、そこには片山がおなじく仕度をととのえてきていた。また昨夜のつづきである。

しかし、私は負けた。いや、負けてやったのである。私は彼の悲壮な決意に負けたのであった。片山は出発のとき、あとのことをくれぐれも私に頼んでいった。そして、彼は南九州の空から二度とふたたび厚木には帰ってこなかった。沖縄作戦の花と散ったのである。

われ死におくれたり

運命の八月十五日は、なんの防禦もしていない我々を突然おそい、ずたずたに引きさいたのである。我々がまったく知らないうちに、戦争は終わっていた。

ああ、われ死におくれたり——そのとき、私の心にあったのは、ただそれだけであった。それからの毎日、敵の来るのをどれほど待ちかねたであろうか。もし敵がやってきたら、愛機もろとも体当たりしてでも血祭りにあげてやるのだが——と、当時の厚木戦闘機隊のだれもが心にかたく決意していた。

実際、戦死した戦友たちがうらやましかった。戦後のいま冷静な気持で反省したとき、果たしてこの考え方が正しいかどうかは疑問である。しかし、あの当時の自分にたち還ってみると、それも無理のないことと思われるのである。

十五日の午前中まで戦っていたのが、午後には飛行機や武器のすべてを捨てて、敵に手をあげなければならないのだ。とても、我々戦闘機搭乗員には承服できなかった。悲壮な決意を胸にひめて、我々は二十日ごろまで愛機とともに待機していた。しかし、ついに飛行機をすてると決定したとき、みな男泣きにないた。飛行場のあちこちで大きな男たちが、おいおい泣いていた光景が、いまも私の脳裏にあざやかに焼きついて消えない。

これで万事おわった。事実、このとき私の青春は終わりを告げたのであった。

終戦後三月ほどたって、私は信州の田舎から夜行列車で上京した。十一月十八日朝五時に新宿へ着くと、小田急に乗りかえ、七時すこし前に大和駅についた。あたりの景色は、眼前にそびえる富士とおなじく、なんら変わってはいなかった。ただ、人と飛行機のみが変わっていた。かつて零戦や雷電がはばたいた大空には、星のマークをつけたP38やグラマンなどの異形の翼が爆音をとどろかせている。

私は敗者であった。ふたたび厚木の町を歩く私の足どりは、徒刑場へ引かれる囚人のように重かった。主計長の下宿を訪れると、残務整理のため厚木にのこっていた馬場大尉が、ひっくりかえって寝ていた。

この部屋で我々はよく飲んだり食ったりして遊んだものである。しかし、私の胸のなかには、なつかしさを感じるものはなかった。すでに戦争は終わっていたのである。

日の丸なき「雷電」涙のラストフライト

戦い敗れてのち米軍に引き渡すべく空輸した局戦「雷電」最後の飛行

当時三三二空雷電隊・海軍大尉　林　藤太

林藤太大尉

昭和二十年七月、制号作戦が発動された。しかし、これは作戦とは名ばかりで『今後、航空燃料の逼迫《ひっぱく》にともない、各隊は極力燃料節減につとめ、在庫三十万リットルを確保して来たるべき決号作戦にそなえるべし』——つまり本土決戦体制を宣言したものであった。

敵空母が日本近海を遊弋《ゆうよく》しており、戦爆連合の敵航空部隊の来襲は必至であり、さらに決号作戦にそなえて搭乗員の技量も急速にあげねばならなかった。いまのわがパイロットたちの腕では、とうてい敵編隊に歯がたたない。

燃料欠乏のなかにあって、兵庫県の鳴尾《なるお》基地に展開する第三三二航空隊の零戦隊、雷電隊とともに、敵襲の合間をみては苦しい訓練をつづけていた。

この制号作戦により、いままでの待機に明け暮れた毎日にくらべれば、いくぶん活気を呈してきたものの、大勢の未熟搭乗員をかかえながら、乗るに機なく、使う燃料もかぎられ、徒手空拳をなげきながら敵機の跳梁《ちょうりょう》に歯ぎしりするのであった。

八月五日の夜半から六日の未明にかけて、芦屋、甲子園、鳴尾一帯が空襲をうけ焼野原と化したが、決号作戦にそなえて局地戦闘機隊は悲しくも邀撃に出撃できず、真っ黒な雨のなかを逃げまどう無様さであった。地上に分散中の雷電十二機、零戦七機が焼失したが、なかでも三〇ミリ機銃を特装する雷電がやられたのは致命的だった。

八月十四日夜、基地にはなんとなく不穏な、ただならぬ空気がみちており、重大な暗号電報がぞくぞくと入っている様子がうかがわれた。暗号は極秘裏に解読されて、司令に伝えられているらしかった。

決号作戦か、特攻か？　まさか？……言うにいわれぬ疑念が、頭のなかに渦まいた。

明けて十五日、カラリと晴れわたった青空に、真夏の太陽がギラついていた。飛行場の砂までがやけ、滑走路の照りかえしで飛行服の下に汗がながれる。

「本日正午、重大放送あり。総員、指揮所前に集合せよ」

思わずギクッとした。昨夜来のわけのわからぬ不安が、パッと目の前にあらわれたような気がした。陛下みずから一億玉砕の勅語をくだされるのか。

正午十分前、全員が指揮所前に整列して、炎天下に威儀をただして時をまった。正午、ラジオからは玉音が流れだした。

『朕《ちん》深ク世界ノ大勢ト帝国ノ現状トニ鑑《かんが》ミ非常ノ措置ヲ以テ時局ヲ収拾セムト欲シ茲《ここ》ニ忠良

ナル爾臣民ニ告ク朕ハ帝国政府ヲシテ米英支蘇四国ニ対シ其ノ共同宣言ヲ受諾スル旨通告セシメタリ……朕ハ時運ノ趨《おもむ》ク所堪ヘ難キヲ堪ヘ忍ヒ難キヲ忍ヒ以テ万世ノ為ニ太平ヲ開カムト欲ス……』

雑音が多く、聞きとりにくい玉音放送によって、ついに三年八ヵ月にわたった太平洋戦争、いや明治維新いらい一度は敗戦をむかえる運命にあったともいえる日本軍は、そのすべての戦力をつかい果たして、このとき崩壊したのである。

つねに死を見つめて、青春のすべてを捧げてきたわれわれは一身をかえりみず、ただ祖国の平和と繁栄を信じて散っていったあまたの戦友の純粋さを思い、地に伏し、柱にすがって泣いた。

ひとときの後、台上にたった八木勝利司令は、

「神国日本はついにカブトをぬいだ。ただいま、おそれおおくも玉音を拝し、ただただ恐懼《きょうく》意外の感あるのみ。これは決して大御心《みこころ》にあらず、君側の奸《かん》のしからしむるところなり。われわれはあくまで戦うのだ。刀折れ矢つきても、体のあるかぎり、魂の存するかぎり、全員特攻となって敵を蹴ちらすのだ。一歩たりとも神国を汚させてはならぬ。動揺をいましめよ。落ちついて命を待て。現職務に全力をつくせ」という訓示をあたえ、それがガンガンと脳天にひびいた。

われらは遂に負けたのか。心の奥の奥にありながら、口に出すことはもちろん、思うことさえみずから打ち消してきた敗戦が、もはやどうしようもない厳然たる現実となって、われ

昭和20年４月、伊丹基地において零戦五二型に搭乗中の林藤太大尉

われを叩きのめした。

ラジオや新聞で知らされる〝わが方の損害〟とはまったくちがう暗号電報の内容、あるいは、つぎつぎと消されていく暗号書の艦艇名を見て、もしやと思いながらも、明日をも知れぬ戦闘機搭乗員、特攻機の要員として、わが心のとまどいを打ち消していたのである。

神国不滅を信じながら特攻機上に笑って散っていった戦友たちは、あの空からどんな目で見ているだろうか。「全軍特攻」の命を待ちながら、ついにその機会も失われてしまったのか。

「かならず、あとから行くぞ」「待っているぞ、九段で会おう」あれほどかたい男と男の約束をして別れたいまは亡き戦友たちに、なんの顔むけができようか。みんな泣いた。ジッとしていられなかった。

騒然とした空気のなかで十五日がすぎ、十六日が暮れた。

敗戦後の索敵行

八月十六日夜八時、搭乗員に総員集合がかかった。急いで待機所へかけつけたが、だれ一人として声をだす者がいない。卓上にはチャートや航法計算盤などが並んでいる。進出、それとも特攻……。

ややあって「可動全機をつかって編制をつくれ」の指示があった。雷電六個小隊、零戦八個小隊が全兵力である。任務も作戦もまったくわからないが、整備員は夜を徹して、一機でも多く飛べるようにと整備にかかった。

私は手もとの搭乗員名簿を見ながら、黒板にむかって搭乗割を書きはじめた。一番機、二番機はだいたい問題ないが、三、四番機は大勢の中からだれを選ぶか。おそらく、これが最後の飛行となるだろう。

「分隊士、私をやってください」「私をお願いします」

あとになって、窓の外の兵たちが叫ぶ。士官たちはだまって黒板を見つめていた。このチョークの動きひとつが、一人の生と死をわけるのか。私は指先に力がはいり、震えるのを感じた。

腕組みしたままジッと黒板を見つめていた司令が、上気した顔に語気もあらく命じた。

「敵機動部隊および大上陸船団が、四国に向け近接しつつある模様。わが隊は明早朝、可動全機をもって特攻機の直掩《ちょくえん》および攻撃にあたる。出撃時刻はおって指示する。編制員は宿舎にて待機せよ。解散」

興奮と喧噪をあとに、搭乗員たちは宿舎に帰った。

自室にもどった私の気持は静かだった。明日の空戦を頭にえがくが、死を目前にして、少しも死というものを感じない。危険が身にせまり死に直面した時でさえ、その場で即座に対応し、最善をつくせる能力こそ真の勇気といえるだろう。わが搭乗員生活の総仕上げとして、明日の最期はそうありたいと念じるのであった。

身のまわりは、いつも整理してあった。搭乗員生活は毎日が最期なのだ。真新しい「日の丸」を鉢巻用にたたんだ。下着を着がえてから、両親にかんたんな手紙をしたためた。

『……小生この世に生を享《う》けて二十年、なんらお心を安んずるいとまなかりしを悔ゆ。海軍軍人として醜《しこ》の御楯《みたて》と国にささげしこの一身、祖国の急にのぞみて、いささかなりともご奉公の機を得たるをよろこぶ。国敗れたりとも帝国海軍は健在なり。〝空征《ゆ》かば雲に散りなむ若桜　九段の花と咲くぞ嬉しき〟年老える父上母上に先だつを許したまえ。ご長寿を祈らん……』

他に二、三通を書きおえて心よりホッとする。もう寝よう、明日は早い。

ところが「出撃見合わせ、総員起こしは定時」という伝達につづく廊下の声で、私はとび起きた。

「林大尉、指揮所からの電話をお伝えします。林大尉と越智《おち》兵曹は〇四三〇発進、索敵を実施せよ、とのことです」

その後の敵情が不明のため、まず二機をもって索敵攻撃にむかい、敵情確認の連絡を待って攻撃隊を発進させることになったのだ。天があたえてくれたチャンスである。私はえらばれて死所を得たことをよろこんだ。

夏の夜は、しだいに明け放たれていく。今朝はミストが深いようだ。午前五時、いよいよ出発である。敵を発見したならば本隊へ連絡し、そのまま突っ込むんだ。雷電一六九号にとび乗ると、エンジンを始動する。突然、川西の指揮所の方から、沖野の小母さんがかけつけてきた。日ごろ、おふくろのようになにかとお世話になった人だ。

「しっかりやってね。死んじゃ駄目よッ」

五時十五分、二機は発進した。雷電はキーンというこころよい金属音をのこして大地を蹴った。急上昇をつづけ、高度五千メートルで雲上にでた。一面、真綿のような夏雲の海の上を、一路敵をもとめて南へ飛ぶ。針路二一〇度、途中から鳴尾本隊との電話連絡が不能となった。電信に切りかえたが駄目である。やがてうっすらと太平洋の波が見えだした。見敵必撃、目を皿のようにして見張りながら西にむかう。

足摺岬上空から南へ変針し、さらに洋上を東にむかった。そのとき、二番機がなにか合図をしている。不時着の合図である。エンジンが駄目らしい。越智機はバンクを振りながらはなれ、降下していく。私もすぐあとから降下にうつった。高知の海岸付近であった。スーッと白い波の尾をひきながら着水、機はグッと尾部をあげて逆立ちすると沈んでいった。越智はどうした。私は百メートルまで高度を下げて旋回する。海面に目をこらすと、泳いでいるのが見えた。私は彼の無事を見とどけるとすぐに上昇し、単機となって索敵を続行する。

室戸沖で反転して、ふたたび洋上にでた。視界のとどくかぎりの大海原には、船団どころか、漁船一隻みえない。私はあせった。敵発見と同時に「敵艦の位置……、われ突撃す、万歳。トトトト……」とト連送を発進しつつ突っ込む覚悟でいたのに。私はふんぎりがつかないまま反転、やむをえず帰途についたのである。

海中で見た地獄の一瞬

高度二千メートル、徳島を左に見て北上中、ババババーッとエンジンに異常音と振動を感じた。燃圧計がふれ油圧がさがりはじめている。すぐに燃料コックを切りかえてハンドポンプをつく。ブーッとエンジンの回転が増してホッとするが、またすぐに息をついて回転が落ちる。高度はグングンさがる。がんばれ、もう少しだ。淡路島の島影が前方に浮かんできた。

「一番、一番、こちら林、敵を見ず。まもなく淡路島上空、エンジン不調、不時着す」「林、林、こちら一番、淡路島の次不明――」

「ただいま淡路島、不時着す」「不明、不明、もう一度、送話」

やっと本隊と電話連絡がとれたというのに……。息が苦しくなるほどまで送話器をノドにおしつけ、声をかぎりに叫びつづけたが、どうしても通じなかった。失速寸前まで機首をあげ、高度をたもとうとしたが、ついにエンジンは黒煙をはきはじめてしまった。

私は電話を断念して電信に切りかえ、受けてくれるだけを念じながらキーをたたいた。左横に由良湾がひかる。左旋回して、由良港に機首をむけた。水面がグーッと近づいてくる。落ちつけ。増槽をおとし、電話コードをはずした。ザザザーッと音をたてて着水する。風防が海水をかぶり、行き足のとまらぬうちに機首から沈みはじめた。

風防に両手をかけて、力いっぱいに開けようとしたが、十センチほど開いたままでつかえてしまった。ガブッと水を飲んだ。泡だった水面が、スーッと頭上から遠のいてゆく。まわりの緑色が急に青くなり、暗くなっていく。もう呼吸ができない。コックピットには水ばかり入ってくる。苦しい、これで俺は死ぬのか、犬死じゃないか。

両手は風防の縁をにぎりしめたまま、計器板に両足をかけ、ありったけの力で風防をこじあけた。ほとんど無意識のうちの行為であった。

海底で呼吸困難となって悶絶する寸前、フワッと体が軽く浮いたような気がしたが、そのまま気を失ってしまった。しばらくして、伝馬船に救いあげられてから気がつき、私はイヤというほど塩からく臭い水を吐いたのであった。

明くる八月十八日、本隊から迎えにきた中練に乗って、陸軍の飛行場から飛びたち、私は生きながらえて帰隊した。恥ずかしかった。ふたたび生きて還らじと心に誓い、別れを告げて出撃したのに、おめおめと生き恥をさらすとは。戦い敗れたいま、生きながらえてなんの甲斐があろう。いっそあのまま愛機もろとも海底に沈んだ方が……私は後悔と自責の念にさいなまれた。

「敵機動部隊接近」の情報が、どこから、なんの行きちがいでもたらされたのか、ついに知らされずじまいだった。

歴史に「もしも」はあり得ないが、もしもあの海中での脱出に力つきるか、風防が開かなかったらその後のわが人生は存在せず、いまの自分はありえなかったはずだ。ひとつのミス、わずかな錯覚、ちょっとした気のゆるみが死につながる極限状態の連続だった私の搭乗員生活、パイロット人生に、これで終止符が打たれたのだろうか。その後は放心の日々がつづいた。

国破れて雷電あり

敗戦後一週間がすぎた。そのころから毎日のように、九州や朝鮮、満州を飛びたった軍用機が、海軍機ばかりでなく陸軍機も一機、二機と鳴尾に着陸してくる。

彼らは敵が上陸してきたら、兵隊はすべて捕虜となって皆殺しにされるとの噂が流れたため、ほうほうのていで逃げてきたのだった。

とくに九州方面の第五航空艦隊はひどかった。八月十五日午後四時、彗星艦爆に搭乗した宇垣纒長官が、八機をしたがえて沖縄にむかい、機上から敵艦突入を打電して自爆したが、長官なきあとは支離滅裂の惨状を呈したという。

軍服を脱ぎすて、青いシャツなどを着て逃げてきた者、下駄ばきの者、なかには女房子供に自分の服を着せて後席に乗せてくるなどの光景に、敗戦後も司令の命にしたがい、比較的に落ちついて業務に服してきたわが隊も、あせりがみえ動揺しはじめた。逃亡兵が一人、二人と増えるにつれて混乱がはじまり、やがてそれが士官にまでおよんだ。

士官、兵を問わずギンバイ(盗み)が横行し、倉庫やぶりも連日おこっているようである。皇軍をほこり、神兵と自負してきた日本軍隊が「徹底抗戦」を叫んで空からまいた檄《げき》ビラも、いまでは嘲笑のタネとなった。せめて最後だけはいさぎよくと念じつつ、歯を食いしばって耐えてきた三三二空も、ここにきて乱れに乱れてしまった。

やむなく、二十五日から復員を開始した。

応召兵、特務士官、予備士官、搭乗員などの順に、つぎつぎと隊門を去っていった。死なばともにと誓いあった可愛い部下たちが、敗残兵となって西に東に散っていったのである。司令、副長も泣いていた。見送るわれわれも、断腸の思いで泣いた。いまは亡き戦友たちが、若い命を捧げてあがなったものは、なんであったのだ。

九月十五日、のこっていた梅村隊長はじめ、同期の連中も鳴尾からわかれていった。B29やグラマンが、日本本土の上空を我物顔《わがものがお》に闊歩している。胴体にも翼にも、あの真紅の日の

塗装をすべて剝ぎおとしてテスト飛行中の雷電二一型

丸はもう見られない。雷電のここちよい金属音も聞くことはできないのだ。

九月十七日夜、関西地方一帯に台風が襲来し、鳴尾付近は大洪水にみまわれた。このため、わずかに残っていた飛行機も、宿舎も、民家も水びたしとなってしまった。横須賀空への空輸を予定していた雷電四機も、水害のため飛行不能となり、飛行場もつかえなくなった。

十月二日、ふたたび空輸命令が鳴尾の部隊にもたらされた。

『航本第〇二一七三二番電——雷電オヨビ月光ハ横鎮担任トシ、厚木ニオイテ整備ノコトニ改メラレタルトコロ、横鎮ニハ本機種ノ操縦オヨビ整備堪能者皆無ニツキ、旧三三二空ヨリ左ノ員数復員取リ消シマタハ延期シ横鎮ニ派遣、整備ノ指導ニ従事セシメルコトニ至急手配アリタク、操縦員各一名整備員各十五名（操整トモ各一名ハ説明者タルコト）……』

「ご苦労だが、雷電は貴様やってくれ」司令からの指示をうけ、私はすぐに関係員に打電した。

空輸命令をうけてから早くも一週間がたったが、いったんバラバラになった関係員は、なかなか集まらなかった。

なすすべもなく、ただやきもきしているうちに「至急きたれ」という横鎮からの電報をうけ、十月十二日午後五時、大阪駅を出発して、単身、久里浜の横鎮司令部へむかった。

それからの十日間は、鳴尾本隊や横鎮との連絡や、米軍の航空技術情報局（エア・テクニカル・インテリジェンス・オフィス）との連絡、さらに空輸要員の召集、あつまった空輸員の食糧、衣料、日用品の受け入れ、飛行服、落下傘など飛行用具の確保に明け暮れた。

二十二日になって厚木の雷電は整備不能とわかり、急遽、三菱重工鈴鹿工場にある雷電を空輸することになった。二十四日、私は鈴鹿へ移動すると、白子町の西野旅館に陣どり一息いれてから、整備員とともに飛行場にむかった。

隊門を入ろうとしたら、いきなりMPに自動小銃を突きつけられた。腕章を指さし、片言の英語でやっと了解をえることができたので、さっそく雨ざらしの雷電の整備にとりかかった。

完成してすぐに敗戦となり、まだ一度もはばたいたことのない、哀れな雷電たちであった。

部品も少なく工具も不十分ながら、整備員たちは最後のご奉公と精を出している。この雷電に、最後の花道をあたえてやりたい。

二十六日午前中までに五機が試飛行の準備を完了した。だが、ＧＨＱ（連合軍総司令部）の許可なしには試飛行はできない。整備完了を打電し、あとはただあてもなく許可を待つのみである。こんなとき、敗北感が胸をしめつけた。

十一月二日正午前、誘導機としてグラマンＴＢＦアベンジャー雷撃機一機が鈴鹿に着陸した。同機に乗っていた米軍の大尉、中尉各一名、および二名の乗員と打ち合わせをしたところ、十四時までに出発せよという。

「冗談じゃない。雷電はいろいろな特性をもった飛行機で、しかも試飛行もすんでいない。いきなり飛び上がったら、それこそ自殺行為だ」と説明するが、なかなかわかってもらえない。

われわれはノーを連発して、十五時になっても、試飛行をおえたのは二機にすぎない。米軍側はカンカンになって帰っていった。

明くる十一月三日は明治節（明治天皇の誕生日）である。朝七時に試運転を開始、九時には四機が完備して米軍を待った。十分ほどして、昨日とおなじＴＢＦアベンジャーが到着した。

九時三十分に鈴鹿基地を発進した。高度二五〇〇メートル、計器速度一六〇ノット、誘導兼監視機のＴＢＦは、おそらくエンジンいっぱいで飛んでおり、雷電の性能におどろいていることだろう。われわれはＴＢＦの左後方について、一路、横須賀へ飛ぶ。もうこれが最後の飛行だ。これからあと一生涯、操縦桿をにぎることはないだろう。

後方を振りかえると、星のマークをつけた雷電が、上になり下になりしながらついてくる。翼にも胴体にも「日の丸」はもうない。機銃も無線もすべてはずされ、かわりはてた雷電、わが身も祖国日本も共にかわりはてていた。情けなかった。悔しかった、みじめだった。知らず知らずに涙が頬をつたわり、冷たくかわいていく。

左翼はるかに、秋の陽にかがやく富士の神々しい姿を見た。にぎっている操縦桿に抱きつきたいような気持にかられてきた。いっそこのまま、操縦桿を前に突っ込めば……と思っては、強く打ちけすのであった。

かえりみればちょうど五年前の今日、昭和十五年十一月三日、海軍兵学校合格の電報を手にし、家中おどりまわった自分であった。そして五年後の今日は、米軍にぶんどられた雷電を操縦しながら富士を見る。まる五年間の海軍生活は、この屈辱の飛行を最後に、その幕をとじようとしている。

うたた感無量。唇を噛みしめながら、私は霊峰富士に祈らずにはいられなかった。

「いかなる艱難《かんなん》辛苦屈辱にもたえ、いまは亡き多くの戦友の分までも祖国再建の道をすすまんとするわれらに、かぎりなき加護と力と勇気をあたえたまわらんことを」

ガ島をめぐる下駄ばき戦闘機隊の闘魂

ショートランドを基地として水上機隊がくりひろげた空戦模様

当時 神川丸水戦隊・海軍大尉　小野彰久

特設水上機母艦神川丸が第十一航空戦隊に編入され、七月六日に制式機として採用されたばかりの二式水上戦闘機（二式水戦。有名な零式一号艦上戦闘機を水上機に改造したもの）十機と、零式水上観測機（零観）二機を搭載して、ソロモン群島ショートランド島に進出したのは昭和十七年九月四日の早朝であった。

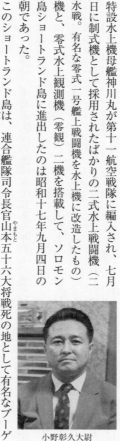

　このショートランド島は、連合艦隊司令長官山本《やまもと》五十六大将戦死の地として有名なブーゲンビル島の南東十二〜三浬《かいり》に隣接する小島で、リーフでかこまれた絶好の水上機基地である。

小野彰久大尉

　昭和十七年六月中旬ごろから、海軍の設営隊がガダルカナル島（ガ島）ルンガ地区に建設を急いでいた飛行場が完成するのを待っていたかのように、有力なる機動部隊に支援された第一海兵師団を基幹とする米軍が、突如、ガ島およびその北に接するフロリダ島ツラギを急襲した。そして一両日の戦闘をもってこれらの島を占領し、陸上飛行場と飛行艇基地を手に入れて、この方面への反攻の口火を切ったのだった。同年八月七日のことである。

その時、ガ島のルンガ飛行場には、味方機はまだ進出していなかった。ツラギには六月下旬から横浜空が進出し、その所属の二式水戦十二機が敵来攻に際して勇戦敢闘したのであるが、全員戦死しているので、その状況はつまびらかでない。

そもそもガ島は、米豪両大陸の連絡線上にある軍事上の要点であった。それゆえわが軍がこれを確保することは、ニューギニア島をへて豪州を制圧するのにぜひ必要であり、反対に米豪軍にとってはその失陥は、その後の作戦遂行上、はるかな不利を招くことであった。したがって、それまではほとんど無名だったこの南海の一小島の攻防をめぐり、陸海空の一大消耗撃滅戦がその後、半年あまりにわたり繰りひろげられたのは、当然の成り行きであった。

ガ島に敵が来攻してきた報《しら》せをきいた連合艦隊は、海上、航空の大部隊を急遽ラバウルに集中した。けれども、ガ島飛行場に進出の機会を逸《いっ》したわが航空勢力の第一線は、一挙に六百浬の後退を余儀なくされた。これでラバウルが最前線基地となってしまった。

当時、ガ島とラバウルのほぼ中間にあるブーゲンビルのブインに造成中だった飛行場は、完成までにまだ一ヵ月余の歳月を要した。しかし、八月二十日前後には早くもガ島ヘンダーソン飛行場(米名)にF4F4型戦闘機十九機、SBD型艦上爆撃機十二機が進出して、活動を開始した。

そこで、ガ島奪回のために急送中のわが陸軍部隊の掩護に、その性能はともかくとしても空戦、爆撃、偵察など多目的に使用できる水上戦闘機、水上観測機および水上偵察機を、ガ島までの距離約三百浬のショートランドにとりあえず急派集中しなければならなかった。これは、まさに窮余の策であったのである。

かくして九月上旬以降、同方面において行動した水上機隊の勢力は、左頁上表の通りである。すなわち、二式水戦を中核とする水上機隊は、下駄ばき機というハンディを背負いながらも、質量ともに優勢なる敵の陸上航空兵力に対抗し、ガ島奪回兵力の掩護と航空撃滅戦の一翼をになって、味方の最前線に進出したのであった。

血尿を出しながらの奮戦

ショートランド島対岸のポポラングに基地を設定するや、わが水上機隊は、先任の千歳分隊長堀端武司大尉から毎日午前中にB17あるいはB24による偵察定期便の来襲を聞いていたので、ただちに水戦二機ずつを五分間隔で常時待機させた。果たせるかな午前十一時四十五分ごろ、B17独特のヴワーン、ヴワーンと唸《うな》るような爆音が聞こえてきた。待ってましたとばかり、川村飛曹長、松本二飛が勇躍発進する。

それとも知らぬB17一機は、いつもの通り高度約三千メートルで悠々とショートランド泊地《しゅう》の上空に侵入してきたが、その前下側方から突如として襲いかかった水戦二機を認め、周章狼狽《しょうろうばい》して機首を突っ込み、全速でニューギニア方面に遁走《とんそう》をくわだてた。水戦はこれを追い、直下方および後下方と連続して二撃ずつ攻撃を加える。そして右内側発動機から白煙をふかしめたが、致命的な打撃を加えることができなかった。

この日の戦果はなかったが、その夜の豪州放送はさっそく「ソロモン方面に日本新型戦闘機現わる」と電波にのせ、それからの偵察定期便は、高度八千メートル以上できわめて慎重に来襲するようになった。

この日から、われわれは一日の休みもなかった。連日出動しては、ショートランド泊地の

〔昭和17年9月以降のショートランド水上機隊の勢力〕

所属	艦名	機種	機数	摘要
11航戦	千歳	零観	16	
		零水	7	
	神川丸	水戦	10	
		零観	2	
	十四空	水戦	9	10月12日以降神川丸麾下
8艦隊	聖川丸	零観	8	
		零水	4	
4艦隊	国川丸	零観	6	
1南遣	相良丸	零観	8	
2南遣	山陽丸	零観	6	
		零水	2	
3南遣	讃岐丸	零観	8	
計		水戦	19	
		零観	54	
		零水	13	

〔水上機隊の出撃戦果〕

期間	17.9.4～17.11.7		
任務	ガ島飛行場攻撃及偵察	ガ島増援部隊上空直衛	泊地上空哨戒
出撃延機数	4	159	402
交戦敵機数	F4F 2 SBD 1	B17 19 SBD 41 P39・F4F 42 P38 若干	B17 32 SBD 6 F4F 6 P38 若干
撃墜敵機数	F4F 2（内不確実1） SBD 1	SBD 6 P39・F4F 6	B17 2（内不確実1）
味方損害	4	9	2 不時着2

上空の哨戒に、ガダルカナル増援部隊および船団の上空直衛に、ガ島飛行場の強行偵察または攻撃などの重要な任務の遂行に勇戦敢闘した。

その結果、神川丸および十四空あわせて当初の搭乗員二十一名、機数十九機が六名と二機にまで減少してしまった。十一月七日まで出撃延べ五六五機、交戦した敵機一五〇機以上、敵にあたえた損害十七機以上の戦果をあげたのであった。その内容は表の通りである。

ガ島をめぐる攻防戦が日ましに白熱化してゆくにつれ、搭乗員もつぎつぎと消耗して、生き残りの負担は重なる一方であった。搭乗員の肉体的、精神的疲労はようよう烈しく、皆一様に血尿を出し、寝汗をかくようになったが、それでもなお頑張ったものである。平時ならば、当然「飛行止め」の症状だ。

しかしながら搭乗員の補充はなく、もちろん、交代もなかった。こうして日が経つにつれ、だれの面上にも捨身の心構えがあふれ、そして階級を超越した心の結びつきが生まれていったのである。

嘆きの〝早飛脚〟

九月十二日、水戦四機はマライタ島飛行場偵察の任務をもって、朝六時十分に基地を発進した。マライタ島はガ島の東北方約四十浬に南北に横たわる島で、敵が新たに飛行場を建設中、との情報が入ったからであった。

この日、天候は快晴で、空には一点の雲もない。偵察には好都合である。しかしまた、敵戦闘機の邀撃《ようげき》も充分に予想されるのであった。

四機を二個小隊とした。一小隊は偵察、二小隊はその直掩とする。そしてチョイセル島、サンタイサベル島をへてマライタ島の東北端に向け針路をとった。

この付近の島々には、食人の風習を残している原住民がいるといわれている。上空から見ると、その原住民の棲家と思われる小屋が、島の頂きのそこここに村落をつくっていた。もしも、その中にスパイが紛《まぎ》れこんでいるなら、わが水戦隊の行動はいち早く、ガ島の敵に報告されているはずだ。

そこでマライタ島の北端に達する前に高度をあげて、三千メートルとした。右手のガ島は指呼の間である。

まず東岸（ガ島と反対側）を南下し、ついで反転してから西岸を北上した。南北一〇〇浬におよぶこの島には、飛行場としての適当な地所がなく、また陸上にも沿岸にもなんら敵の行動する徴候を認めなかったので、同島には建設中の敵飛行場なし、と判断する。

さらに反転して、フロリダ島ツラギ泊地を偵察すべく増速し、一六〇ノットとして四機を戦闘隊形とした。眼を皿のようにして見張るが、敵機は上がってこない。滑走路が妙に白っぽく見えた。敵艦船も認められない。〝長居《ながい》は無用〟とタイボ岬の北をかすめ、ルッセル島、ニュージョージア島、ベララベラ島をへて帰着した。

なぜ、敵戦闘機の邀撃がなかったのだろうか。白昼堂々と行ったのに……あてが外れたが、その反面、いささかホッとしたのだった。

おそらく、前日の九月十一日には青葉支隊の一部がカミンボに上陸しており、十二日には川口支隊の第一次夜襲が決行されたから、敵機は陸上戦闘にむけられて、わが陸軍の制圧にあたっていたのであろう。

水戦が装備している無線電話機は能力不足で、この場合、なんら役だたなかった。電信（ツートン）として使っても、通達距離がわずか一〇〇浬。電話では全くお話にならなかった。雑音が多くて明瞭をかき、ただ耳が痛くなるばかりである。

もっともソロモンは湿度が高く、水戦はいつも水上に繋《つな》ぎぱなしだから、湿気をよんで、ことさらに状態が悪かったのかも知れない。

こんなわけで航空偵察といっても、「見て、帰って、口頭で報告する」というきわめて原始的な方法しかできず、まことに情けない話であった。われわれはこのことを「早飛脚」と呼んでいた。

意表をついた放れ業

ついで明くる十三日の黎明、川口支隊の戦果確認のために、水戦二機がガ島に偵察飛行した。その報告はつぎの通りであった。

「飛行場に味方部隊使用可能の規約信号（焚火数ヵ所）を認め、地上砲火および空中敵機なし」

われわれは飛行場奪回に成功したと、一時は狂喜するほど喜んだが、この報告はあとで誤りであることがわかった。

当時、ガ島の偵察はまったく水戦のみに頼り、連合艦隊および十七軍司令部は、その報告を鶴首して待つという情況であった。水戦隊の任務はまさに重大だったのである。

しかるに水戦は、前述のとおり無線能力が劣り、生還しなくては任務が達成できないので、敵戦闘機の跳梁《ちようりよう》するガ島に侵入するには、どうしても敵地到達時刻を黎明か薄暮に選ばざるをえなかった。その時刻は、空中ではやや明るく感ずるが、地上は薄暗く、そのうえ敵機を警戒しながらの行動なので、誤認をおかすことも起こり得るのであった。

また偵察機は目的地につくと、全速で離脱しながら記憶によって要点をメモし、二時間あまりも飛んでから報告するのである。そのため誤謬《ごびゆう》をかさねる可能性が生じてくる。陸軍の参謀が飛んで偵察してくるのならまだしも、陸上戦闘には縁のない海軍の搭乗員の報告を期待するのだから、それには無理があったわけである。

ともかく、その日の薄暮、ふたたび水戦二機がガ島を偵察した。川村飛曹長と川井一飛曹の二機であった。彼らは沈着に行動し、兵法の常道にしたがって暗闇を背にうけるように東南方の山陰から近接した。

ちょうどそのとき、数機の敵機が着陸中なのを認めたので、わが二機は、あたかも味方のごとくよそおい、彼らの中に紛《まぎ》れこんで着陸誘導コースに侵入することに成功した。そして、まさに着陸せんとする一機を一撃のもとに撃墜したのだった。

敵機は滑走路に激突して炎上した。その搭乗員たちは気の毒にも、気がついたときには天

特設水上機母艦「神川丸」艦上の二式水上戦闘機。昭和17年９月４日ショートランド着、水戦隊は即出撃していった

国だったに違いない。意表を衝《つ》いたこの行動には地上の敵も狼狽《ろうばい》したらしく、川村、川井の二機は防禦砲火をうけることなく無事、暗黒の海上に脱出することができた。

彼らの報告によって、飛行場は依然として敵手にあり、大型機四、小型機二十機以上があることがわかった。この時、川村飛曹長はF4Fを墜としたと信じて帰ってきたのであったが、米軍は後でSBD一機損害と発表している。

空中戦闘においては、このような錯覚《さっかく》はしばしば起こりがちなのだ。

またも陸軍は夜襲に失敗

翌朝、水戦は三たびガ島を偵察飛行した。川島中尉を長とする三機である。任務は前夜敢行された川口支隊の第二次夜襲の戦果確認であった。これに従うは前夜の殊勲者、川村飛曹長と大山二飛曹である。

川島中尉は、十二日のマライタ島偵察行に参加したので、地形はのみ込んでいる。この日、飛行機の故障で出発が遅れ、ガ島到達は午前七時十五分頃（日出は〇六一五頃）となる予定だったが、前夜の戦果に気をよくしていたし、今度こそ陸軍の夜襲も成功して、飛行場はわが手中にあるものと信じられた。

三機は勇躍発進した。しかし、もし味方の占領が失敗していれば、それは白昼の強行偵察となる危険があった。そして不幸にも、その最悪の予想が適中し、全機還らなかったのである。陸軍はまたしても失敗したのであった。川島中尉以下三名は、身をもって第三次夜襲失敗を報告したのである。

おそらく敵は、前夜のこともあり、また前日の黎明も水戦が侵入しているので、戦闘機を上げて待機していたものと想像される。当時、ガ島所在の敵戦闘機は、Ｆ４Ｆ４型を主軸にＰ39およびＰ40であった。それらの飛行機は、たとえば零戦には劣るといっても、二式水戦の性能にくらべれば、速力も上昇力も兵装も格段にすぐれていた。まともに勝負すれば、わが方の勝味ははなはだ薄かった。奇襲をくわえるか、敵の失敗や油断につけ込むよりほかには勝ち味はないといっても過言でないのである。

われわれはこの未帰還機をもとめて水戦二機を駆り、未帰還機の進出および帰投コース上を、ガ島至近のサボ島付近まで捜索したが、ついに何の手がかりもなかった。

凄絶な空中死闘戦

水戦三機の未帰還は、基地を極度に緊張させた。そして同十四日、司令部は在ショートランドの水戦および零式観測機の全力をあげて、ガ島飛行場に薄暮の攻撃を敢行すべく発令したのだった。

攻撃隊の編制はつぎの通りであった。

指揮官＝堀端大尉（千歳）。第一中隊＝水戦二機、第二中隊＝零観十機（千歳八、神川丸二）、第三中隊＝零観九機（山陽丸五、讃岐丸四）。計＝水戦二、零観十九。

参加した水戦がわずかに二機であったのは、保有の十機中、三機が未帰還、二機は捜索飛行中であり、三機は十三、四日の両日、四回にわたる敵機の来襲にB17と戦闘して被弾し、目下修理中だったからであった。

攻撃隊は十四日の午後、いったんレカタ基地(サンタイサベル島に設定した中継基地で、ガ島まで約一〇〇浬)に進出して戦備をととのえた。零観は六〇キロ爆弾二発を搭載した。天候はあいかわらず快晴で風もなく、静穏そのものであった。

飛行機隊は午後三時半、レカタを発進する。零観隊は高度三千メートルで中隊ごとに緊密隊形をとり、水戦隊はその上空、五百メートルに占位した。

四時半ごろ、例のとおり日没に向かって東南方から近接する。日没時刻は四時十七分。地上はようやく闇につつまれ、西の空だけが真紅に焼けていた。

零観隊が爆撃コースに進入する。敵はただちに対空砲火を集中する。弾幕が夕焼のなかに一瞬雲のごとくに展張した。その瞬間、夕焼空の彼方から、敵機が現われた。やや低高度であったが、たちまち同じ高度で近接する。

発見は彼我同時だったようだ。スロットル全開。二番機にバンクで敵機発見を告げる。そしてそのまま全速で突っ込んだ。当然、同位反航戦である。気がつくとどうしたわけか、確かに二機いたはずの敵が一機になっていた。

その一機はどんどん突っ込んでくる。二十度ばかりの角度。敵の一二・七ミリ四梃が火をはき、その曳跟弾が四本、わが前方を反航する。わが二〇ミリは弾道が悪いので、心持ち敵よりおくれて射撃開始。OPL照準器のなかで彼我の曳跟弾が入り乱れて流れる。

〔二式水戦と米機の交戦成果〕

月日	直衛部隊	交戦機数 水戦	交戦機数 米機	損害 水戦	損害 米機
一〇・四	日進	2	B17×5	0	0
一〇・九	日進	3	SBD×7 P39×6	0	SBD×2 P39×2
一〇・一〇	龍田 一五駆	2	F4F, P39 ×20 SBD ×9 B17 ×6	2	F4F, P39 ×4
一〇・一七	増援部隊 支援部隊	4	SBD×2	0	SBD×1
一〇・一九	増援部隊	4	SBD×10 B17×5	不時着1	0
一〇・三〇	二七駆	4	F4F×6 SBD×2	1	F4F×2
一一・五	増援部隊	6	SBD×2	0	0
一一・七	同右	6	F4F×8 P39×9 ?	6	?

不思議とわが曳跟弾がバカに少ない。南無三——二〇ミリが出ていない。安全装置を忘れたのだ。もうこの一撃には間に合わない。彼我たがいに右にバンクして、頭と頭とがぶつかり合うくらいにすれちがう。敵がわが速力を過大に判断したのに救われたのだ。

「今度はそうは行かぬぞ」上昇垂直旋回しつつ二〇ミリの安全装置をはずした。操縦桿をひきすぎて機体がガタガタと振動する。主翼の一部が失速しているのだ。「落ち着け、落ち着け」

二番機はあいかわらずついてくる。「大村兵曹しっかりしろ、編隊空戦だ。優位をしめろ」と心の中で叫ぶ。

敵が見えてきた。旋回半径はほとんど変わらないようだが、敵がやや優位となった。敵が射つ。わが方も射つ。敵の曳跟弾はやはりわが前方を流れる。

「二番機を狙っているのか」

ふたたび右にバンクして二〇ミリを流し射ちする。敵は回り込んでこない。敵の直下をすれちがう。その途端に敵は急上昇した。

どうもおかしい。確かに手ごたえはあったのだが、火を噴かない。上昇反転をしつつ二番機を見る。

二番機が見えない。敵は、今度はもの凄いスピードで背面に近く急降下していった。黒い機体はたちまち闇に吸いこまれて消えてしまった。落ちて行くのか？　遁走するのか？　とにかく追う。高度は、いつの間にか四千メートル近くになっていた。

すると、左下方に小さく機首を真下にして、旋回しながら落ちていく二番機の姿が見えた。かすかに白煙をひきながら吸い込まれるように、タサファロングの背後の山中に消えた。と思った瞬間、パッと火柱がたち昇って、メラメラと山の闇を照らして紅蓮《ぐれん》の炎を燃やした。ほとんど同時に、千メートルと離れていないところに一大爆発がおこった。恐ろしい勢いで火炎を噴き上げる。

私は大村一飛曹と敵搭乗員の冥福を祈りつつ、飛行場の上空に引き返した。

空中に敵機の姿はない。どんどん高度を下げる。そこだけ暮れ残っている白い滑走路付近は、爆発音と曳跟弾が交錯《こうさく》している。零観が攻撃を続行中なのだ。

弾幕はもうさだかでないが、突入する機体に集中してこれを追う曳跟弾は、あたかもスコールを逆にしたようなもの凄さだ。

一機からつぎの一機へ。噴いては止み、噴いては止みする噴火のような凄絶さだった。一瞬、すべてが静まる。零観の攻撃が終了したのだ。三ヵ所が盛んに炎上している。

高度約八百メートルで飛行場上空を航過する。また盛んに射ってきた。機体に爆発の振動が伝わる。速力がバカに遅く感じ、足の裏と尻がムズムズする。ようやく海上に離脱した。しかし、サボ島上空でまた射たれた。

午後六時半ごろ、レカタ上空に帰着する。月はないが、星月夜だ。水面で観測機が二機炎上している。搭乗員はゴムボートで救出されていた。被弾で洩れていたガソリンが、デッドスローの排炎で引火したものと思われた。

この日の戦果は飛行場三ヵ所炎上、敵機五機撃墜破であったが、味方も水戦大村一飛曹戦死、零観は山陽丸分隊長の米田忠大尉が戦死のほか、零観一機が未帰還であった。零観で被弾しないものはほとんどなかった。そのうちの二機が着水直後、炎上したのである。

明くる日の黎明、先日の攻撃で残った水戦一機がガ島を偵察したけれど、飛行場はなお敵の手中にあって、大型機数機が地上滑走中であった。

ここに至り、ガ島が予想に反して、容易ならざるものと判断した大本営は、作戦計画を改めようとしたのだった。水戦隊は進出後、旬日にして搭乗員四人を失い、機数は六に減少してしまった。

強敵B17の来襲

ガ島の敵飛行場が拡張され、大型機の発着が容易になると、B17の来襲回数が急増した。

ことに九月下旬からは編隊機数も九機から十五機に増え、ほとんど連日のように、増援部隊集結中の泊地に来攻してきた。

その艦船にたいする爆撃技術や士気は問題ではなかったが、防禦力の強大なることは驚くばかりであった。わが一式陸攻が「ライター」というニックネームを頂戴したのとは、全く対照的であった。とくに欧州戦の教訓をもって改造したといわれるE型は、兵装に一二・七ミリ十一梃を有するうえ、防弾防火も完璧で、わが二〇ミリをもってしても火災を起こさせることは困難だった。

最良の攻撃方法は、唯一の死角といわれた前側方から近接して、一撃で発動機を破壊し、速力を低下させる。それから同じ方法を反復して、順次に発動機を停止させることであった。しかも水戦の二〇ミリの弾数六十発では、発射点約三百メートルの二撃で全弾を射ちつくすので、水戦一機でこれを仕留《しと》めることはほとんど不可能だった。

そのうえ、高度五千メートル以上では、B17がはるかに優速で、攻撃のチャンスはほとんどなかった。もし死角を選ばず不用意に攻撃すれば、たちまち弾道性能のよい一二・七ミリの三～五梃の集中射撃をうけ、その好餌《こうじ》となる危険がきわめて大であった。距離八百メートル付近で被弾した例すらあったのだ。とくに緊密編隊を攻撃するのは、まさに自殺的行為であるとさえ思えた。

したがって、わが被害も少なくなかった。

九月二十四日には桑島一飛が被弾、不時着して重傷を負い、十月十三日には十四空の五十嵐中尉がショートランドに進出直後の最初の邀撃で戦死し、さらに十一月三日には松本二飛もついに散華したのであった。そのほかに不時着一機をも出している。

九月二十四日に来襲した敵の一機は、わが攻撃で左脚を折り、内側発動機が両方とも停止してしまった。それでもなお遁走をはかっていたところ、これを追躡《ついじょう》したわが水戦も全弾を射ちつくしてしまい、また敵の射撃も止み、ついに敵味方たがいに手を振り合って別れたというエピソードもあった。

あっぱれ水戦乗りの闘魂

十月に入ると、味方の増援活動は活発化し、日進、千歳をはじめ巡洋艦や多数の駆逐艦が泊地とガ島の間をしきりに往復した。

もちろん、敵も必死に補給したので、たがいにその掩護をめぐってサボ島沖海戦、味方戦艦戦隊のヘンダーソン基地砲撃、南太平洋海戦等の衝突がおこり、日米両軍ともに損害をかえりみないガ島争奪をめぐっての、まさにしのぎを削る戦いであった。

したがって、ガ島の戦爆連合の小型機も、二百浬をこえて往還するわが増援部隊を黎明、薄暮の時刻に襲ってきた。そして上空直衛中の水戦隊は、この敵をコロンバンガラ島沖の上空にむかえ撃っては、激しい空中戦を展開したのであった。

十月十日、川井一飛曹および丸山一飛の二機は、敵戦闘機二十機を相手として奮戦し、ついに戦死した。しかしながら味方観測機の目撃するところによれば、敵の四機以上を撃墜し、うち一機は体当たりであったという。F4Fの搭乗員は母艦出身者で練度高く、士気旺盛で勇敢に挑戦してきたから、水戦をもってこれを撃墜したことは、まさに称賛に値いする武勇だった。

十月十二日――十四空の水戦九機が、新たに神川丸の指揮下にくわえられた。十三日の戦艦戦隊の飛行場砲撃以後はしばらく現われなかった敵戦闘機も、十月末ごろからまた来襲するようになった。その戦意もあなどるべからざるものがあった。

十月三十日の戦闘では渡辺一飛が還らず、十一月七日には十四空の後藤大尉、萩原二飛曹、地頭三飛曹、近藤三飛曹、溝口一飛および神川丸の小藤飛曹長が優勢なる敵戦闘機群と交戦し、ついに全員戦死したのであった。彼らは基地進出以来、激戦に明け暮れ、休養の日とてなかったうえに、最後の持てる全力をつくして散華したのであった。

このようにわが水戦のあるところ、敵はかならず優勢なる兵力をもって来攻し、終始、すさまじい戦闘をいどんで来たのであった。

世界を驚倒させた渡洋爆撃隊遠征記

東シナ海を越え一〇〇回に及ぶ出撃をかさねた九六陸攻隊の三ヵ月

当時 木更津空操縦員・海軍少尉　土屋誠一

昭和十二年八月十五日、快晴の大村航空隊を、基地隊員たちの歓声に送られて勇躍飛びたった九六陸攻二十機は、五個中隊の単縦陣で一路初陣の戦場へとむかった。この数日来、上海戦線のわが地上軍は中国空軍の反復攻撃をうけて苦戦中ということで、この中国空軍の根拠地をたたき一挙にこれを壊滅させて、制空権を確保するのがわれわれに与えられた任務であった。

そのころ、かなり大型の台風が東シナ海に停滞中のため、相当の悪天候を覚悟の出撃である。燃料爆弾などを満載して全機異常なく離陸し、大瀬崎にむかった。

大瀬崎より三十分ほども飛んだころから天候はしだいに悪くなり、さらに進むにしたがって大雨となった。雲高五百メートルくらいをなおも進むと、海の色が変わってきた。それで大陸が近づいたことがわかる。しばらくいくと花島山が見え、そこで南京にむけ変針した。それで内陸部に進むにつれ、ますます雲が低くたれこめ、雨足はいっそう激しくなって、揚子江下流の平野部とはいえ、雲高三百では頂きの見えない山がときどき前面に出てくる。指揮官機はこれを避けて飛んだ。蘇州付近をすぎてからは、山がしだいに多くなり、これをさける運動もそれにつれて激しさを増してきた。航空図を見る余裕もなく、自分の目は一番機に釘づけであった。

そのとき、左エンジンの爆音が不調になり、回転もさがり気味となった。搭乗整備員と打ち合わせたが、燃料、油圧、筒温とも異常がなかった。そうこうして飛んでいるうちに、一番機から単独突撃の合図があった。

左前方の山腹に白い大きなものが雲の間から見えた。それは紫金山の中山陵だった。その直後、機長から大きく左の修正があった。高度があまりにも低く、視界が不良のため単独爆撃を指令されたのだ。

ここで四機編隊は思い思いの目標にすすんだため、編隊は分離した。私は左に大きく変針して前方を見た。すると雲の下に雨にぬれて黒々とした南京城壁が見えた。中山門だろうか。そのかたちがとても素晴らしく美しかった。その手前に飛行場や格納庫や数多くの細長い建物があざやかに見えた。高度三百メートルで爆撃進路にはいった。

そのとき、進路よりやや右寄りに小型機三機の地上滑走中のものが見えた。機長がこれを知らせるとともに、離陸線にいる敵機を目標として指示された。敵戦闘機もどうやら空中待機していたらしく、左前方を二機同航で飛んでいるのが断雲の間から出てきた。いまに攻撃してくるだろう。射手にブザーで合図した。

南京中山陵の上空をゆく木更津航空隊の九六陸攻一一型。木更津空は昭和12年８月15日、大村基地を20機で初出撃、渡洋爆撃を敢行し４機を喪失

後ろをふり返っていられない今は、なにより爆撃に専念しなければならない。われわれの主任務は空戦ではなく、爆撃だ。

針路、速力、高度を厳重に保持して、弾着の正確を期さなければならない。機長は懸命に照準器ととりくんで「ヨーソロー」をくりかえしていた。投下用意「テッ」の掛け声とともにゴツン、ゴツンと連続して二五〇キロ弾が投下器をはなれる手ごたえを感じた。

これで爆撃はおわった。さきほどの戦闘機は一撃もまじえず、いずれかに遠ざかったようだ。弾着が見たい。ふと、そんな気がおきた。なにしろ実戦としての最初の爆撃だ。いつもの習慣で右急旋回をはじめた。チーフは右席のため、大きく右バンクをふらないと下方は見えないからだ。

ところが、ものすごい爆発音でグラグラとあおり上げられた。自分の落とした爆弾からの爆風だ。二五〇キロ弾では高度三百までが限度であった。このとき、左側のいちばんでっかい格納庫の中央に一発命中して、屋根がふきあがるのがはっきり見えた。きっと僚機の野原機がやったのだろう。

なお直進して城壁を横切った。城門付近で地上兵が小銃を上にむけて射撃をしているようだった。城内飛行場に大型機が一機見えた。

攻撃後は済州島基地へ

しばらく飛んでいると、右前方にカーチスホークのずんぐりしたやつが一機、操縦者の頭も見えるほどのちかくに寄ってきた。車輪を胴体側にかかえ込んだような変わったかたちの飛行機だ。そのうち敵も気づいた様子で、態勢を立てなおしてきたので、すぐ雲の中に入った。しばらくしてまた雲下に出てみたところ、今度は左側にいた同一機かどうか知らないが、しばらく注意しているとさっと左に降下していった。

機長から高度をとって洋上に出て雲下に出てから済州島に帰投しようといわれて、高度をぐんぐん上げた。このころから雲中では降雨も少なくなり、エンジンの調子も徐々に回復してきた。そして四千メートルで雲上にでると、雲上は快晴だった。

このあたりで咽喉《のど》もかわいたし、腹もへったので、オートパイロットに切り換えて、みんなで遅い昼食の弁当をひらいた。サイダーがうまかった。竹の皮につつんだ梅干の握り飯もうまかった。朝からの天候不良と初陣の緊張で、極度に疲労を感じていた。

そのうち雲に切れ間ができて、地上がときたま見えるようになった。上海に近づくころには、今朝からの台風も通過したのか、黄浦江が右手に見え、上海の市街もはっきり見えてきた。注意して下方を見てみると、艦砲射撃をしている日本の艦艇が見えた。揚子江口付近で艦爆十二機の編隊が反航した。一航戦の艦上機が戦線協力に出撃したものだろう。さらに駆逐艦数隻が、白い航跡をひきながら航行していた。

雲下に出ると、ところどころに降雨があるが、天候は回復にむかっている様子だった。進路を済州島にむけて直航すると、しだいに天候もよくなり、五十浬《かいり》くらい手前で済州島が見えてきた。このころからエンジンは快調になってきた。先ほどまでさんざん気をもませたが、雨中飛行により点火系統が湿気でぬれているために、絶縁不良となったのが原因だったのだろう。

異様なかたちのハンナ山の、湯呑み茶碗を伏せたような岩山が、雲の下に見える。その手前の海岸寄りに一千メートルほどの凸型の飛行場が視界に入ってきた。

基地上空にきてみると、すでに半数くらいは帰っているようだ。愛機は激しい音をたてながら着陸した。飛行時間十時間半、長い時間ではあった。われわれ木更津空小谷中隊は、全機帰還しているようだ。南京到着までは一緒だったが、ひどく道草を食っていたようだ。

この済州島の基地は、かなりお粗末な飛行場であった。滑走路などはなく、荒野といった感じである。列線にむかうと地上員が手をあげて誘導をしてくれた。停止して地上に降りたつと、今日の攻撃隊指揮官の隊長がとんできて、

「太田がやられた。防弾チョッキと鉄甲《てつかぶと》が必要だ」

と早口でしゃべり、ひどく興奮している様子であった。一番機は激しい空戦を演じたらしい。みんなは飛行長の前に整列して、機長が経過報告するのを聞いていた。そのあと、ただちに攻撃準備を完了するよう命ぜられて解散した。

さらに遅れて何機かが着陸した。なかには機体に多数の弾痕のあるものや、機上戦死もあったそうだ。空戦により火災をおこして墜落した機もあったという。それぞれの搭乗員の話を聞きながら燃料積みをはじめた。しかし、燃料車などはなく、わずか一台のトラックで二キロもはなれたガソリン置場から運んできて、各機に分配した。

ドラム缶を小缶に移してこれを手送りで翼上に揚げ、それをタンクに注入するのである。脚立《きやたつ》の中間にいる者をいれると、この作業には最少六名を必要とした。三千リットルくらいのガソリンを積むには、なかなか長時間の重労働であった。

ようやくそれが終わって爆弾の装備だ。運搬車もなく大勢でかつぎあげて積み込むわけだから、二五〇キロだと、七、八人でなければあがらない。

やっと作業が終わったころは、夜半もとうにすぎて、夜明けに近かった。兵舎にいったが、兵舎とは名ばかりのバラック造りで、握り飯を立ち食いして寝ることにした。キャンバス製の折畳寝台に、寝具は全然なく飛行服を着たままの姿でごろ寝だ。すでに東の空が白みはじめるころであった。

昨夜来の疲労でしゃべる元気もなく、みんな泥のようになって眠った。私がめざめたときは正午近かった。そしてまた握り飯を食って飛行機の点検、整備に忙しかった。今日は蘇州飛行場を薄暮攻撃する予定であった。

午後五時に離陸して七時五十分に飛行場爆撃をやった。きのうに引きかえ、今日は快適な爆撃行だった。目標付近では地上にも空中にも敵機は見当たらなかった。

鉄橋爆撃に直撃弾一発！

八月十七日の夜明けとともに整備作業がおわった。午後になって一昨日の空戦の模様を話し合った。参加機数二十機のうち未帰還機四、機上戦死二名をくわえて三十名の戦死が確認された。東、小川機の最期の様子をみた赤堀は、

「三番タンクの被弾で漏洩したガソリンに排気管の火が引火して火災を起こし、全身火だるまとなりながらも、編隊を乱さず一番機につづき、いよいよ飛行不可能になるにおよんで天蓋をひらき、ハンカチを振りながら僚機に別れを告げて突っ込んでいった。俺は目前にこれを見ながら、どうしてやることもできなかった」

と、戦争という非情な世界の厳しさをしみじみ語ってきかせたが、その親友の赤堀も、それから数日後の二十一日の揚州攻撃に出撃して、還らぬ人となってしまった。

八月十八日も午前九時に離陸して崑山鉄橋爆撃にむかった。敵戦闘機の反撃もうけず、じっくり照準して爆撃した。九機の参加機は解散して単機爆撃だ。文字どおりの一発必中戦法で、しかも全機注目しているなかで、まるで爆撃競技のような気さえした。

地上砲火は多少あるようだが、さしたることもない。ここで一発あてて男をあげよう。私は岡中尉と組んでいた。二人は前々からの爆撃のよきペアだった。

鉄橋に対して四十五度の進入角で爆撃進路に入る。左右の修正も順調だ。この分ならいいところへいくだろう。息をつめて爆弾を投下した。

命中だろう。しばらく直進をつづけながら下方を見る。駄目だ。もう一回おなじコースでやる。今日のコンディションではそうとう自信があったのに。実高度のちがいでもあったか、しかしまだどの機からも直撃弾はないようだ。

こんどは大きくまわって二回目のコースに入る。前続機の気流にあおられたが、順調にセットしていった。これからの十数秒間が命中効果への最重要時だ。無念無想で呼吸をころしての操縦である。速力計、高度計などとにらめっこで、水平直線飛行をつづけた。

いよいよ目的に近づいた。掛け声と同時に爆弾は機体をはなれた。こんどこそ最後だ。大きく右バンクをしながら下方を見ると、鉄橋の上海寄りのところで黒煙が上がっている。岡中尉がおどりあがっている。煙の薄れるのを待って写真を撮った。今日の参加機のうち直撃弾を当てたのはわが機がただ一発だった。

どうやら戦果もあがったので帰途につく。洋上に出てから七人の搭乗員は操縦席後方にあつまり、サイダーで祝盃をあげた。

不安にゆらぐ死生観

明けて八月十九日、この日は南京を薄暮攻撃するために、午後三時四十五分に離陸した。高郵湖付近で日没を待ち、七時十五分、南京に進路をとった。八時に南京上空へ到着。軍官学校を目標として高度二六〇〇メートルで爆撃を開始。空中に敵機はいなかったが、地上砲火はものすごく、さすがは首都南京の防空陣だと感心した。

高角砲はそうとう正確だ。機銃を仕掛け花火のように撃ち上げているが、そのほとんどはここまで届かない。ときおり曳痕弾が、野球のフライのように頂点から弧をえがいて落ちていく。その賑やかなことといったら、むかしの両国の花火以上だった。揚子江上の艦艇からもさかんに射っていた。そのうち、火薬廠から火災が起きた。折りからの月明かりで地上は真昼のように明るく、揚子江沿岸の市街などもはっきり肉眼で見ることができた。

爆撃をおわっての帰り道、夜間飛行とはいえ月夜で、気流は静かだし、この数日間のうちでいちばんのんびりできた。着陸すれば、また明日の準備で休む暇もないことだろう。

ところで済州島の基地は、朝鮮半島の南西端沖にある島で、東西八十キロ、南北に三十キロで、その中央に二千メートルのハンナ山がある。

基地はその島の南西部にあり、未整備の不時着地ていどの飛行場であった。おまけに水は一滴もなく、十キロほどのところに、モシッポという漁港があり、その海岸の岩の間から清水が豊富にわき、その付近の住民はすべてこの水に頼っているようであった。

われわれの部隊では、燃料車を代用してこの水を汲みとっては飲料水として運んでいた。が、それも炊事用の水で手一杯で、どうにかこうにか朝の洗面用があるくらいで、風呂や洗濯などは思いもよらなかった。

そんなある日、戦訓講話があった。軍規とは絶対服従であり、武士道とは死ぬことと見つけたり、われらが進むべき道はただひとつ、水漬く屍だという。腹の斬り方も教わった。しかし自分はそのときになって、はたして腹が斬れるだろうか、とはなはだ自信がない。確固たる信念もなく、大勢にひきずられて戦場を駆けまわっているのが実状だったからである。戦訓を聞きながら、私は私でいろんなことを思案していた。

対戦闘機との空戦において、つねにイニシアチブをにぎって時と場所と方法を自由にえらんで、いわゆるアウトレンジ作戦をとれる戦闘機に対して、攻撃機はあくまで受け身である。緊密編隊によってたがいに死角をおぎない、そして多数機の集中砲火によって敵に対抗するとはいえ、これは防禦の域を一歩も出ないのである。機銃の命中率や構造上や射撃方法などからいっても、とうてい比較にならないはずだ。

こんなことを考えていると、護衛機なしで、つまり裸同然で敵の奥ふかく敵撃滅を目的として侵攻することくらい、深刻なことはないと思われた。

三ヵ月の「渡洋爆撃」

死生に徹して、果たして武士道をまっとうすることができるかどうか、不安を感じながらもつぎの作戦に参加した。そして連日のように南京、上海周辺の空軍基地を反復攻撃した。それが効を奏したのか、敵機の出現はしばらくはなかった。

台湾を発進、東シナ海を渡り対空砲火の炸裂する中国要地を爆撃する鹿屋空の九六陸攻一一型

そうこうしているうちに、九月になると鹿屋空の応援のため台北基地に移動して、漢口、南昌、広東の攻撃に参加した。この方面も、緒戦いらい鹿屋空の先制攻撃によって敵空軍は壊滅状態で、敵機の反撃は見られなかった。すなわち第一連合航空隊の九六陸攻五十機の攻撃によって、敵空軍の大部分を叩きつぶしたのであった。しかし、わが方も多数の犠牲をだした。九機の未帰還機と六十名あまりの搭乗員の戦死であった。しかし鹿屋空は、これを上まわる尊い損失をだしている。

九月末には台湾をひきあげ、ふたたび済州島に帰った。十月になると上海戦線が活発になり、陸軍部隊の総攻撃が開始された。やがて一日二回の上海通いがはじまった。大場、鎮南、翔鎮、嘉定などと地図にもないような地名まですっかり暗記するようになった。

往復四時間あまりの飛行と爆弾の積み込み

を毎日の日課として、その日々を送っていた。ときたま残存敵空軍の動きがあるとの情報を聞くと、それを叩きに行くていどで、十月もおわった。

もうすっかり秋も深くなって、飛行場周辺の原野には放牧された痩《や》せ馬がのんびり草をはんだり、朝鮮人の子供が牛をひいて通った。そんなのどかな秋の景色を見ると、一体どこで戦争をしているのかと思われるほどであった。

荒々しかったわが航空隊にも、束の間の落ち着いた時がおとずれた。そのようなとき亡き戦友の思い出が、ふと私の脳裏をかすめるのだった。

月がかわると、杭州湾に上陸した陸軍部隊は南京にむかって進撃を開始し、その戦線にわれわれも協力するという日がしばらくつづいた。このころから遅ればせながら、陸軍航空隊が進出してきたので、数々の思い出をきざみつけた済州島をひきあげ、北京郊外にある基地に移動することになった。こんどの目標は蘭州であった。

そこは強力な空軍の再建がすすんでいる根拠地であるという。鹿屋空も上海の王浜基地に進出してきた。そして、これまでの三ヵ月の作戦を「渡洋爆撃」と名づけられた。東シナ海を渡ることじつに百回をかぞえたのであった。

海軍中攻隊 重慶への白昼殴り込み

漢口発、片道四五〇浬の爆撃行。燃料ギリギリの生還記

当時十三空操縦員・海軍大尉　高橋勝作

四川《しせん》への窓は、五月の声を聞くとともに開かれる。厚い雲におおわれた半歳の冬眠もようやく終わり、江南（揚子江の南岸地方）の春に遅れること一ヵ月、この地方にも春のきざしが見え、万物生をよろこび桃源の景色も本物になった今日このごろである。

だが、地上のそんなのどかな風物をよそに、空の戦いはしだいに激しさをましてゆく。

昭和十四年五月三日、第一回の重慶攻撃はすばらしい上天気にめぐまれた。正確にいうと一年ほど前、南京から重慶攻撃をおこなった記録はあるが、わずか三機の編隊であって、長距離攻撃としての価値はあったが、成果はあまりえられなかった。

この日は総数四十五機の中攻が、漢口基地から飛びたって白昼堂々と重慶上空に侵入し、数十機の敵戦闘機と空戦を演じ、地上爆破および撃墜十六機の戦果をあげた。しかしわが方も、鐘ヶ江吾一空曹機および石井喜八一空曹機の二機を失った。両機は紅蓮の炎につつまれ、重慶の東方上空であたら二十四歳の青春の生命を抱いたまま落ちていった。今日でも忘れえ

ぬ戦闘の一コマである。

翌四日は薄暮を期して、ふたたび攻撃がくりかえされたが、夜間の空中戦はたがいに大きな期待をもつことがむずかしかった。

その後もひきつづいて、四川省方面の攻撃はおこなわれたが、とくに印象にのこる飛行は、五月十三日から十四日にかけての大陸縦横断である。十三日午前九時、われわれは思い思いに編隊をくんで漢口を飛びたった。中継基地は山西省の運城——古代中国の栄華をきわめた「夏」の首都・安邑城から西南十キロの砂塵の中にうずまった市街である。

北支の初夏の気候は、ことのほか身体にこたえる。今夜の運命のすべてをたくした翼の下で、しばし昼寝をむさぼる。やがて、赤い太陽がまだ西南の空に輝いている午後四時ごろ、十八機の中攻隊は入佐俊家少佐の指揮のもとに、黄塵の飛行場をあとにした。攻撃目標は四川の省城・成都の大平寺飛行場である。千七百年のむかし、劉備玄徳が三顧の礼をもって丞相諸葛孔明をえ、天下に号令したゆかりの地である。

首陽山をすぎるころから、天候はあやしくなってきた。ゴビの砂漠から吹きあげる黄塵は、高度三千メートルで飛んでいるわれわれの視界をさえぎり、太陽はいよいよ赤く、地上目標の判別はほとんど困難である。

——成都ふきん煙霧ふかく視界不良。漢口から先に直行した味方偵察機から、電報がはいる。指揮官機はなんの反応もしめさず、依然として西南の空へ定針している。黄河はすでに後方の煙霧の中に消える。中世の要衝とうたわれた南鄭が、山嶽の中にかすかに姿を見せ、また後方に去る。

手さぐり飛行で三百キロ

私は、つねに人の意表をつき大胆な攻撃を行なって、いつも大戦果をあげる入佐俊家少佐の胸中をあれこれ推察し、悪天候をおかして成都を奇襲するものと思い、操縦桿をグッと握りしめた。

漢口基地を発進し重慶方面攻撃に向かう九六陸攻二二型。見送る基地員たちの姿には意気揚々たるものが感じられる

成都か？　重慶か？　いよいよ指揮官は攻撃目標の選定にせまられた。成都と重慶をむすぶ、正三角形の頂点のあたりで指揮官機はついに沈黙をやぶった。

——攻撃目標を変更し重慶にむかう。

成都・重慶間は直距離にして一七〇浬《かいり》（約三百キロ）航程にして一時間十分、四千メートルの高度ではほとんど指呼の間だ。天候は同じ煙霧である。

午後八時三十分、太陽はまったく没して、夜のとばりが静かにあたりを覆う。揚子江は重慶で支流の嘉陵江を北方に流す。嘉陵江は八十キロの地点で三本に分かれる。その合流点がいわゆる合川《がっせん》である。重慶を北方から襲うとき、まず最初にもとめる目標だ。ここから重慶までは二十分だが、あとは手さぐり飛行だ。

——合川通過。指揮官機の発信は漢口の司令部へ、空中の飛行機のすべてにたいして、決意と緊張の警告をあたえた。十八機の編隊は、航空灯も編隊灯もすべて消している。ときどき指揮官機だけが視界不良のため、後続機の目標として二、三秒間編隊灯をつける。赤、青、三回ずつの豆ランプが薄闇の中にボンヤリ浮かんでいる。ときどき薄紫の排気炎が呼吸する。

嘉陵江の流れが白く尾をひき、さらに太い流れに吸い込まれているあたりに、薄黒い地上の影がある。いよいよ重慶市街の上空に達したのだ。

火炎に映える重慶

突然、その黒い影の一隅から、真紅の炎がほとばしった。首都の守りにつく高角砲陣の一

戦闘機の護衛なしで四川省重慶方面の長距離攻撃に向かう九六陸攻

斉射撃である。音は聞こえないが、おもわず首すじが寒くなる。高度四千メートルに吹きあげる高角砲の弾丸はぶきみである。

グワーン。赤い炸裂が前方にあがる。一瞬、大きく飛行機はゆすられる。おもわず操縦桿を握りなおす。高角砲の初弾の炸裂位置ほど、われわれの関心が深いものはない。それは敵戦闘機の在否とおなじである。ガチャッ。金属性の音におもわずヒヤッとするが、致命部には異状がないらしい。ガソリンの臭いもなく、乗員は誰も騒いでいない。

「戦闘機に気をつけろ」平凡な注意であるが、爆撃隊員としては本能的な言葉で、私は偵察員と副操縦員にどなった。

指揮官機の編隊灯が、パッパッと点滅した。爆弾を落とせの知らせだ。第一中隊の九機は一斉に十二個の爆弾を落とす。黒いかたまりがつぎつぎと、暗黒の地表に吸い込まれてゆく。半沢偵察員のするどい眼は、下方の偵察窓から爆弾のゆくえを追っている。落下するさまはハッキリ見えないが、少なくとも大事に持ってきたお荷物の最後だけは見とどけたい気持である。

「命中、命中。あっ火災が起きました」彼は手早く情況を偵察手帖にしるしている。暗夜のため写真は困難だからだ。

「戦闘機」機銃座についていた藤本二空曹がさけぶ。星空に火を吐いて近づく黒い影が見える。一機、二機、三機、あとはわからない。

ダッダッダッ。われもまた応戦する。しかし夜闇の空中戦はおたがいに闇夜の鉄砲で、たんなる気休めでしかなく、命中は期待できない。南下の針路はそのままつづく。十数分間の緊張である。敵機もあきらめて去ったようだ。重慶は炎だけがあかあかと、死都のごとく横たわっている。

帰投基地を見失う

敵機も追ってこないらしい。指揮官機は東方に機首をむけ、出発基地の漢口へむかう。各機とも航空灯および編隊灯をつけ、緊張もほぐれて食糧補給にいそがしい。

「送信機がやられて発信だけできません。受信機は大丈夫です」電信員からの報告である。ほかに異状なし。私は、かくべつ心配はしなかった。受信だけできれば、基地に帰るのもそれほど不安ではないからだ。

十八機の編隊は攻撃後、三組に分かれた。第一中隊は第一小隊長を兼ねて入佐少佐みずからがひきい、第二小隊は私、第三小隊は金子大尉である。煙霧はあいかわらず深く、濃霧と化している。もはや地上はまったく確認できない。ときどき見える山火事らしい目標で風速をはかると、北寄りの風が意外に強いらしい。

おかしいぞと思ったときは、すでに夜半に近かった。重慶から漢口までは直距離にして約四五〇浬（約八百キロ）、偏西風をうけて飛べば、三時間で帰れるはずである。攻撃終了時刻からはかると、もう漢口は間近い計算である。しかし高度三千メートル、九機の編隊はあいかわらず突進しているではないか。先頭の指揮官機がわずかずつ左に旋回しはじめる。地上を確認するためであろうか？　おそらくこの雲海の下は漢口あたりではないかと思われる。

――W基地視界狭少P基地にむかえ。

漢口からの指示は受信できた。Wは漢口で、Pとは南京のことである。指揮官機は旋回をやめ、さらに突進をはじめる。もうブックサ言ってもはじまらない。だが漢口から南京までは三二〇浬（約五百キロ）ある。この暗夜をどうして突破しようか。

「燃料はあとどれくらいあるか？」「あと二時間半は大丈夫であります」

搭乗整備員の石田二整曹が答える。運城出発時の搭載燃料三四〇〇リットルから重慶上空の戦闘時間もいれて、もしタンクの洩れさえなければ、あるいはそれ以上飛べるかもしれないと、私は胸算用した。

二、三番機に問い合わせると、同じような返事である。よし燃料はある。技量にも自信はある。問題は視界である。中国大陸すべて濃霧におおわれているかもしれない。指揮官機は五〇度に変針する。雲上の風は予想外に北寄りらしい。

――P基地天候不良、着陸困難。案の定、南京からの電報である。不安は機内にみなぎった。さて、どこへ着陸すべきか。日本軍の占領しているのは、いわゆる有名都市だけである。

ここにおいて指揮官としては、決断をくだすべき運命にせまられた。入佐少佐はこのようなときの判断では、名指揮官として名高い薩摩隼人である。剛毅不抜――と書けば戦国往来の豪放磊落《らいらく》な武将を思いうかべるだろうが、この入佐少佐には、それに加味された人間性と細密精緻《せいち》な神経がゆきとどいている感じである。そして剛毅一本槍でない、航空士官として不可欠のプラスアルファが、多くの部下にとってより信頼感を高めていたといえる。

赤ランプがつくまで

薄赤い下弦の月が、ぶきみに東の空に光っている。私はふと、本能寺の変も下弦の月のもとで行なわれたことを思いだした。不安が胸の中でざわめく。

急に指揮官機が雲上で左旋回する。断雲のなかで、ついに金子小隊を見失った。あとは六機が三機ずつ二組になって飛んでいる。私はここで第一小隊を見失ったら大変と、操縦桿をうばいとるようにして副操縦員と交替する。

——針路三三〇度。指揮官機から発火信号だ。受信不能機を心配しての配慮である。ついで——われW基地にむかう、六機編隊飛行中。発信がキャッチされた。入佐少佐はついに決断を下したのである。

「なにか探照灯のようなものが見えます」米窪副操縦員が知らせる。なるほど時どき切れる雲の中から光芒がかすむ。はっきりしないが、I、I、Iと見える。I基地すなわち九江の略号である。するとわれわれの機首は、たしかに武漢方面に向かっていることになる。

こんどは時間の経過が気になる。航空時計の針はすでに十四日に入ったことを告げている。いつ燃料計の赤ランプが、目の前の標示灯につくかが問題だ。赤ランプとは、燃料があと十分くらいしかもたないという警戒灯である。

——われ三機、戊基地にむかう。暗雲の中ではぐれた金子小隊から電報がくる。第三小隊は思いきって大陸を横断し、上海にむかっているらしい。無事を祈る。

——われ燃料残十分、基地上空。——われ単機、第八基地にむかう。

悲壮な電波が空中にいりまじる。つぎつぎに入る電報は、思い思いに活路をもとめるありさまを伝えている。だが今はどうするすべもない。

機内には不安な空気がみなぎる。依然として心憎い雲霧は地面をおおっている。もう漢口上空に達していなければならない。気のせいか規則正しい光芒が雲下に踊っているようだ。その光の長短は、あきらかにWを示している。

「下は漢口かな、たしかに漢口だ」私は偵察員に同意をもとめた。しかし朴訥《ぼくとつ》で、まじめな半沢一空曹は、なかなか慎重である。私より長い飛行経験をもち、それが小隊長機の偵察員として選ばれたゆえんでもあるのだ。

燃料すでになし
雲中に急に高度をさげはじめた機がある。雲を突っ切るつもりか？　それとも燃料がつきたのか？　第一小隊の三番機である。勇敢な機長・平松一空曹のおもかげがうかぶ。

その一瞬、ついに来たるべきものが来た。私は第一小隊を見失ってしまった。入佐隊とはぐれた私は、私の機をふくめて三機二十名の生命をじかに托されたことになる。すべての行動は、私の判断で処理しなければならない。私は身体のひきしまるような責任を感じた。二十五歳の弱輩には重すぎる荷である。私はそれをふり払うように下方をにらみつけた。

いまや一刻の猶予もゆるされない。燃料は血液であり、時間は酸素である。寸刻の判断のあやまりは永久にとりかえしがつかない。

――われ杭州湾付近に不時着す。これにて通信を絶つ。天皇陛下万歳。上海にむかった金子小隊の三番機から、最後の電報が入る。機長はベテランの小泉静馬一空曹、副操縦員は若桜の三改木広一一空である。あと五名の戦友が乗っている。

部下の僥倖《ぎょうこう》を願いながら、私は雲上で大きく左旋回をした。針路一八〇度、真南の航路をとり編隊をととのえる。大きく深呼吸してスロットルをしぼり、機速をそのままにたもちながら降下の姿勢にうつった。二、三番機がピタリとつづく。

気のせいか前方に、山裾のようなものがあらわれてくる。しかし今や、三機の運命はそのまま降下前進するにかかっている。

エアポケットに入って、機はときどき大きく揺れる。時間がものすごく長く感じられる。高度計の目盛りは無心に、二千、千五百メートルとさがっていく。夜光塗料の発する光が、われわれの運命を握っているようだ。

ついに五百メートル。今は神を信ずるだけだ。

突然、パッと目の前に視界が大きくひらけた。雲下に出たのだ。高度三百、ついに三機とも暗雲と別れをつげたのだ。眼前に大きな湖がひろがっている。ほっとすると、ふたたび燃料の心配が濃くなった。青白く光るプロペラを眺める。大きな溜息がでる。

「もう燃料はありません」「赤ランプがつくまで飛べるんだ。プロペラが止まるまで頑張るんだ」

私は搭乗整備員を怒鳴りつけた。警報器の故障かも知れない不安を、怒号をもって吹きとばした。神仏の加護をもとめるのか、私の手は出征のとき母が丹誠こめた千人針の腹巻をまさぐっていた。

王虎将軍に抱擁されて

この湖は果たしてどこか？　偵察員は責任上、航空図をかざして説明する。

「中国には大きな湖が三つあります。太湖、鄱陽湖、そして洞庭湖です。おそらくこれは鄱陽湖でしょう。分隊は、南昌へ行きましょう」

当時、南昌は日本軍が占領中の拠点でも大きい方である。私は不安だった。果たして鄱陽湖であっても、われわれは湖上のどの辺を飛んでいるのか。高度三百で、この暗夜では近くの目標を捉えるのが精一杯である。

北方に針路をとる。確信はないが、雲上でかすかにみとめたWの発光信号に、一縷《いちる》の望みを托した。東方はるかに陸地らしいものが見える。そのむこうに、やや白みがかった広い帯のような屈曲が視界に見えてきた。

「揚子江らしい」偵察員に注意をうながすと、ほとんど同時に二、三番機からも知らせてきた。「つづいて揚子江へ不時着しましょう」

三機の乗員二十一名の兵力である。兵器弾薬もあるていど持っている。地上に降りてもなんとかなるだろう。そんな気持は誰の心にもあった。一様に私の顔色をのぞく。気の早いものは飛行靴をぬぎ、不時着時の身軽さにそなえる。あるものは航空糧食を飛行服につめこむ。その動作が自然に見え、生への執着につながるのだ。

しかし、私の考えは違っていた。おなじ生きる方法でも、われわれは翼を持っているのだ。この翼をあくまでも生かさなければならない。それが、またわれわれの生きる唯一の道なのだ。飛べるだけ飛ぼう。プロペラの止まるまで。

私はどの顔にも目をくれず、操縦桿を堅く握りしめた。そのとき、ほんの一瞬の差であった。前方の小高い山を越えると、燦然と光りかがやく大都会が視野いっぱいに飛びこんできた。漢口だ。たしかに昨日の早朝、車輪をはなした大地、漢口だ。毎日見なれた市街の恰好、まさしく漢口である。

揚子江、漢水、あれが武昌市街、生気は全機全員に電流のように通じた。二番機内に小踊りする兵の姿が夜目にも見える。張りつめていた気持が一瞬ゆるんだ。まだ早い、喜ぶのはしっかり大地に翼を休めてからである。

しばらく上空で待たされ、ようやく〝着陸さしつかえなし〟黄白のオルジス発光信号が、わが小隊に発せられた。機内の赤ランプはまだ沈黙している。

「やあ帰ってきたか、よかったよかった」王虎将軍の異名をうたわれた司令が、私の両手をかかえてくれた。私はこのときほど、人間の手を大きく感じたことはなかった。

戦艦不沈の神話をやぶったマレー沖の奇跡

英戦艦撃沈の歴史的戦果を上げた鹿屋空一式陸攻雷撃中隊長の手記

当時 鹿屋空第三中隊長・海軍大尉　壹岐春記

日米開戦前の昭和十六年八月三十一日、中国漢口基地において、この日の成都飛行場爆撃を最後に原隊復帰を発令され、九月二日、九六式陸上攻撃機（九六陸攻）三個中隊の三十六機は全機が帰還した。九月一日付で戦時編制が発令されて、鹿屋空は高雄空とともに一式陸上攻撃機（一式陸攻）六個中隊七十二機の大航空隊となった。

壹岐春記大尉

対米開戦準備に全力を傾注し、機材や装備品などの充足とあわせ、要員の充員と技量錬成向上がおこなわれ戦備をととのえた。十一月二十一日、第二開戦準備が発令されたのにもとづき、航空部隊第一段作戦開始前の待機位置として、鹿屋空は台湾の台中基地への展開を命ぜられ同二十二日朝、鹿屋をたって全力六個中隊が移動を完了した。

翌日から、昼夜の高々度編隊、航法通信訓練や夜間発進、さらに集合編隊訓練など最後の仕上げ錬成であった。これは、開戦第一撃は夜間に台湾南部から発進し、八日朝の日出三十分前に他部隊と連係して、鹿屋空はマニラのニコルス飛行場を爆撃することになっていたからである。

十一月二十八日、大本営は英極東艦隊に関する情報を入手し、プリンス・オブ・ウェールズとレパルスがシンガポールに増勢されることを知り、ただちに連合艦隊と南方部隊にはかり、結局、鹿屋空の半兵力をマレー部隊に派遣増強することになって、十二月二日の南方部隊命令により、藤吉直四郎大佐の指揮する鹿屋空の一式陸攻二十七機（補用九機）が十二月五日、サイゴン基地に進出した。

この間の事情を三和義勇連合艦隊作戦参謀の手記『山本元帥の想出』（昭和十八年記述）には、十二月十日の作戦について要旨次のように記されている。

「英戦艦のシンガポール方面出現の情報を受け、軍令部や連合艦隊内に戦艦を南方部隊に増強すべしとの意見があったが、山本長官は雷撃訓練の十分にできた陸攻二十七機を比島方面から馬来《マレー》部隊に増強し、これで敵戦艦を仕止めうるとしていた」

雷撃に理想的な一式陸攻の性能

海軍で雷撃可能な機種は、陸上攻撃機と艦上攻撃機が主で、一部飛行艇また水上機による雷撃についても真剣熱心に研究錬成された。そこで一式陸攻による雷撃は、発動機の高出力と優速で接敵できるし、操縦性がよくてじつに爽快という気持であった。

中隊長の私の例で述べると、九機編隊で高度三千メートル、距離一万メートルくらいから襲撃（接敵）運動にはいると、バンクして編隊を解き、三機の小隊、そして単機となり、約百メートル間隔の単縦陣となって一番機に続行し、高度を下げながら機速はすぐ二百ノットくらいになる。

そして最良射点につくように自由に運動する。おおむね一五〇〇メートルくらいまで敵艦に接近すると高度を二十メートルくらいに下げ、各機は敵針路、速度、照準距離、方位角、敵の回避に応ずる射角を雷撃照準器にととのえて射点にむかって突進する。

偵察員は、敵艦の目測距離と飛行高度を伝声管をつうじて操縦員に「一五〇〇、二〇メーター」「一四〇〇、一五メーター」と読む。

操縦している私は、それを聞きながら自分の目測距離と高度計の目盛を確認して、照準器で敵艦の艦橋付近を照準しながら、飛行姿勢を所定の機首角度〇度、速度一七五ノット、高度二十メートルですべらせずに正しい水平飛行にもっていく。そして射点に到達すると「ヨーイ」「テーッ」と、魚雷投下用の押ボタンを右手の指で押す。

その瞬間に爆管が爆発し、魚雷抱締索の止め金がはずれて、魚雷は機体から落下し、同時に魚雷のジャイロが発動する。魚雷はジャイロコンパスにより空中から所定の針路をたもち、頭部から海面に突入する。

このとき、魚雷の尾翼に鋲《びょう》でとりつけられたベニヤ板製の框板は、空中雷道を正常にたもつその役目をはたして、着水と同時にベニヤ板は破壊して魚雷から離脱する。

そして魚雷は水中に深く突入するが、水中雷道はジャイロの作動により一定の方向をたもち、ローリングを修正し、調定した深度（対戦艦約六メートル）に、またおおむね四十五ノットに調定した雷速で駛走する。そして直進して敵艦に命中する。魚雷の頭部先端に装着された爆発尖が船体にふれると撃針が作動し、起爆剤をかいして炸薬が炸裂することになる。

訓練のさいは、炸薬を装塡された実用頭部のかわりに演習頭部を装着する。これは形、大きさは同じで、炸薬のかわりに海水をいれ、頭部に電灯がついていて、駛走中に光が海中に見えるので、標的艦上から見ていると、その魚雷が艦底のどこを通過したか（調定深度が艦の吃水たとえば六メートルあればそれより大きく八メートルに調定すると艦底を通過することになる）わかり、それによって命中を確認する。

調定距離を三千メートルとすれば、その魚雷は三千メートル駛走した地点で正直に停止し、その圧搾空気の圧力で海水を排出して、中空となった頭部は水面に頭をだし、頭部から発煙してその所在をしらせるので、採収艦艇がこれを揚収し、調整工場へはこんで魚雷は分解調整される。

演習頭部には自記装置が内蔵されて、飛行機から投下され駛走して自停するまでの魚雷の運動を記録しているので、その諸記録のデータを魚雷来歴簿に記注するのである。それにもとづいて、魚雷は再調整される。こうして、操縦者は自分の発射した魚雷をよく研究し、よりよくまた発射することになり、魚雷と操縦者は不可分の関係である。

全軍攻撃命令くだる

マレー沖海戦において英戦艦を撃沈した雷撃隊の一指揮官として、その苦心談が本論であるが、雷撃法と雷撃隊はいかにして、そこまで育ったかについて述べてみたい。

わが海軍における雷撃は、明治四十五年六月、海軍航空術研究会が設置されたとき、「まず優先的に雷撃機の試作をおこなうべきである」という意見がさかんに唱えられ、旅順封鎖作戦の経験から、飛行機雷撃論がしだいに高まった。そして大正五年十月、海軍小演習で、館山湾に停泊中の青軍艦隊にたいし、横須賀を基地とする赤軍飛行機ファルマン水上機三機が夜間雷撃（擬襲）をおこなって、雷撃の戦術的用法がこころみられた。

つづいて大正六年に英国製ショート複葉三座水上機で、東京湾において数回、魚雷発射実験がおこなわれ、いずれも好成績をおさめた。さらに大正十年、英国のセンピル大佐以下の航空団を招聘《しょうへい》して、爆撃法と雷撃法の訓練をはじめ、ソッピースクック（複葉単座）およびブラックバーンスウィフト（複葉単座）両艦上雷撃機で、霞ヶ浦湖上において擬魚雷発射訓練をおこなった。このあと大正十二年十二月、十年式艦上攻撃機（三葉単座）を使用し、東京湾で魚雷発射に成功した。

こうして昭和四年五月、海軍は爆撃法の講習指導のためフランスからジュラン海軍大尉を招聘した。大尉は一日、横空で「魚雷射入時に適切な俯角をつけるために魚雷の尾部に数本のほそい麻紐《あさひも》をつけ、これを機体に固縛し、投下時に魚雷の重みによって切断する。俯角を適切にするよう麻紐の数を調整する」と述べた。

鹿屋空所属の一式陸攻一一型。マレー沖海戦には全機雷装26機が出撃した

これにヒントをえて、実験をこころみてかなり効果があり、射入状態も良好なことが確認されたので、航空廠（のちの航空技術廠）でコイルスプリングを応用した落下管制器が考案され、これにより超低速の制限から高度二十メートル、機速八十ノットで発射可能となり、適当な射入角がえられると同時に衝撃も緩和されるので、水中雷道、駛走率ともに向上した。

そののち、村上佐大佐（のち少将）の考案により一種の抵抗板（框板）を魚雷の尾部に装着することによって、発射高度を百メートルないし二百メートル、機速を一二〇ノットに向上したことは、魚雷発射法の一大飛躍であった。

このように、わが海軍における発想により雷撃法は、外国の指導または示唆によりいっそうの発展向上をとげた。そして雷撃の要訣は「肉薄必中」といわれ、同時異方向、雷爆協同攻撃により敵艦隊にたいする雷撃は六五〜七五パーセントの犠牲を覚悟しなければならぬといわれた。

シンガポールを出港した英艦隊

ともあれ鹿屋空の一式陸攻二十七機（補用九機）が、十二月五日、サイゴン基地に進出すると、マレー部隊第一航空部隊（第二十二航空戦隊、指揮官松永貞市少将）の軍隊区分により丁空襲部隊として編入され、同七日には、サイゴンの北十八キロにあるツドウム基地へ配備され、乙空襲部隊（美幌空）と協同使用することになった。

第一航空部隊の任務は、敵海上兵力の撃滅、陸軍第三飛行集団と協力する航空兵力撃滅、所定時期の船団護衛をおもな内容とするものであったので、丁空襲部隊は、六日から九日まで一部、南シナ海の索敵を実施するほか、敵艦艇攻撃にそなえ雷撃待機することになった。

開戦第一日、甲、乙空襲部隊（元山、美幌航空隊）がシンガポールに空襲第一撃をくわえるのにたいし、丁空襲部隊は一部索敵のほか雷撃待機で、成功を祈念して甲、乙部隊の出発を見送った。

十二月九日、丙空襲部隊（三空）の陸偵によるシンガポール偵察報告では、「英戦艦はシンガポールに在泊している」ということで、第一航空部隊では、十日早朝、在港の英戦艦を攻撃する計画をすすめていたところ、同日午後三時十五分、伊六十五号潜水艦が北上する英艦隊を発見し、「敵レパルス型戦艦二隻見ユ」と地点、敵針路、速力を電報した。

その発見報告電報をマレー部隊旗艦の小沢治三郎中将は、午後五時十分から二十分のあいだにうけた。そして第一航空部隊司令部は、このときこの第一報を受信し、同時に当日の偵察でとった写真を再調査した結果、二隻の戦艦は在港しないことを確認した。

そこで、松永少将は五時三十分、「各隊は全力をあげて、この敵艦隊を攻撃」するよう下令した。永年、戦艦を目標に猛訓練をかさねてきた航空部隊の将士は、いよいよ戦艦を実際に攻撃する機会であり、猛訓練の成果をしめす時がきたと闘志をもやした。

夜間悪天候のため、味方討ちの懸念も生じ、松永少将は、各攻撃隊に午後九時十分ごろまでには引き返すよう命じ、十日の天明を待って英艦隊を全力攻撃するよう下令した。

鹿屋空においては、東森隆大尉の第二中隊は当日、索敵哨戒にあたり、ほかの二個中隊が攻撃待機していた。鍋田美吉大尉の第一中隊は、雷装で魚雷を搭載して出撃したが、私はサイゴンの司令部におけるシンガポール攻撃実施要領打合せ会に出席し爆撃に予定されたので、司令部からツドウム基地の分隊士に電話して、雷装から二五〇キロ爆装に転換するよう命じていたので、この攻撃命令をうけたときすぐ爆装を完了して出発した。

しかし、天候不良で引き返すよう命ぜられたので、当時の慣例で、私の第三中隊九機は二五〇キロ通常爆弾各機二個を洋上で投下して帰投した。雷装の鍋田中隊は魚雷をだいたまま夜間着陸は初めてのツドウム基地へ全機ぶじ着陸した。

艦橋よりも高い水柱のなかで

十二月十日、第一航空部隊指揮官から前夜発令された攻撃準備命令にもとづいて、丁空襲部隊は全力二十七機雷装のため払暁までに燃料や機銃弾などの搭載を完了し、重量八三八キロの九一式魚雷改二を魚雷運搬車で、搭乗員、整備員、そのほかも一緒になって、押したり引いたりして運んでは各機に装備して、全機雷装を完了した。

まだ暗い早暁、飛行場にいくと攻撃準備中で、そのなかに「雷装終わりました」と報告をうけて、私はわが中隊の列線にいき、雷装状況を巡視した。

搭乗員、整備員は魚雷運搬車を魚雷の下にいれ、ハンドルをまわして運搬車の架台を約一センチ魚雷からさげて「魚雷投下試験準備ができました」と報告をうけて、私は本日、自分の配置であるK三〇一号の主操縦席に着いて、大きな声で「ヨーイッ」「テーッ」と、投下用押ボタンをおした。するとパンという音とともに魚雷が約一センチ落下して、機体からはなれたのを体に感じ、「これでよし」と安心した。もとどおりに魚雷を搭載して投下試験を終わった。

宮内七三飛行隊長指揮のもとに、中隊順に離陸し、飛行場上空で編隊をととのえ二十六機（第二中隊一機欠）は午前八時十四分、ツドウム基地上空を発進した。

午前三時四十一分の潜水艦の敵状報告をもとに、シンガポールにむけ逃走中の敵主力と会敵予想海面にむけ針路一八七度で高度三千メートル、快晴の南シナ海を開距離編隊で索敵南下した。そのうち駆逐艦一隻が南下するのを認めたがこれには目もくれず、さらに南下した。これは燃料の関係で単艦シンガポールへ帰港中のテネドスであった。

鹿屋空の一式陸上攻撃機。鹿屋空はマレー、フィリピン、蘭印につづいてソロモン方面に進出、七五一空となる

敵情に関する入電もなく、行動限度近くなりボルネオの向こうにインド洋が見え、シンガポールも右正横にハッキリ見えるのに敵艦隊は見えず、しかたなく指揮官にしたがい反転北上した。

敵情に関する電報で、敵艦隊の位置を航空図《チャート》にいれてみるとマレー半島の陸上になってしまう。暗号書をひきなおしても同じである。

しかし午後一時ごろ、平文電報をサイゴン基地から受信して、その位置を航空図にいれるとクワンタン沖である。指揮官機も同時に了解したとみえ、その方向に変針したので、それに従う。

敵艦隊の所在予想海域の上空に達すると、付近の雲量八、雲頂三千メートルくらいに達し、見張っていたら右手前方の雲の峰のあいだに私は水上機一機を認めたので、敵はこの雲の下だ、やれやれと思った。

つぎの瞬間に雲の切れまから艦首に白波をけたてて航行中の艦隊をチラッと発見した。午後一時四十八分、指揮官機は大きく翼をふりバンクして「全軍突撃せよ」と。ゆるやかに左に旋回しながら雲下へ突入した。第二中隊がこれにつづき、第三中隊の私は心持ちおくれてこれにつづき、右旋回で雲下にでた。

雲の下際は三〜四百メートルで、雲の下際に隠顕しながら約二万メートル前方にハッキリと敵艦隊を見た。方位角六十度で三隻の直衛駆逐艦を配し、その後方二千メートルに一番艦(プリンス・オブ・ウェールズ)、さらにその後方約二五〇〇メートルに二番艦(レパルス)が続航し、その速力は二十ノットと私は判定した。

第一中隊、第二中隊は、高度をさげてそれぞれ単縦陣になって、接敵している。私は、その後方三千メートルくらいを単縦陣になって続行した。

雲の下際にさがると、敵の銃砲弾が文字どおり雨霰《あられ》とふりそそぐのを見てびっくりした。そしてこの熾烈な防禦砲火については、当時、主砲と副砲も撃っていたと報告され、またそう報道されたが、私はそれらしい砲火は見なかった。機銃やポンポン砲、高角砲の銃砲弾が、火をひいてよく見え、それが海面いっぱいに水しぶきをあげるので、ちょっと高度をあげて雲の下際にはいり、敵に機影をかくして接敵する。

そしてまた雲の下にでる。こうしている瞬間に、付近一帯はほとんど雲がなくなり、もう高度を下げて近接するより手はないと観念して一番艦にむかった。まもなく、一番艦の右舷艦橋よりすこし艦尾寄りに、真白く大きな水柱が艦橋にとどくくらいの高さまで立ちのぼった。瞬間、命中！　と思った。この魚雷命中の水柱はうまれて初めて見るもので、日本海海戦の油絵で見たことのある水柱を思いだした。

つぎの瞬間、二本目の水柱がまた一番艦の艦尾付近に立ちのぼった。これは第一中隊の戦果だ、よし「一番艦はこれでよし」と、私は攻撃目標を二番艦にうつす決意をした。

二隻がつづいて海の藻屑に

十日午前六時二十五分、甲空襲部隊（元山空）の索敵機である九六陸攻九機がサイゴン基地を発進し、結局、三番索敵線の帆足正音予備少尉機が、午前十一時四十五分、めざす英艦隊を発見した。ただちに発見第一報を打電し、触接をたもち逐次敵情を打電した。

最初に敵艦隊を攻撃したのは、乙空襲部隊（美幌空）白井義視大尉の中隊で、零時四十五分、レパルスにたいし八機編隊爆撃（二五〇キロ八発）をおこない、弾着の水柱は全艦をおおい、一弾がその煙突の中間に命中して火災をおこさせるのを認めた。ついで甲空襲部隊雷撃隊（九六陸攻石原中隊九機、高井中隊七機、九一式魚雷改二、炸薬量一九四・五キロ、全重量七八四キロ）が午後一時七分から二十二分のあいだ一番艦、二番艦を雷撃した。

つぎに乙空襲部隊高橋大尉のひきいる雷撃隊（九六陸攻八機、魚雷は甲空襲部隊と同じ）が午後一時二十七分から三十二分のあいだレパルスを雷撃した。乙空襲部隊大平中隊は、午後二時三分ごろ、雲の切れまに英艦を発見し、五〇〇キロ爆弾九発で爆撃したが命中しなかった。最後に乙空襲部隊武田八郎大尉の中隊は、一番艦を午後二時十三分、五〇〇キロ爆弾八発で爆撃し、二個が艦尾付近に命中するのを認めた。

ともあれ、わが鹿屋空第一中隊は一番艦、第二中隊は二番艦、第三中隊は状況に応じて一、二番艦のいずれかを攻撃するという事前打ち合わせがあり、一番艦にむかった私は、一番艦に命中魚雷二本の水柱を確認したので「一番艦はこれでよし」と二番艦レパルス攻撃を決意してこれに向かった。

だが、このときレパルスは私の左四十五度約二千メートルくらいで右旋回中であった。右舷からの攻撃を企図したがなお二十ノットで、射点が後落すると感じたので、瞬間、左舷からの攻撃に変更した。

第二小隊の長畦元一郎中尉は私の後方二百メートル、第三小隊長の岡田平次飛曹長はさらにその二百メートルくらい後方に続行していたので、そのまま右舷からまわりこみ、一小隊三機と二、三小隊の六機は平素訓練していたようにうまく同時挟撃の隊形となった。

面舵《おもかじ》一杯で右小まわりの旋回中（たぶん舵機に被害を受け操舵の自由を失ったものと思われる）のレパルスに向かって、私は左旋回しながら好射点をもとめて懸命に操縦した。私は雷撃の主役となり、雷撃照準器に所要のデータを調定し照準しながら、飛行機を最良射点にもっていくよう操縦する。このとき第一小隊長の矢萩友二飛曹長は、目測による敵の針路、速力、方位角、距離、飛行高度、とくに距離と高度を伝声管をつうじて私につたえる。

「一五〇〇、三〇メートル」「一三〇〇、二五メートル」唱えるように伝えるのを聞きながら、自分の目測と高度計をチラッと見てたしかめながら照準し、レパルスから集中して射ってくる銃砲弾のなかを突進し、「ヨーイッ」「テーッ」私はここぞと思うところで、ちょうど訓練のときとおなじように魚雷を投下した。

レパルスの防禦砲火はいっそう熾烈である。私は全速で、前川保一飛曹はじめ甲板めがけて機銃掃射する。艦上の甲板には人の顔が見える。前川が「当たりました」

そのとき、二番機山本福松一飛曹機が火ダルマとなって右前下一五〇メートルの海に突っ込んで行く。と、このときまた前川が叫ぶ。「分隊長、また当たりました」それと同時に三番機中島勇壮一飛曹機がまた火災をおこして、二番機のすこし手前の海中へ突っこんで行った。

列機二機の波紋とレパルスを右後方下に見てただ夢中で左へ高度をとりながら飛んだ。高度二千メートルになって列機があつまってきて編隊で緩旋回しているとき、最後まで発砲してレパルスが艦尾から大きな波紋を残して海中へ没した。

撃沈。万歳、万歳。機内は大歓声と大騒ぎとなった。携行航空糧食のブドウ酒とサイダーを湯呑についで、乾杯だ。操縦席に座ったまま、私は操縦輪から両手をはなし、全員が私の後ろに集まり、副操の安藤良治一飛曹も操縦しながら片手で、私の「万歳」に合わせて乾杯し、戦果を眼前に見て心からよろこびあった。そして列機四機も編隊をくんで、私たちにならって乾杯しているのが手にとるように見えた。

五機編隊で帰投し、ツドウム基地に着陸してみると、偶然にも私が帰投第一号であった。

藤吉司令以下ほとんど全隊員が飛行場の指揮所に集まっていた。そしてその人たちが私を胴上げして大歓迎をしてくれた。

藤吉司令は後日、この海戦参加者を代表して、天皇陛下に単独拝謁という最高の栄誉をになったのであった。

プリンス・オブ・ウェールズは、甲空襲部隊の雷撃およびわが鍋田中隊の雷撃につづき、乙空襲部隊武田（のち庄子）中隊の爆撃により、大きな爆発をおこし、午後二時五十分、その姿は海中に消えた。先にのべた索敵の帆足機は、この最後まで触接報告した。こうして英艦隊主力は潰滅した。

陸攻一家〝太平洋漂流〟五時間の苦闘

ラバウル戦線を生きのびた強運のペアが挑むホーランジア夜間雷撃行

当時七五五空攻撃七〇六飛行隊・海軍上飛曹　三瓶志郎

昭和十七年四月より戦線に投入されたわれわれ同期の二百三十余名は、それぞれの所属艦隊、航空隊において、予科練、飛練を通じて、三年半の教育の成果を発揮して勇戦したが、すでに多くの戦死者を数えていた。

とくに台湾の高雄空で、十九期大型機講習員教育（偵察専修）を終えた同期生三十五名は、同年六月一日に美幌、千歳、三沢、木更津、四空、元山の各航空隊にそれぞれ数名ずつ配属されたが、その後、ソロモン諸島、ガダルカナル島奪回戦を機に、これらの航空隊はラバウルのブナカナウ基地（西飛行場）に相前後して進出し、再会の肩をたたく暇もなく、やがてソロモン海域の激戦に参加していった。

三瓶志郎上飛曹

私とともに三沢空（のちに七〇五空）付となった長峰雄一、池田次郎は第一次ソロモン海

ラバウルを出撃する一式陸上攻撃機一一型。前方へしぼられたカウリングや胴体などの雰囲気がよくわかる

戦の初陣に散り、つづいて平尾清はガ島上空の索敵線上で、野口祐がガ島上空にて機上戦死、さらに古田島登喜男はポートモレスビーの夜間攻撃に出撃して帰らず、鈴木英吉もまた索敵線上において戦死した。

そのほか四空の田中一明と、射撃の名手であった木更津空の中瀬弘、高雄空の中原吉二、矢野武彦、千歳空の大塚密雄らがガ島上空において戦死し、七〇五空の河上豊、三井萬吉、それに七五一空（鹿屋空）の中川桂治、田畠石人、七〇二空の渡辺道雄、七五五空の神谷武ら多くのエースたちを失い、今日あって明日の生命ないという激戦の明け暮れであった。

当時、攻撃七〇六飛行隊にはラバウルいらい悪運つよく生き残った村山七郎、増田平吉、高橋寿男、秋野英三と私の五人がいたが、秋野は三月三十日の夜間攻撃に出かけてそのまま散華した。

同期のものが相寄れば、何もいわずとも、互いの眼をじっと見てその心中を知り、〝俺は絶対に死なん、最後まで生き残るのは俺だけだ〟と信じ合ってもいたが、しかし残っている者といっても、だれもが苦しい体験をしてきた連中ばかりであった。

敵は戦艦か巡洋艦か

このころマリアナ諸島のサイパン、テニアン、グアム、それにペリリューの各基地には、ようやく新編成なった第一航空艦隊（一航艦）所属の戦闘機隊、銀河隊の一千余機が満を持していた。

昭和十九年四月中旬、にわかに戦勢が動き、敵がニューギニアのホーランジアを衝くにおよんで、一航艦の大部が、ニューギニア西部あるいはフィリピンの各基地へ移動した。

わが攻撃七〇六飛行隊からも、安土大尉を指揮官とする一式陸攻六機に、四組のペアが分乗してニューギニア西部のソロン基地に派遣された。そのなかには村山七郎、高橋寿男、増田平吉と私、それに内地より転任してきて間もない沢辺怡悦がいた。

敵のホーランジア上陸とともに、マレー半島ペナン基地で練成途上の七三二空が急遽、ソロンへ進出して来た。しかし、その練度は未知数であり、歴戦の攻撃七〇六飛行隊が派遣されたわけである。沢辺はキスカの水上機基地にいたが、アッツの玉砕とともに同地を撤退して内地に帰ったが、そのとき通信術の高等科教程をうけて、はからずも畑ちがいの一式陸攻隊に転任したのだ。

西部ニューギニア方面は、そのころ悪天候がつづき、敵艦隊への攻撃が思うようにいかず、焦慮の二、三日がすぎた。やがて四月二十四日、安土中隊に対して、ホーランジアで兵員を揚陸中の敵艦船への夜間雷撃行が下令された。

午後二時、照明隊四機の離陸につづいて、攻撃隊十八機が発進した。指揮中隊は七三二空の一中隊、安土中隊は二中隊の編成である。

わがペアは、昭和十八年九月から十月にかけてのタラワ、マキン来襲の敵機動部隊追撃いらいの操縦員伊藤和男上飛曹、搭乗整備員土井上飛曹、攻撃員はラバウルいらいの松岡二飛曹、中隊長安土大尉、同期の沢辺上飛曹に私の六名であった。

この日も悪天候下の出撃で、二個中隊の編隊飛行は昼間でもむずかしく、まもなく中隊ごとの行動となり、午後六時三十分ごろ、編隊灯を点灯して進撃したが、やがて戦場間近となるや小隊ごとの飛行となり、夜間になってから単機行動をとった。だが、目的の海面には敵らしきものはいなかった。しかも予定した飛行時間をはるかにすぎていた。

愛機の爆音を耳にしながら、焦《あせ》りの何分間かがすぎたころ、はるか左前方に明るい光をみとめた。先行していた照明隊が、ついに敵艦隊を発見したのだ。われわれは内心、これから行なわれる攻撃に必勝を誓う。

やがて沢辺上飛曹が基地に〝突撃〟を連送した。安土大尉は、前方の偵察席に、松岡二飛曹は後部の二〇ミリ銃座についた。私は、操縦席の後方に位置し攻撃命令を待った。機は敵の電探射撃をさけるため、海面すれすれに下降して索敵を開始した。

相手は戦艦か、巡洋艦か——。照明隊が敵艦の背後上方に照明弾を投下したので、接敵行動はじつに容易であった。まだ距離はかなりあったが、このとき敵の砲門は一斉にひらかれ、わが機を襲った。私は横の窓を少しあけて、もっていた電探欺瞞紙《ぎまんし》を散らした。機内の六名の眼は、獲物に向かってするどくむけられている。

伊藤兵曹は、機をたくみにあやつって、ぐんぐん接敵している。赤や青の、アイスキャンデーのような火箭がわが機をつつむ。あるいは高く、あるいは低く——。だが当たらない。私は汗ばんだ手で欺瞞紙を投下しつくした。海面がキラキラと光る。

やがて「発射用意——打て！」

伊藤兵曹の手は発射ボタンをつよく押した。機は一瞬、浮き上がり、敵艦の艦尾をかすめて闇の中に突入した。安土大尉と松岡がニッコリ笑った。そして残る四人の眼も、〝してやったり〟といっているようだ。戦果の確認はできなかったが、十分に接敵しての攻撃だったので大いに自信はあった。確認を照明隊にまかせて、積乱雲の中をソロン基地に針路をとった。

ワレ不時着ス

やがて、ビアク島が視界に入った。機は、ゆっくりとニューギニアの本島ぞいに飛行する。伊藤兵曹と土井兵曹の二人の眼は、充血して真っ赤だ。戦いの疲れであろうか、ともすると高度が下がるようだ。「伊藤兵曹、アップだ」と怒鳴って、正常な高度をたもつ。

こうして、ようやく基地上空へ進入した。基地上空はすっかり雲におおわれていた。その時とつぜん機体がグラッとゆれた。エアポケットに入ってしまったのだ。下は基地をつつむように山々がつらなっている。すでに離陸してから十時間——燃料はわずかしか残っていない。とっさに山上をさけて基地ちかくの海上に出ることとなった。もし不時着を余儀なくされたら、山上ではとても助からないからだ。

とにかく不時着を予想して海上に出たが、ここにおいて安土大尉は、ついに海上不時着を決意した。そのとき、ドレ角の方面より僚機一機がやってきた。照明隊か、それとも攻撃隊か——わが機に対してオルヂス（発光信号器）で「位置はどこか」と送ってきた。

「基地上空、基地上空。着陸困難、ワレ海面ニ不時着スル」と応答した。と同時に、その機は暗夜の山腹に激突して一瞬、パッと炎上した。何ということか。せっかく無事に攻撃を終わって帰ってきたのに、基地上空で死ぬとは。

われわれも、ぐずぐずしてはいられない。とにかく着水地点をえらぶことが先決だ。救出されることを予想して、ドレ角付近に不時着することにきめた。そして基地に対して、その旨を打電した。

機は陸上にそって一航過、着水照明炬を用意して操縦席下の写真撮影窓を開けた。だが窓を開けたとたん不覚にも、着水照明炬を落としてしまったのだ。仕方なくふたたび一航過し

ソロモン及びニューギニア方面攻撃に従事した七五一空の一式陸攻一一型

て、こんどは航法目標灯十個を投下した。海面上に、この目標灯が次々と点灯して青白い光を発している。波はあまり高くないらしい。

機は着水コースに入るため旋回した。私は松岡二飛曹にゴムボートの用意をさせる。一式陸攻には落下傘の用意はなかったが、三人乗りと五人乗りのボートが装備されていた。われわれ六名は、それぞれボートに乗って、安全バンドで膝をしっかりと縛った。

機はゆっくりと高度を下げる。ドドドドド、四十メートル、二十メートル、十メートル……瞬間、尾部につよい衝撃を感じた。ついに着水したのだ。身体いっぱいに感じる強いショック――だが、ぶじに着水に成功した。

「土井兵曹、天蓋をあけろ」と叫んだが、どうしたことか返事がない。暗夜の海上で土井兵曹がどうなっているのか、まったく判明しない。

そのときかすかに、「足が、足が」という苦しそうな声が耳に入った。土井兵曹は足を計器盤につっぱって、着水時の衝撃をふせごうとして、逆に足をとられて痛めてしまったのだ。

われわれは土井兵曹のそばに行って抱え起こし、天蓋から引っぱり出して機上にはこんだ。彼の右足は、まるでニワトリの骨が折れたように、白い骨がニョッキリと飛び出している。出血をふせぐために太腿《ふともも》をマフラーでしっかり縛った。

土井兵曹は、歯を喰いしばって激痛にたえていた。われわれは協力して、ゴムボートを外に引っぱり出して、その中に彼を寝かせた。着水時のショックで、機の胴体スポンソンのあたりが折れ曲がっていた。また、飛行中は気がつかなかったが、右翼端が吹っ飛んでいた。

これはたぶん雷撃時の被弾と思われる。

激闘ののちに、一瞬にしておとずれたこの不運——静かな暗夜の海上に浮く機体の上で、われわれは思い切り手足をのばした。急激におそってくる疲労感。着水時が午前二時半すぎだったので、およそ十二時間余りの悪戦苦闘であった。

何時間か、いや何十分たったか——やがて機体はゆっくりと海没しはじめた。このとき安土大尉の命令によって「とにかく機体をはなれて泳ぐことにしよう」ということになり、陸岸と思われる方向にむかって、土井兵曹を乗せたゴムボートを押しながら、泳ぎはじめた。機は、まもなく、音もなく沈んでいった。だが愛機は、疲労したわれわれに、回復するための時間をあたえてくれたのだ。愛機よ、さようなら。

知らぬ顔の零戦一機

五人は無言で泳いだ。ボート上の土井兵曹がしきりに話しかけてくる。

「分隊長、グアムへ帰ったら、内地の病院へ送って下さい。このペアを内地空輸にやって下さい」

相当の出血と思われたが、しかし元気はあった。グアム島はやがて激戦場となることは必至だったので、内地送還を希望したのだろう。われわれはその気持を、すなおに理解できた。安土大尉は土井兵曹の願いをこころよく承知してくれた。

そのうち、ボートに穴でもあいてしまったのか、空気が抜ける音がする。そこで松岡兵曹が立ち泳ぎの姿勢で、空気入れの把柄を握って空気を入れる。

上空を見ると流れ雲の切れ間から、きれいな星がチカチカと輝いている。陸岸はまだ見えない。海水は、はじめは生あたたかく感じられたが、長時間ひたっていると実に冷たく感じられるようになってきた。

やがて、夜明けが近づいてきたようだ。かすかに陸岸が見えてきた。どうやらドレ角が左手に見えるようだ。しかし、われわれはこの方向とは反対の、外海の方にむかって泳いでいるように感じられた。

だが、こんな心配はまったくわれわれの単なる錯覚にすぎなかった。陸岸がはっきりと認められたのだ。南の太陽が高く昇りはじめた。何となく新たな勇気と元気がわいてくるようだった。

われわれは懸命に陸岸にむかって泳いだ。どのくらい泳いだか、やがて足が地につく。陸岸だ。それと同時に、われわれは精根つきはてたように波打ちぎわに身を横たえた。土井兵曹の血の気のない顔が、砂まみれになっていた。そして最後の力をふりしぼってボートを陸上に引き上げた。さいわい上陸したところは、岸辺につづくジャングル地帯だったので、さっそくその中に身をかくした。五十メートルほどのところに小屋があった。

われわれはあたりを警戒しながら、小屋に入った。火はなかったが、その灰にはかすかに温《ぬく》もりが感じられた。たぶんこの地の部族（パプア族かカナカ族か）が、われわれの上陸してくるのを見て逃げてしまったのだろう。

小屋の外に出て基地の方向を見ると、その上空には夜来の積乱雲が、灰色にただよっていた。そのとき、一機の零戦がドレ角の方向へ飛び去って行くのをみとめた。われわれを探しに来たのだろう。だが零戦はわれわれを見当てることなく去って行く。着水前に基地に打電した上陸地点より、そうとう内側に上陸してしまったので、やむをえないことであった。

そのとき私は、ポケットの中に日の丸を持ってきたことを思い出した。非常の用意にと、基地を発進するとき持ってきたものだった。

陸軍さんに早変わり

しばらくしてふたたび零戦一機が、ドレ角の方向へむかって飛んで来た。われわれは日の丸をけんめいに振った。とにかくここらで発見されないと、ひょっとすると捜索打切りともなりかねない。

五人は大きな声で叫びながら、日の丸を振った。すると零戦は、われわれを発見したのだろうか、とつぜん機首をこちらに真っすぐにむけて、接近してきたのだ。五人の眼から、うれし涙がしたたりおちた。

やがて上空に来た零戦は、報告球を投下したが、どうしたことか沖合いに落ちてしまった。われわれには、もう一度、海に入ることはとてもできない。

そのとき、ソロン基地の方向の海上から、漁船らしき船が二隻と、内火艇らしきものが一隻、ドレ角方向にむかっているのを発見した。零戦も、この三隻をみとめたらしく、われわれと三隻の船のあいだを何回も往復して、救助をたのんでいるらしかった。

そのうち、内火艇らしき船が了解したのか、こちらに向かってきた。それは陸軍の船であった。われわれは土井兵曹を小屋の戸板に寝かせて、内火艇に乗りうつった。そして沖合いにただよっていた漁船らしき一隻に収容された。

だがよく見ると、八十トンほどの漁船の後方に、大発がロープで曳航されていた。そしてその中には、陸軍の兵隊が乗っていた。彼らはソロン所在の陸軍一個中隊で、敵のホーランジア上陸によってマノクワリ前線へ緊急出動の途中であった。

安土大尉は、ただちに指揮官に対して、ソロン基地への送還を依頼したが、部隊は緊急出動の途上であると断わられ、ひとまずマノクワリまで同行して、そこで飛行便を待つこととなった。

陸軍の兵隊はじつに親切であった。まず腹ごしらえにと、小さな薩摩芋のふかしたのを数本ずつくれた。われわれは貪るように食べた。とにかく空腹だったので、とてもうまかった。この味は、その後、内地に帰ってからも忘れられなかった。

また、下着がぬれていては身体に毒だといって、持っていた代わりの下着をわれわれに与えてくれた。ここでわれわれは〝陸軍〟に早変わりしたわけである。

この陸軍さんの好意に甘えながら、急速に疲労を回復していった。この好意は今もなお忘れられない。五人は内心で、手を合わせて感謝した。その後、幾多の苦労をかさねながら、われわれは生きながらえることができた。

強襲雷撃隊あかつきの台湾沖に死す

空母群に昼間強襲雷撃、死神グラマンに挑んだ一式陸攻恐怖の一瞬

当時 攻撃七〇四飛行隊偵察員・海軍上飛曹　田中友二

田中友二上飛曹

昭和十九年十月十三日、フィリピンのクラークフィールド飛行場は早朝からあわただしい空気につつまれ、整備員をはじめとする基地員が、忙しく飛びまわっていた。基地の各所に分散して駐機する飛行機は、大きな爆音をたてて暖気運転がつづく。そして、わが攻撃七〇四飛行隊の一式陸攻の太い胴体の下には、黒光りのする改一トン航空魚雷が不気味な沈黙をたもって装着されている。

この改一トン航空魚雷の威力はすさまじく、私はマレー沖海戦における英東洋艦隊の主力二戦艦プリンス・オブ・ウェールズとレパルスへの雷撃で、実際に体験していた。また同乗の電信員である小谷野上飛曹もブーゲンビル島沖の夜襲で、この魚雷を横腹にうけた米巡洋艦が真二つにされるのを目撃している。

必殺の航空魚雷を抱いた七〇四飛行隊の十一機の一式陸攻は、午前六時、つぎつぎとクラーク基地を離陸した。私は第一小隊二番機の機長を命じられていた。私のクルーは操縦員・津川一飛曹、電信員・小谷野上飛曹、搭乗整備員・志賀一飛曹、機銃員・沢二飛曹、それに偵察員の私の五名である。

太平洋戦争もおしつまったこの頃になると、航空隊は教育訓練されて前線へ送られてくる搭乗員数よりも、消耗する人員の方が多いため、ジリ貧の状態となっていた。この搭乗員五名というのは、陸攻が飛ぶために必要なギリギリ最小限の人数であった。私が元山空（初代）に配属されて初めて陸攻に乗って戦ったときの搭乗員数は、七名ないし八名である。それから考えると、現在の日本軍がどのような立場に追いこまれているかがよくわかった。

この日の攻撃は、台湾沖に行動する米航空母艦群にたいする昼間強襲雷爆撃である。前日、偵察機の哨戒により「台湾東方洋上一五〇浬《かいり》付近に、航空母艦ならびに特設空母十数機が南下中」という報告がもたらされた。これに対し、第一航空艦隊は総力をあげて攻撃をかけることになったのだ。

偵察報告から判断して、攻撃地点はクラーク基地から六百ないし七百浬（九六〇〜一一二〇キロ）の距離になる。これでは、いくら足の長い一式陸攻でも、米艦隊を攻撃したのち、またクラークへ帰還することはおぼつかない。まして、航続距離の短い小型機では、自殺行為にひとしかった。

そのため、クラークを飛びたった機は攻撃後、台湾の高雄基地へ着陸するように指示され

出撃準備命令が下り九一式魚雷を胴体下面の爆弾倉に懸吊作業中の一式陸攻

た。またわれわれを護衛する零式艦上戦闘機は、すべて艦船攻撃用の六〇キロ爆弾を抱かされていた。米空母のすべてを台湾沖の海底にほうむるべく決意に燃えて、フィリピン各地の飛行場から舞い上がった日本機は、総数四百機を越えたという。

大型機が真っ先に飛びたち、クラーク上空を旋回しながら、つづいて離陸する艦上爆撃機、艦上攻撃機、零戦、それに陸軍の戦闘機、爆撃機が完全に編隊を組み終わったときは、すでに午前八時をすぎていた。

この日のクラーク上空の天候は、高曇りであった。わが攻撃七〇四飛行隊の十一機の陸攻は、三機ずつの編隊を組むと矩形をつくった。そして、われわれの編隊の上と下に、ちょうどサンドイッチのパンのように、零戦隊が護衛して台湾東方の海上めざして北上する。

操縦席の後部の機長席におさまった私は、ガラス窓越しにまわりを見まわすと、いるはいるは、見渡すかぎり日の丸をつけた飛行機が、軽快なエンジン音をひびかせて飛んでいる。この勇壮な光景に、たいへん心強く感じた。大編隊は高度二千から二五〇〇メートルの上空を飛ぶ。

生と死をかけた日々に

私が攻撃七〇四飛行隊へ転任したのは昭和十九年五月であった。それまでは静岡県の大井航空隊で、予科練の教官を命じられ、われわれの後をつぐべき若い翼の育成につとめていた。七〇四飛行隊に配属されてからは、セレベス島ケンダリー、ミンダナオ島ザンボアンガなどを基地として、もっぱら夜間爆撃、遠距離哨戒の任務についていた。その間、八月十九日のモロタイ島夜間爆撃では、ロッキードP38の迎撃をうけて被弾し、セレベス島メナド沖の海上に不時着するなど、生と死の間に張りわたされた綱の上をわたるような毎日であった。

毎日、出撃する僚機も、そのたびに一機、二機と犠牲がかさなり、十月十日にボルネオ北方のラブワン基地からクラークフィールドに移転したときの兵力は、わずか十数機をかぞえるのみとなっていたのである。

それはともかく、クラークを出撃した十一機の陸攻隊は、上と下を零戦隊にガッチリ護られて、目的地までの単調な飛行をつづける。

午前十時、離陸してからすでに四時間、基地上空をはなれて二時間が経過した。このまま何ごともなく飛べば、あと二時間ほどで攻撃地点に到着するはずであった。

パイロットになって六年、何度も修羅場をくぐり、九死に一生を得てきた私だが、爆撃や雷撃の命令をうけるたびに心は重く沈むのだった。死にたくない——人間ならば、だれもが持っている気持だろう。私はけっして「死」になれることはできない。機長席におさまり、エンジン音に耳をかたむけながらも、重苦しい思いは心から去らず、目ばかりが大空のあちこちに敵影をさがして、ギョロギョロと光るのであった。

二〇ミリ旋回機銃二梃、七・七ミリ旋回機銃二梃の武装をもつとはいっても、一トンの魚雷を抱く一式陸攻の防禦力はきわめて弱い。敵戦闘機よりも早く敵を発見することが、陸攻のとれる最大の防禦法である。

また搭乗員はパラシュートをつけないため、やられたときは不時着以外は助からない。海上に落ちた場合は、鱶《ふか》の餌食になる危険も覚悟しなければならなかった。

朝五時に起床して朝食をとったので、もうこの頃になると空腹に耐えられないほどだ。そこで戦場へ着く前にと思い、昼食用の弁当をひろげた。この時期になると食料事情が悪化しはじめて、われわれ搭乗員も地上にいるときは、ロクなものを口にしていない。栄養不良ぎみのわれわれは、ほとんどの者が疥癬《かいせん》になやまされていた。

しかし、出撃のときに渡される機内食だけは、豪華な特別食であった。死地におもむく者には味もなにも関係なく、ただ空腹をみたすのと、傷を負ったとき食事をしていた方が傷のなおりが早いという注意にしたがって、腹の中にかきこむのだ。

午前十一時ごろであろうか、電信員の小谷野上飛曹が「機長、感五で敵の無線電話が聞こえます」と報告する。感五というのは、最高の感度をあらわすものだ。英語の会話が激しく怒鳴るような感じで、レシーバーをあてた耳に飛び込んでくる。いよいよ戦場に近づいたようだ。いっそう見張りを厳重にし、機内は刻一刻と緊張感が高まっていく。下を見ると、翼下には青くすんだ海面が、流れるように飛びすぎるのである。

頭上から迫りくる死神

突然、われわれの前上方にゴマ粒をまいたような、いくつかの黒点があらわれた。五千メートルほどの上空で、距離は約一万メートルと推測された。

十数個の黒点は、明らかにわれわれを目指しているらしく、だんだんと大きくなってくる。ただちに、電信員と機銃員に射撃応戦準備を命じた。そして、操縦員には敵機を確認させた。だが、護衛の零戦隊は敵機の出現に気づかないのか、いっこうに警戒態勢をとろうとしない。

約二分くらいして、反航する敵編隊はわれわれの上空を通過すると、やがて反転にうつった。その間、私は敵機から目をはなさずに凝視をつづけた。つぎの瞬間、敵機は急降下に入った。おそるべきグラマン戦闘機F6Fヘルキャット戦闘機であった。私は一瞬、死の予感に体中に戦慄が走った。グラマン戦闘機は陸攻にとって「死神」であった。主翼に装備された六梃の機関銃にほうむられた僚機は、その数を知らぬほどである。小谷野電信員は、急降下にうつるグラマンの姿を見た瞬間、脳裏には故郷の母の顔が浮かんだと回想する。

僚機の機首先端の銃座内から撮影した一式陸攻。胴体上面や尾部の銃座、尾輪の様子がわかる

陸攻隊は編隊の間隔をつめ、密集隊形で米戦闘機を迎えうち、すべての機銃が後上方にむけられている。つづく数秒間は、私にとって〝地獄の時間〟であった。機長兼偵察員である私は、一瞬ごとに変転する状況に対処して、そのつど適切な指示を操縦員や他のクルーにあたえねばならず、敵機の攻撃を徒手空拳で見つめるだけである。機銃員や電信員には機銃があり、操縦員は操縦桿を握りしめていれば、戦闘の最中は無我夢中となって恐怖からのがれることができる。しかし、私はそれらのものは何ひとつなかった。

グラマンは機銃をうちまくりながら、わが編隊に突っ込んできた。陸攻隊の機銃も、狂ったように射撃する。一瞬、機銃弾が交錯したかと思うと、グラマンはわが編隊の中央を突きぬけて、下方へ離脱していた。

グラマンの奇襲に気づいた零戦は、ダッシュして敵を追いかけはじめた。しかし、すでに手遅れであった。

この先制攻撃によって、陸攻隊十一機のうち、四機がやられたのである。私の機の属する第一小隊の右後方を飛ぶ第二小隊の二、三番機と、左後方の第三小隊の一、二番が火を吹いていた。私の機も数発の銃弾をうけたが、飛行にはまったく影響なかった。

戦場における生と死は、一瞬にして決定されてしまう。その分岐点にあるものは、単なる運、不運だけではないように思う。〇・二秒の判断が、大きな要素を占めていると思えてならない。

グラマンが急降下にうつり、射撃を開始する一瞬をとらえて、機を右ないし左にすべらせれば、射弾を避けることができる。その一瞬を判断するのが、長年の体験によって培われてきたカンではないかと思う。これればかりは、いくら口で説明しても、経験のあさい搭乗員には理解できないことだろう。

護衛の零戦がグラマンを追って、陸攻隊が丸裸になったとき、ふたたび左側上方に黒影があらわれた。新手のグラマン六機である。そのあたり一帯の空中では、彼我の戦闘機による巴戦《ともえせん》が展開されていた。

先ほどのグラマンの編隊とおなじく、われわれの上空を反航通過したのち、反転して突っこんできた。味方戦闘機は、あたりに一機もいないため、陸攻隊は逃げの一手だけである。

わが陸攻隊は隊長機を先頭に、一斉に機首をさげると、グラマンの降下角度と同角度をとって降下する。こうすれば、敵の射線にたいし、もっとも薄い面をむけることになるのだ。

苦しい五秒間がすぎた。速力において一式陸攻をはるかにしのぐグラマン戦闘機は、一斉射をあびせると、そのままわれわれを追いぬいて彼方へ消えてしまった。敵機が飛びぬけると同時に、陸攻はふたたび機首をあげて編隊を組みなおしたのである。

だが、このとき編隊は七機に減っていた。前回の敵襲で被弾、火を吹いた四機の陸攻は、われわれにつづいて降下姿勢をとることができず、グラマンの餌食となってしまったのである。赤い炎につつまれながら、われわれの横を通りぬけて海面に突っ込んでいく僚機を見ると、迫りくる確実な死の恐怖のためか、ものすごい形相の搭乗員の顔があった。

このころには敵機の来襲が休む間もなく繰りかえされ、味方機の自爆を横目に見ながらも、私にはどうしようもなかった。

魚雷をだいて無念の生還

第二波の攻撃で、また一機の一式陸攻がやられた。エンジン部分をやられたのか、編隊から落伍する機もでてきた。執拗な敵の攻撃をさけるために、陸攻隊は雲の中に突っ込んでいった。しばらく雲中飛行をつづけたのちに、外へ出てみると、攻撃七〇四飛行隊の編隊はバラバラになり、単機攻撃の態勢となってしまった。

こうなると、敵艦を発見して戦果をあげるのも、グラマンに喰われるのも、すべて機長の腕ひとつにかかってくるのだ。さいわい、私のクルーはお互いに気心を知りつくしているのが強味だ。

数回にわたるグラマンの襲撃に、私の機も数発の弾丸をうけており、どうもエンジンの調子があまりよくない。しかも、あちこちに敵機があらわれては、単機行動のわれわれ陸攻につぎつぎと攻撃をかけてくるので、私は機を高度二百メートルまでに下げた。

上方から降下しながら機銃攻撃をくわえるグラマンは、目標がこれだけ低空を飛んでいると、どうしても、十分に接近して射撃することができないのである。あまり突っ込みすぎると、スピードのある戦闘機は、そのまま海面に激突する危険が大きい。そのため、ある高度まで急降下したグラマンは、中途半ぱな距離で一連射をくわえると、すぐに機首を引きあげて、われわれの頭上を通りぬけてしまう。それを、じっと見つめている私は、そのたびに大声で「右ッ、左ッ」と操縦員に指示をおくって射弾をかわした。

もうすでに、われわれは攻撃目標がいると推測される海域の上空に到達しているはずである。胴体の下には改一トン航空魚雷を抱いたままである。私はふたたび機を上昇させると索敵を開始した。しかし、高度をとりはじめると、上空で待ち構えるグラマンが、またもつぎつぎと襲いかかってくる。それを必死に回避しながらあたりを見まわすと、いたるところで日の丸のマークをつけた爆撃機や雷撃機が、星のマークの戦闘機に追いかけられている。

米軍機は無線電話をつかって、おたがいに連絡をおこなっているようで、その声が痛いようにレシーバーを通して耳に飛び込んできた。その声を聞きながら、私は目を皿のようにして海上を探索したが、敵艦らしき姿はまったく見つからない。

午後一時すぎ、隊長機より帰投せよという無電をうけた。初めてグラマンの攻撃をうけてから、すでに一時間半以上が経過していた。

しかし、折角ここまで来たのである。せめて敵に一矢でもむくいたいと願う私は、なおも付近の哨戒をつづけた。だが、敵はすでにはるか東方に避退してしまったのか、ついに米艦隊を発見することはできなかった。

激しく展開される巴戦を見ながら、帰投すべきかどうかを思案していると、搭乗整備員の志賀一飛曹から「機長、燃料はあと三時間分しかありません」と報告があった。しかも、エンジンの調子がよくない。ついに私も帰投することに決定し、機首を台湾の高雄基地へむけたのである。

目前にみる零戦の自爆

帰投の途中、なおもグラマンの攻撃をうけたが、そのたびに超低空に急降下して難を避けた。敵戦闘機の任務は、日本機とくに雷撃機を空母のまわりから追い払うことにある。そのためか、戦場から離脱するわれわれには、それほど激しい攻撃はしてこなかった。

針路を二五〇度にとって飛行するうちに、あちこちから一機、二機と小型機が私の一式陸攻をめざして接近するのが見てとれた。またもグラマンの攻撃かと緊張し、機を海面すれすれの超低空にもっていった。しかし、不思議なことに、これらの小型機はわれわれのあとを追うだけで、いっこうに攻撃をかけてこようとはしない。

どうやら敵機ではなさそうである。しかも、小型機はすべてグラマンのように黒の塗装がほどこされてはいなかった。私は双眼鏡をあてて観測すると、これらが味方機であることを確認した。ただちに上昇して高度をとると、小型機は味方識別のバンクをして近づいてきた。零戦であった。彼らは長時間の護衛戦闘をおえたのち、単機で帰投していたところへ、ちょうど私の一式陸攻があらわれたので、高雄まで誘導してもらおうと思って近づいてきたのであろう。

私の一式陸攻は、アヒルの親子のように五、六機の零戦をしたがえて高雄へと急いだ。だが、一式陸攻と零戦では航続能力に大きなへだたりがあった。しかも、グラマンとの巴戦で、零戦は大量の燃料を消耗していたのだ。

高雄へ近づくにつれて、零戦は一機また一機と燃料をきらして、洋上へ自爆していった。それを見ながら、私はどうすることもできず、大きな無力感をおぼえるばかりであった。

薄暮のころ、ようやく高雄基地に到達した。しかし、直前までB29の空爆をうけていた基地では、われわれが近づくと一斉に高射砲や高射機関銃が火を吹いた。驚いた私は、機をいちど沖合に退避させると、こんどは味方識別のバンクを振りながら近づいていった。味方の防空陣地は、ようやく確認したのか、激しく射ち上げられた弾幕は嘘のように静まった。

いよいよ着陸、ゆっくりと機首を下げていったが、滑走路は先ほどの爆撃で穴だらけとなり、とても使用することはできない状態である。やむをえず、低空で飛行場のまわりを旋回していると、格納庫前にある長さ四〜五百メートルのエプロンが、どうにか無事であるのを発見し、ここへ着陸することにした。

着陸のため脚を出すと、左車輪のようすがおかしいのに気づいた。先ほどの空中戦でパンクしたのであった。そこで、安全のため右車輪を機銃で射ちぬいて均衡をとった。何しろ、胴体の下にはすばらしい威力の魚雷を抱いたままである。その爆発力を身をもって知りたいとは、だれも思わないだろう。

車輪がエプロンにふれた。機体はものすごい震動におそわれたが、どうやら無事に着陸することができた。機から降りて点検すると、左翼とエンジン付近に無数の弾痕が残っていた。これらのうちの一発でも、エンジンか燃料タンクに命中していたら、とても生還できなかったであろうと思われた。

高雄基地には、小林隊長らが先に帰投しており、私たちの無事をよろこんでくれた。しかし、小林隊長ら四機は、翌日の夜間雷撃に出撃したまま、ついに還らなかった。

新しい機体をうけとるため一日おくれてクラーク基地へ帰還した私を待っていたのは、たった一機の一式陸攻だけであった。栄光ある攻撃七〇四飛行隊も、半年にわたる激戦でたったの二機になってしまったのである。

その数日後、米軍のフィリピン進攻が開始され、七〇四飛行隊生き残りの二機の一式陸攻は、特攻に擬せられ、私たちは愛機の翼の下で待機する毎日であった。そして、いよいよ特攻の命がくだり離陸線に着いたとき、前田孝成司令の取りはからいで特攻任務を解除され、かろうじて生きのびたのであった。

のちになって聞いたのだが、台湾沖航空戦のあった日、第一波のわれわれの攻撃が失敗したという報に、有馬正文司令官みずからが、残余の一式陸攻をひきいて出撃、壮烈な自爆をとげたという。だが、その日に戦果があったとは、私は聞いていない。

忘れざる艦爆隊「三十五空」悲劇の真相

新編艦爆隊の司令以下六機が移動途中で事故壊滅の大惨事に遭遇

当時三十五空整備長・海軍大尉　十河義郎

開戦早々のはなばなしい戦果が多かったなかに、私たちは初めから苦戦に直面した。トラック島の第十七航空隊（水上機）において開戦をむかえた私たちは、ラバウル攻略作戦にそなえて昭和十六年十二月十七日、すでに部隊の一部が進出していた赤道直下の小島グリーニッチ島（カピンガラマンギ環礁。ミクロネシア最南端の日本の委任統治領。トラック南東方、カビエン北東方）に、彼らを追って進出した。

十河義郎大尉

たちまち敵機の攻撃をうけ被害が出はじめたが、とくに昭和十七年元旦にはさんざん痛手をこうむり、愛する隊員をうしない、私も負傷した。そのため、古巣のトラック島に帰り療養をつづけ、その傷がようやく癒《い》えつつあったとき、二月一日付で第三十五航空隊分隊長に発令の電報をうけとって、驚いたのであった。

第三十五航空隊——この部隊こそ、その立ち上がりにおいて思いがけぬ悲劇に遭遇し、私にとって忘れられない部隊となったのである。私自身の立場からすれば、これはある意味において、グリーニッチ島戦の尾をひいていると思われて仕方がないのである。

司令部に問い合わせたところ、第三十五航空隊は艦爆隊らしいことと、編成を急いでいるので、なるべく早く佐伯空に着任しなければならない、ということしかわからなかった。転勤命令をうけとったのは四日、行き先がわかったのはさらにその二日後であった。赴任の飛行艇便は九日ということになったが、苦闘を共にした十七空の隊員との別れはつらく、私はそれからの数日間、それこそ毎日を貴重なもののように、尽きぬ名残りを惜しんだ。

出発前日の二月八日、司令山本栄中佐と第四根拠地隊司令部に挨拶に行った。帰途、島内を一めぐりしてその風景を心に焼きつけたが、とくに司令部前の道路に敷きつめてあった貝殻やリーフの白昼夢のような白さと、島の所どころに咲いていたハイビスカスの赤い花の印象が、三十年後の今日でも痛いほど脳裏にきざみこまれている。そのとき私には、二度と訪れることのないトラック島のような気がしたが、事実、そのとおりになってしまった。

昭和十七年二月九日八時、輸送機朝潮号（九七式飛行艇型）に便乗して出発。海岸にならんで隊員がしきりに手を振っていた。さらばトラック基地よ、健在なれ！　機上から祈るがごとく、いつまでもふり返っていたのであった。

十二時半にサイパンへ着いた。根拠地隊司令部に挨拶にゆき、その日は興発倶楽部に宿泊した。白い夏服に重い軍刀をたずさえ、まだ負傷の痕の傷む足を引きずって、汗をふきふき

ジャワ島上空をゆく九九艦爆。海軍初の単葉全軽合金製の急降下爆撃機

歩いたサイパンの町は、着ている白服の反射もきつく、まばゆいほどの陽が照っていた。のちに昭和十八年の暮れ、ラバウル進出のときに立ち寄ったのは隣りのテニアン島の方で、椰子《やし》の並木の町はこれが見納めとなってしまった。

明くる二月十日出発の予定が、エンジン不調のため延期となり、十三日早朝、ようやく第四艦隊の一号飛行艇でサイパンをあとにした。薄暗いうちに倶楽部を出たが、主人や女子職員が玄関前にならんでていねいに見送ってくれた。

そのときの光景がいまも強く記憶にのこっており、サイパンの玉砕記録を読むたびに、あの人たちも多くの日本人とともに自決したのではなかろうかと、胸がしめつけられるような気持で、すさまじいサイパンの最期の様相を偲ぶのである。また、いや、ひょっとしたら生き残って米軍の収容所に入り、無事帰還して、今もこの日本のどこかに暮らしているかもしれない。それなら幸いだ、などとも思い返してみるのである。

いずれにしても、ガラパンの町のあの椰子の並木も、倶楽部の庭にきれいに並んでいた大王椰子も、かわいい猿がつながれていた飛行場のパパイアの幹も、一木一草までを焼きつくした米軍の猛爆撃にけしとんでしまって、今はちがったかたちに復興して、静かに太平洋上に浮かんでいることであろう。

待ちかねていた幹部たち

二月十三日六時半にサイパンを離水、飛行艇は午後四時半、横須賀に到着した。赤道直下から帰ってきた私には、寒さが身にしみた。しかし日本は、どこもかしこも緒戦の戦勝にわき返っていた。

明くる十四日七時五十分に横須賀を発ち、佐伯にむかった。車窓から見る富士山の姿を、この時ほど晴ればれしく見たことはない。大きな戦いの一齣として動いている若い身には、この時はまだ先が見えなかった。十五日午後二時十八分、佐伯着。駅長（と記憶している）が私の荷物を見て、みずから自転車の後席につんで隊門まで同行してくれた。親切なあの駅長は、その後どうなったことであろうか。

隊に着くや、さっそく三十五空準備室にたむろする司令と飛行長に挨拶した。司令は西岡左運中佐、飛行長は国井規行大尉で、こもごも「整備長、待ちかねていたぞ。毎日どんなに待っていたことか」と私の着任を喜んでくれて、ひとしきり話がわいた。

なお、国井大尉も私も分隊長としての発令であった。しかし、当時、小航空隊においては、実質的にそれぞれ飛行長、整備長と呼んだ。

さて司令以下、もちろん私の負傷のことなど知るよしもなく、また私がどのようにして着任するかもわかっていなかったのである。目まぐるしい戦争の進展にともなう部隊改編にたいする人事の発令は、このようにあわただしく、また移動する部隊にたいする個人赴任は、たいへん苦労なものであった。

隊では整備長の着任がいよいよ間にあわないとの判断で、飛行機隊はすでにその翌十六日早朝発進のこととときまり、搭乗割もきまっていた。

当時、飛行機隊の戦線移動のさいは、司令をはじめ整備長も同乗し、飛行機隊と行を共にするのが普通であった。ぎりぎりのところで私が着任したので、あらためて搭乗割を組みかえ、私が飛行機隊とともに行くかどうか論議された。飛行機隊は九九式艦上爆撃機（九九艦爆）一一型八機、搭乗割のなかには整備員二名（河合二整曹と小山一整）がはいっていた。

一方、飛行機隊以外の整備員、基地員は、佐世保に集結して船待ちしていた。そのくわしい状況はよくわからなかったが、たまたま佐世保からの連絡で、船便の都合がうまく行っていないという情報がはいった。

そこでさらに佐世保に照会し、基地員の始末がなんとかなるようだったら私は飛行機隊と行を共にし、不具合のようだったら佐世保に行き、基地員を引率することに一応きめられた。

やがて夕食になり、景気よく乾杯がおこなわれた。進出するセレベス島の様子をみなであれこれ想像し、談論は風発、意気は天を衝くものがあった。

司令とはすでに面識があった。水上機母艦瑞穂《みずほ》時代、基地訓練のため数日間、大分空で世話になったが、そのときの大分空副長がいまの西岡司令である。飛行長の国井大尉は私の二期上、霞ヶ浦空、筑波空の教官を歴任した典型的な艦爆パイロット。飛行士の守屋信夫中尉は一期下で、鎮海空から馳せ参じた、無口でおとなしい偵察員と見うけられた。

適当にアルコールが入ったところで、飛行長と飛行士の三人で入浴し、出陣前の身を清めた。浴槽のなかでも、夢はすでにセレベスやジャワへ走り、勇ましい放談がはてしなくつづいた。

やがて佐世保鎮守府からまた連絡があり、甲板士官が基地員の面倒をみているが、便船のことなどいろいろ苦労しているので、整備長にぜひ来てほしいということだった。そのため、とうとう私は飛行機隊と行動を共にせず、佐世保から基地指揮官として、海上便で進出することに決定された。佐伯空の一夜、開戦いらいの来し方、行く末の目まぐるしさを思い、いささか興奮してなかなか寝つかれなかった。

移動中の大惨事

二月十六日早朝、司令と飛行長に「では、あとから船でまいります」と挨拶。たった一夜の会談。これが見おさめになろうとは、その時はもちろん夢にも思わなかった。

六時四十分、私はあわただしく佐伯駅を出発し、午後六時に佐世保に着いた。そして、すぐ基地員の集まっている海兵団にかけつけた。がらんとした兵舎の大部屋に集まって休んで

いた整備員たちは、私が整備長とわかるや、待ちかねていた様子で、

「一体いつ出発できるのですか」と口々にたずねた。

その様子を見たら、飛行機とともに先行せず佐世保へ来たことを、本当によかったと思わずにはいられなかった。未知の地域へ進出して、これから苦楽をともにする愛すべき隊員たちは、私が来たことだけでもう安心した様子を見せたのである。

翌朝、さっそく関連各部をまわって船便の打ち合わせをおこない、二月十九日に出港する泰安丸で高雄までゆき、そのあとはまた高雄で船をひろうことに決定。午後には隊員にも知らせることができて、ようやくほっとした。

昭和十七年二月十九日、整備員や基地員約七十名をひきいて泰安丸に乗船、午後二時、船は佐世保を出港した。そして、四日後の二十三日午後零時半、台湾の高雄に入港した。高雄空に到着するやいなや、高雄空副長の海東啓六中佐から、三十五空飛行機隊が進出途中の大事故により、壊滅的状態になっ

第35航空隊事故の犠牲者

号機	階級	職	氏名	出身地
201	大尉	分隊長	国井規行	山形県西村山郡西根村
	一飛曹		佐々木孝	岩手県西磐井郡
202	中佐	司令	西岡左運	佐賀県小城郡東多久村
	三飛曹		村田耕一	広島県加茂郡
203	一飛		江森正直	佐世保所属
	一飛		宇和数夫	宮崎県東諸県郡高岡町
204	中尉	飛行士	守屋信夫	岐阜県本巣郡真桑村
	一飛曹		肱岡　正	鹿児島県出水郡出水町
205	三飛曹		和田邦介	愛媛県温泉郡北吉井村
	三飛曹		小松繁寿	高知県香美郡富家村
206	二整曹		河合　練	広島県御調郡重井村
	一飛		永満芳明	宮崎県西諸県郡加久藤村

たことを聞かされ、愕然としたのである。

思いがけないことであった。経験の浅い若輩の私は、それこそしばらくは呆然として、なすすべもないありさまであった。

その私を、練達の海東副長がいたわるように見詰めておられたまなざしが、今も忘れられない。

このように、私は高雄空に着いてはじめて事故を知った。事故は二月十九日、われわれが佐世保を出港してしばらくあとの午後四時半ごろ、台湾新竹州苗栗郡三叉草湖（俗称大平山）で起こったのである。

それまでの飛行機隊の行動は、私が佐伯駅をたった一時間後の十六日七時三十二分に佐伯基地を飛びたち、十一時三十分に戊基地（上海）着、そして十九日の午後一時十五分に戊基地を発ち高雄空にむかった。

四時五分ごろから天候がしだいに悪化し、あたりは濃霧におおわれはじめ、山岳地帯が西海岸にはり出している新竹州三叉ふきんで濃霧に迷いこみ、瞬時に山腹に激突、あるいは高圧線にふれて墜落したのであった。

八機のうち二機のみは、濃霧に突入する直前にかわし、清水潔美兵曹長が指揮して高雄空に到着し事故発生が判明したのである。

当時、私は面識がなかったが、おなじく佐伯で編成され、マニラに進出のため行を共にした兄弟部隊三十一空の飛行長（のちに海上自衛隊幹部学校長・元海将）高橋定氏の述懐によれば、次のとおりである。

――その年の一月下旬は沖縄、台湾方面に二週間余も低気圧が停滞し、台湾直行が困難であったので、佐伯、鹿屋、台北、高雄、マニラのコースを上海経由に変更した。二月中旬もあいかわらず台湾方面の気象は悪かったが、二月十九日、無理を承知で西岡部隊といっしょに上海を発った。

舟山列島を右に見ながら、黄色くにごった東シナ海を高度百メートルで這うようにして推測航法をつづけ、約一時間後、台湾西岸のサンゴ礁にくだける波頭を発見し、それを視界に保ちながら南下した。コース前面には、所どころ強い雨があった。

海軍航空発祥いらいの悲惨な事故が起こったのは、この時であった。両部隊は新竹南西約二十浬《かいり》の三叉庄にさしかかった。高橋部隊は海面を這っていたが、西岡部隊はほぼおなじ高度で、左側の陸上を飛んでいた。

西岡部隊の最後尾の小隊が、左六十度、約二千メートル付近に見え隠れしていた。その三番機が突然、地上の高圧線にふれ火を発し、ひとすじの炎となって墜落した。ほぼ同時刻ごろ、一、二小隊五機が、同地点東南方の谷間の袋小路に迷いこんだ。そして、まったく突然に、山腹に衝突したのであった。

以上のような述懐である。

おなじコースを飛びながら、無事だった隊と、壊滅した隊――キャリアの差もあったのだろうが、また目に見えぬ武運といったものも感ずるのである。

運命のいたずらの不思議

現場は山頂から二十ないし三十メートルほど下った所に、三百ないし四百メートルの範囲にわたって残骸が散乱していた。

六機のうち二機は、山頂すれすれにすべりこむように衝突しており、脚もついたままで(九九艦爆は引込脚ではない)、写真で見ただけでは中破ていどに思われ、衝突後、一時間ぐらいは搭乗員が生きていたであろうと、軍医官の笠松猛軍医中尉が推定していた。

座席から引きだした航空図にひいてある恨みのコースのちょうど三叉付近に、べっとりと血しぶきが付着しているのを見て、私は顔をそむけずにはいられなかった。

飛行場にむかうと、無事に到着した二機が、さびしく機首をならべていた。その二機を、私は生きているもののように撫でまわした。

私は三十五空司令代理に発令された。だが、若輩の私には手ぎわよく進めうるはずもなく、すべて海東高雄空副長の指導により処理し、打電した。二機は翌日発進させ、予定どおりセレベス島南西岸のマカッサル基地に先行させることにした。マカッサル基地には、すでに一部先発隊員が到着し、基地設営を実施しているはずであった。

また、飛行機隊に同乗した二名のうち、河合練二整曹は遭難したが、小山一整は清水編隊に属していたので無事で、以後の二機の行動に好都合であった。

一方、われわれは十五日にダバオを発って二十日に高雄入港予定の間宮に便乗して、マカッサルに向かうことにした。高雄には三泊したが、私はしだいに落ちつきをとり戻していた。しかし、払ってもはらっても、佐伯空の一夜の思い出が脳裏に浮かんできて、涙が出て仕方がなかった。

事故機の人たちの名簿を記してみると、二七七頁表のとおりである。もし、基地員の佐世保からの便船が順調に手配されていたら、私は飛行機隊と行動を共にしていたであろう。そのとき、私が二〇六号機に乗り、河合二整曹は二〇八号機となるはずで、無事であったかもしれない。河合二整曹は、私の身代わりとなったのである。

もし、私がグリーニッチ島で負傷せず、佐伯着任がもっと早かったら、飛行機の行動も早くなっていたかもしれない。そうすれば、その日は三叉付近の気象状況もちがっていたかもしれない。私の負傷のために、司令以下が亡くなったのである――その当時はそうまで考えられて、人の世のはかなさ、運命の不思議さが感じられるのであった。

はじめに、私自身の立場からすれば、ある意味において、グリーニッチ島戦の尾をひいていると思われて仕方がないのである、と記したのはこの意味である。

昭和十七年一月一日、グリーニッチ島において、私の身辺に落下した爆弾は、私を傷つけるとともに、愛する部下たちを孤島に散華させた。そして、そのときの私の負傷が尾をひいて、このような惨事をもたらしたのだ。

いや、さらにはトラックからの飛行艇便が、サイパンでエンジン不調のため整備に手間どらなかったら、私の着任は少なくとも三日間、早くなっていたであろう。そうすれば少なくとも、搭乗割がちがっていたであろうし、基地員の船便状況について、念入りに佐世保に照会することなく、私は飛行機隊と行動を共にしていたであろう。

あれを思い、これを思い、私は運命の悲しさをこの時ほど感じたことはなかった。グリーニッチ島において私の身に深くささった弾片をいくつも体内に保ちながら、その後の幾変転の苦戦にもかかわらず、私は今もこうしてのうのうと生きのびているのである。

生きのびて申し訳なき身は、ごく最近、念願をはたして、お世話になった当時の高雄空副長であった海東啓六氏の消息を得て、横浜市金沢区柴町のお宅を訪問した。粛々たる初秋の雨の日であった。海は眠るように白くけむっていた。海の見える低い丘に、雨にぬれた草木にかこまれて、老夫婦お二人住いの閑静なお宅があった。

しっとりとぬれた石段をのぼってたずねると、こころよく迎えていただいた。三十年ぶりの対面であった。お年の関係もあり、ほとんど私を忘れておられたが、なつかしい思い出話はつきることがなかった。三十年の歳月をこえて、高雄空士官室で私をいたわるように指導してもらった当時の副長の姿を、私はまざまざと思いだしていた。

グリーニッチ島戦時代の十七空の山本栄司令も、亡くなった西岡左運司令も同期と聞き、いっそう不思議なご縁を感じたのであった。

尽きぬ話を無理に打ちきって辞し去るときも、雨はまだ降りつづいていた。静かな雨につつまれた海東家をふり返りつつ、私は激しい戦いのさなか、激しい転戦をした若き日が信じがたい思いもしたのであった。

英軍捕虜たちとの交流

話をもとへもどして、運命の不思議さを見つめつつ、高雄空に三泊しているうちに、私はしだいに落ちつきをとり戻した。そして昭和十七年二月二十六日午後、整備員と基地員約七十名とともに、私は勇躍して特務艦間宮に乗りこんだのである。

その日、いたましい悲劇の思い出をふり切るようにして、高雄空に別れを告げたのであったが、われわれの乗ったトラックは、さらに悲しみをふり切るべくスピードを増して、白い舗装路を港まで走った。トラックの助手席から、矢のようにうつりゆく高雄の景色をながめつつ、これからの前途に待ちうけている未知の運命を思って、武者ぶるいするような走行であったことが、なぜか非常に強い印象となって残っている。

高雄岸壁に横付けする間宮は、糧食の搭載作業に活発であった。開戦劈頭の戦勝気分は一特務艦の艦内すみずみにまであふれ、生きいきとした作業ぶりは、思いがけない事故のショックからようやく立ちなおって、勇躍して乗り込んだわれわれ第三十五航空隊員の気分を、さらに鼓舞するものがあった。

便乗者はわれわれのほかに、司政長官や司政官、通訳の一行がいた。士官室でその通訳をかこんで、さっそくマレー語の勉強をはじめた。すぐ使用しなければならない必要にせまられた語学の勉強は、いやでも真剣にならざるを得ず、未知の民族への探究心とあいまって、私はすぐにマレー語を吸収した。

三月四日の夕刻、船は赤道を通過した。ときどき潜水艦情報などがはいる航海中とあって、ほんの形式的な赤道祭がおこなわれただけだった。

三月五日午後七時半、セレベス島南東岸スターリング湾に入港、機雷情報があって入港作業はなんどか緊張した場面となった。二日間、湾内に停泊、糧食と真水を補給した。

その間、六日夜に捕虜七十二名が間宮に送りこまれてきて、マカッサル入港まで臨時に私がその世話役となった。マレー沖海戦の英戦艦プリンス・オブ・ウェールズとレパルスや、ウェーク方面の米駆逐艦関係者で、わが駆逐艦に救助されていたものが、マカッサルの捕虜収容所に収容のため間宮に移乗させられたのであった。

まる二日三晩、はじめて捕虜をあつかい、彼らと話し合うことができた。なかにロンドンに実家のある若い海軍中尉がいた。彼はプリンス・オブ・ウェールズの乗組であった。一度、英駆逐艦に救助されたが、その駆逐艦がまた沈められたものらしかった。

頬を射ち抜かれた水兵もいた。英駆逐艦サネットの機銃射手であった。固形物が食べられないので、特製の半熟卵やスープを支給すると、よく発音できないながらもしきりに「サンキュー」を繰りかえしていた。

二日間のことであり、臨時の輸送なので、やむを得ず間宮のガランとした薄暗い船倉に、士官や負傷者の区別もなく収容せざるを得なかった。チンケースをあたえて便器としたが、

機体整備および発動機の試運転をおこなう九九艦爆二二型と整備員

さぞかし用が足しにくかったことであろう。

　彼らの姿を見ながら、私は敗者の哀れさを身にしみて感じた。その時の私は、二年半後に立場が逆転しようなどとは、夢にも思わなかったのであった。

　わずか二日の接触ではあったが、私はすっかり彼らに情が移ってしまった。別れにさいしては、士官室でこっそりコンサイスの和英辞典をひらいて、苦心惨憺して作文した挨拶を読みあげたが、話す私も、耳をすまして聞きいる捕虜も、しゅんとなってしまった。

　捕虜の身にとっては、その後、さぞかし長かった二年半の収容所生活をへて、それぞれ故国に帰っていることであろう。なかには当時のことを思いだして、あのときの日本海軍の若い大尉は、日本の運命とともに戦死したのではないのか、と思っている者もあるかもしれない。

　惜別の辞のなかで、私は戦死するかもしれない、いやおそらく死なねばならないであろうと、二度ほどくり返し述べたことを覚えている。そのとき捕虜は一斉に、「オーノー」と首をふって否定してはくれたが。

八ヵ月にわたる三十五空勤務

三月八日六時半、特務艦間宮はスターリング湾を出港し、明くる九日午後七時五十分、ついに目的地マカッサルに入港した。すぐ第三艦隊の旗艦である重巡足柄をたずね、暗い甲板の上で参謀と打ち合わせをおこなった。

そして十日八時半、間宮に別れを告げ、はじめてマカッサルの土を踏んだのである。そこは異国情緒が満点であった。基地員の先頭に立ってさっそうと根拠地隊へ向かったのは、それからしばらくしてからであった。赤い屋根、白い教会、熱帯樹の並木、なんときれいな街であろうと心がおどった。住民の服装の色のはなやかさが、強い初印象であった。そして、口ぐちに早くも覚えたての日本語で「コンニチハ」と挨拶して歓迎してくれた。

根拠地隊からは車に乗りこみ、いよいよ得意然たる気持で外をながめつつ、マカッサル郊外の飛行場に向かった。それから八ヵ月間、私はそこに滞在し、マカッサルはなつかしい土地となったのである。飛行場には、すでに事故をのがれた艦爆二機が到着していてほっとした。清水兵曹長が、喜んで迎えに出てくれた。

惨憺たる事故を処理して、はるばるよくも来つるものだとの共通の感慨も新たな、おたがいであった。軍医長高橋大尉、主計長中崎中尉も先着していて、飛行機隊をのぞいて勢ぞろいしたという感じで、活発に基地設営がすすめられた。

オランダ軍が使っていた飛行場付属の待合所風の建物一棟と、木造の小さな格納庫が一棟あった。あとはパネルによる急造の兵舎と、テント暮らしである。テントの中はムッと熱気がこもっていて、インドネシア特有の匂いがただよっていた。

翌々日の三月十二日には、新司令の浜田武夫中佐が着任、ようやく肩の重荷がおりた。そして、さらに二週間後の三月二十七日には、事故の補充機五機が、新飛行長の高畑辰雄大尉の指揮のもとに到着し、ここに三十五空は名実ともに勢ぞろいしたのであった。

以後、三十五空は主としてマカッサルにあり、敵情に応じてケンダリー、カカス、デンパサール、ワインガップなど各基地への転進準備をととのえつつ、マカッサルを中心とする一二〇度から三六〇度、二百浬圏内の主要艦船および輸送船団の対潜前路警戒に任ずるほか、同圏内の対潜哨戒およびマカッサル付近上空の警戒にあたった。

昭和十七年十一月一日、三十五空は約八ヵ月にわたる三三〇基地（マカッサル）の任務を終え、九五六空となって激戦の地、南東方面に転進を命ぜられたのであった。

この間、五月十日から一週間、ジャワ南岸の古都ジョクジャカルタに進出、ジャワ各地の風物に接することができた。また、六月六日から一週間、小スンダ列島の飛行場視察のため、根拠地隊司令官の森国造少将に随行、列島各部を見てまわった。

その森少将は終戦後、捕虜とりあつかいに関する責任を問われて処刑されたことを知り、暗然たる気持であった。三十五空立ち上がりの悲劇につづく夢の島々の生活、それは私の青春に一瞬のひらめきのようにすぎ去った、信じがたい幻想のようでもあった。

このような幻想にひたるとき、私はあらためて、夢の島に到着もせず悲劇の事故に散った西岡司令以下十二名の人たちや、マカッサル作戦中に散った池田三飛曹、福田一飛、金子一水、さらには私が隊を去ってから激烈な南東方面に転戦して戦死を伝えられる、二代目の飛行長高畑大尉、二代目の飛行士千頭中尉、前川中尉らの霊にただ申し訳なく思うのである。

知られざる巨人飛行艇の大攻撃行

浜空から十四空、八〇二空に属して大航続力の大艇による長距離飛行

当時八〇二空操縦員・海軍飛曹長　金子英郎

「Xマイナス3日」――昭和十六年十二月五日、横浜航空隊（浜空）飛行艇隊は、マーシャル諸島南端のヤルート基地よりさらに東のメジュロ基地に進出展開を終わった。さっそく、先行していた飛行艇母艦神威《かもい》艦上に総員集合がかかり、はじめて横井俊之司令より日米開戦の発表があった。X日は十二月八日と知らされた。

金子英郎飛曹長

「浜空飛行艇隊は全力をあげてハウランド島、ベーカー島をたたく。日ごろの訓練はこのときのためのものである。各自最善をつくせ」司令の訓示は、隊員にとって電撃のようなショックだった。さっそく搭乗員全員参加による研究会にうつった。

攻撃目標の米領ハウランド島、ベーカー島は、メジュロ環礁の東南東約九百浬《かいり》、赤道直下にある孤島で、ここには先年、イヤハート女史の世界一周飛行に協力という名目で、立派な

飛行場が完成していた。潜水艦の偵察によると、機種不詳の飛行機が発着しているのを望見したことがあるというので、強襲も予想された。

陸用爆弾六〇キロと二五〇キロを半々に搭載し、手分けをせずに三隊二十四機全機で、まずハウランド島にて半数を投下、つぎにベーカー島にむかい残弾を投下する。

また一方、軽巡夕張《ゆうばり》を旗艦として、ウェーク島（日本軍占領後は大鳥島と呼称）の攻略をおこなう。そして、これの支援には、ルオット基地よりおなじ二十四航戦の千歳空中攻隊があたる、などが主たる議題で、熱気のこもった研究会であった。

終了後、ただちに燃料や爆弾の搭載など、出撃準備に忙殺された。六日、七日ですべての準備を完了し、満を持して十二月八日を待った。

明くれば十二月八日、いよいよ出撃だ。東の方は夜明けが早い。未明に搭乗員の整列があった。勝田三郎飛行長より出撃が下令された。マストには高々とZ旗が掲げられている。なお、出撃にさいしとくに注意事項があった。

「一〇〇〇時までに引き返せの電報があるやも知れぬ。これはきわめて重要な電報である。受け損じたら大変なことになる、よって、列機でもこれを受けたものがあれば、ただちに隊内信号にて指揮官に知らせること」と、くどく念を押された。

予定どおり、第一飛行隊より逐次に発進した。全二十四機の大編隊は、黎明の空をハウランド島めざして、堂々の進撃をはじめた。前進をつづけ、コースの半ばにいたるころより、天候はしだいにあやしくなり、大スコールの壁にぶち当たった。この大編隊ではとても突破

昭和12年制式採用の九七式大型飛行艇。手前が二三型で17年採用の最終型で36機生産。後方は二二型で125機を生産

できるものではない。大きく南に迂回したが、行けども行けどもよけ切れず、帰途の燃料も不安になり、無念にも引き返すことになった。

ぶじに帰投するや、ただちに翌日の出撃にそなえた。翌日は天候もまあまあの状態で、予定時間にハウランド島に到達した。しかし、一日遅れでは奇襲はのぞむべくもない。強襲を覚悟で気持をひきしめ、密集隊形をととのえて空戦にそなえた。

爆撃針路に入る。敵情はいかに？ ところが、空中にも地上にも飛行機は一機も見えない。地上砲火もほとんどなく、まったくの拍子ぬけで、平素の訓練同様、ゆうゆうと爆撃をおこなった。指揮官機にあわせて、半数の爆弾を一斉に投下する。手応えは充分だ。弾幕は広くもない飛行場をおおい、みごとな弾着で満点の爆撃だった。

後続飛行隊がつぎつぎに爆撃針路に入るのを見て、第二の目標である南東方のベーカー島へ向かう。ベーカー島も同様、残弾全部を飛行場にたたきこんで、帰途についた。一機の落伍もなく、第一撃は大成功をおさめて終了した。飛行艇による空前絶後の大爆撃であったが、あまりに呆っ気ない無抵抗の据物《すえもの》切りであったため、ハワイ・マレー沖海戦の大戦果のかげにうずもれてしまった。

この一撃で成果充分と見て、明くる十日、田代壮一飛行隊長の一隊はマーシャル諸島北部のウォッゼ基地に進出、残りはギルバート諸島攻略の進出にそなえて、ヤルート基地に移動した。私は山崎良左衛機長の主パイロットで、ウォッゼ組であった。

さて、北太平洋の南鳥島の東方に位置するウェーク島は、第一撃のおりに撃ちもらしたグラマンF4F四機に悩まされ、攻略部隊は上陸に失敗した。千歳空も連日、犠牲を出して苦戦中であり、とてもウェーク島進出どころではない。

浜空もこれに協力を命ぜられ、十一日にウェーク島爆撃にむかったが、初日に早くもグラマンに喰われ、浜空初の犠牲者を出した。このあと、飛行艇の爆撃は、もっぱら夜間にかぎられるようになった。

十二月二十三日のウェーク島攻略が終わると、一隊をのこして浜空本隊は、トラックに移動した。そしてラバウル攻略にむかい、明けて昭和十七年、つづいてソロモン方面に進出した。

四月に入り、マーシャルに残留した一隊に東港航空隊（東港空）からの一隊をくわえて、新たに第十四航空隊（十四空）が編成され、マーシャル方面の配備についた。司令は中島第三大佐である。これで飛行艇部隊は「浜空」「東港空」「十四空」と三隊になり、私は残留隊から十四空勤務となった。

月明かりのエスピリッサント爆撃行

ソロモンに進出した浜空は昭和十七年八月七日、フロリダ島南岸沖のツラギで玉砕した。そのあと東港空がソロモン戦線の穴うめとしてブーゲンビル島南端沖のショートランドに進出し、浜空残存隊は原隊にひきあげて再建をはかった。

このとき、マーシャル戦線ヤルートにあった十四空からも、九七大艇六機がショートランドの東港空に増援された。当時マーシャル戦線は平穏で、十四空の装備は九七大艇のみであった。爾後、この六機はときどき交替していた。

昭和十七年十一月、十四空は八〇二空に改編された。そして明けて昭和十八年一月、ヤルート基地八〇二空にも、ようやく新鋭二式大艇一機の配属が決まった。

二式大艇は昭和十七年三月のハワイ空襲、そして五月のミッドウェー作戦のさい、横須賀航空隊（横空）より特別編成で作戦期間中に臨時編入されてマーシャル戦線に進出し、作戦終了後に横空に復帰した。そのときチラッとお目にかかっただけで、われわれには憧れの新鋭機であった。その二式大艇の配属が決まり、この新鋭機の講習員として、当時、飛曹長に昇進して機長になっていた私のペアに、白羽の矢が立ったのである。

天にものぼる心地で、胸がおどった。そうして一月中旬、横空に派遣されて一週間の講習を受けた。二式大艇のベテラン笹生正助中尉の指導で、慣熟飛行を三回ほどおこなってもらった。そのあと、浜空基地において新鋭機をうけとり、一月二十五日にヤルート基地に帰着した。

鈴木由次郎司令より、この虎の子の二式大艇で以後一ヵ月間、全操縦員に新鋭機の操縦訓練をおこなうよう計画を命ぜられた。翌日、さっそく整備して、これからの訓練計画を立てているところへ、この二式大艇がショートランド基地の八五一空へ増援されるという電令が入った。そのため操縦訓練どころではなく、翌日、ただちにショートランドに派遣された。

当時、八五一空の本隊はショートランド基地にあり、司令は和田三郎大佐、副長は伊東祐

九七大艇の後継機として開発された二式大艇。写真は川西で離水テスト中

満中佐であった。到着後、ゴム艇で海岸の天幕張りの指揮所へあがり、

「八〇二空より二式大艇をもって、金子飛曹長ただいま到着」と伊東中佐に報告すると、いきなり言われた。

「お前は夜間飛行ができるか」

私はつい十日ほど前、横空で慣熟飛行を三回ほど受けただけで、夜間飛行はおろか、過荷重離水も一度もやったことはない。やっとの思いでヤルートまで空輸して来た直後に、このショートランドへの派遣になったのだ。

「私は夜間飛行をやったことはありません」と答えると、

「夜間飛行のできないやつに用はない、帰れ」しかし、私も若くて元気がよかったから、「夜間飛行をやったことはありませんと申しましたが出来ないとは申しません」

「やるか?」「やります」ということで、「それならよし。上がれ、ご苦労であった」と、やっとショートランド基地に上がることができた。

八五一空には日辻常雄大尉をはじめとして、水倉喜代四中尉、高橋幸蔵少尉、佐藤東三郎飛曹長など顔なじみの先輩の面々がおられて、ホッとした。

八五一空は九七大艇が大部分で、二式大艇がわずか二機だけ配属されていた。この大艇と合流して、ソロモン諸島の彼方ニューヘブライズ諸島のエスピリッサント島泊地の空母を夜間爆撃するというのである。

エスピリッサント島は、わが軍のトラック基地のような存在でガ島米軍の重要な後方補給基地であった。ショートランドから直線で南東方九百浬余りもある。

ガダルカナル撤退作戦の応援に、この後方基地の夜間爆撃をおこなうのである。しかし当時、この作戦の内容は部内でもガ島の新しい増援ということ以外は、われわれにも知らされていなかった。ガ島からの撤退は駆逐艦二十隻により、第一次は二月一日、第二次は二月四日、第三次は二月七日と反復しておこなわれた。終了後に、はじめて撤退作戦だと知らされた。

さて、エスピリッサント島泊地には、前々日の潜水艦の偵察機によって、大型空母二隻の在泊が確認されていた。そこで、この在泊空母が目標と定められた。二五〇キロ通常爆弾八発を搭載して、薄暮にショートランド基地を発進、月明かりを利用して第一次は一月二十八日に金子機、第二次は翌々日、水倉機にておこなうことになった。

一月二十八日、薄暮に予定どおり発進した。満載三十二トン半で、初めての過荷重離水であった。ズッシリとハンドルに手応えがあったが、ぶじに離水した。チョイセル島東岸沿いに、一路エスピリッサントに向かって南下した。だが、次第に天候が悪化し、サンクリストバル付近でさらに悪化したので、やむなく引き返した。

早朝、基地に帰着し、ただちに燃料を補給、その日の夕刻に再度、発進した。こんどは昨日の悪天候がうそのように晴れわたり、全コースが視界良好であった。目標付近も快晴で、月明を十分に利用できた。サンクリストバル南端より、一直線にエスピリッサントに向かった。

エスピリッサント到着後は、西岸沿いに高度を三千から五千メートルに上げて南下した。明るい月の下、敵は灯火管制をまったく行なっていない。「しめた」とほくそ笑む。爆撃高度を四千と決め、すこしでも爆音を小さくして接敵しようと、五千から四千メートルにエンジンをしぼりぎみに緩降下しながら、目標に向かった。

月明かりをすかして空母が確認できたところで、爆撃針路に入る。地上の灯火がつぎつぎに消えると、たちまち猛烈な防禦砲火を受けた。このころ、敵はレーダーを使用しているとの情報があり、用意していた電探欺瞞用の銀紙テープの散布をおこなう。

投下寸前までに撒《ま》きつくしてしまったが、効果は不明だった。照射もはじまったが、最後まで捕捉されずにすんだ。とはいえ、機がグラグラするような至近弾を数度うける。目もくらむような熾烈な防禦砲火で、照準は困難をきわめた。さいわい機には異状はなかった。

二五番八発を〇・五秒間隔で一航過にて投下し、ただちに旋回して弾着を見守った。しかし残念ながら、弾着は目標を大きくはずれた。たまたま水道に六隻ずつ二列にならんで停泊していた駆逐艦らしき列線をななめに横切って弾着し、一弾は大火柱となり炎上した。他はピカッピカッと光っただけで、水面に弾着した。

防禦砲火がますます激しくなるので、戦場を離脱して帰途についた。途中、本島の東海岸沿いに三千メートル級の滑走路のある飛行場が、あらたに完成しているのを発見した。

ぶじに帰着して、その日の夜、この戦果が軍艦マーチ入りのラジオニュースで発表されるのを聞いた。どこでどう間違ったのか、『わが海軍航空隊は長駆エスピリッサント島泊地を夜間爆撃し、駆逐艦一轟沈、一大破炎上、わが方損害なし』と報じられ、戦友にうらやましがられたが、自分の報告とはだいぶ異なる戦果発表なので、恥ずかしかった。

翌々日、水倉機がおなじ方法で第二次攻撃をおこなった。月明期間がすぎると、この作戦は打ちきられ、私はヤルート基地へ復帰した。その後、二月と五月の月明時に、おなじ方法でおこなわれた。

ラジオで報道されたカントン島爆撃戦果

ガ島撤退作戦の支援からヤルートに復帰したあとは、二式大艇の操縦訓練にはげんでいた。が、昭和十八年三月十四日、またまた月明かりを利して、こんどはハワイ〜フィジー〜豪州をむすぶ米補給路の中継基地であるカントン島の夜間爆撃の命令がくだった。

第一次は三月十九日、ギルバート諸島マキン前進基地から発進するもので、二式大艇二機編隊が六〇キロ陸用爆弾十六発を搭載して、敵飛行場爆撃をおこなうというものであった。

カントン島はマキンの東南東一千浬（ベーカー島南方）にあり、赤道直下、南緯二度の太平洋上の孤島である。途中、目標物は何もなく、レーダーのないこの時代、しかも夜間とあって、この目標に到達できるのか否かが本作戦の成否のポイントとあって、大いに懸念された。

つぎの問題は、過荷重をこえる超過荷重離水であった。

日没前の発進を予定していたところ、離水直前に一番機がエンジン事故で引きかえしてしまった。指揮所より「二番機、単機発進せよ」との信号があり、ただちに離水に入った。ぶじ離水し、ひとまずホッとして針路を定進した。

これで第一難関はパスした。つぎは航法である。

日没前に、入念に偏流測定をおこなった。高度三千メートル。天候は快晴で、上々の気象情況であった。天測航法もまじえて東進をつづけた。いちばん心配していた目標発見は、予定時間にドンピシャリ、カントン島に到達した。川原上飛曹、斉藤上飛曹、吉津上飛曹の偵察技術はさすがであった。

敵はまったく灯火管制をおこなっていなかった。環礁の北西端に滑走路がL字形にあり、L形の鍵の手の角に、兵舎らしき施設がみとめられた。高度は三千。そのままで東にむかって爆撃針路に入り飛行場をねらった。防禦砲火はエスピリッサント島にくらべると、貧弱であった。

「エスピリッサントの雪辱だ。敵の豆鉄砲にビクビクするな。しっかり照準しろ」すると川原上飛曹から落ち着いた声で、「大丈夫、まかしてください」

「用意、テーッ」二弾ずつ〇・二秒間隔で全弾投下した。大きく旋回して、弾着確認に入った。滑走路の西端付近から兵舎らしいところに弾着し、たちまち大火災が発生した。地上砲火が大したことがなかったので、再度、上空を旋回して、戦果を確認して帰途についた。帰途、ずっと空が赤々と映えて、炎上をつづけていた。ぶじマキン基地に帰着して、マキン基地指揮官の山下豊少佐に報告すると、「夜間は戦果が過大に見えるものだ」と信用してもらえないで、いささか不満だった。

そして故障の復旧した一番機が、日没ギリギリに私の機のあとを追って発進したことを知らされた。休息していると、しばらくしてその一番機が帰投した。一番機の報告だと、私の機が爆撃した二時間後に戦場に到達したが、そのときもますます火炎がひろがり、目標ははるか遠くからも望見できたという。そのため、航法の不安はまったくなく、爆撃照準もきわめて容易で、全弾が滑走路を直撃した。そして、帰途もずっと燃えつづけていたとのことで、やっと隊長に私の報告を信用してもらうことができた。

その晩、ラジオニュースで、またまた軍艦マーチ入りでこの戦果が報告され、大いに面目をほどこした。

単機で二度も軍艦マーチ入りの戦果発表のあったのはお前たちのペアだけだ、と祝福をうけ、特別配給のビールで成功を喜びあった。

翌々日、第二次爆撃がおこなわれ、この月の攻撃は終了して翌月の月明を待った。そして翌月、第三次爆撃がおこなわれたが、そのさい一番機がポーポイズで突っこみ、佐川分隊長以下、四名の尊い犠牲が出て中止となった。

第四次は益子機、田口機の二機による水上基地の攻撃で、これをもって、このときの作戦は終了した。

二式大艇エンジンに被弾するも空戦中！

機動部隊発見、夜戦と空戦のうえ不時着生還した制空権なき索敵行

元詫間八〇一空操縦員・海軍少尉　木下悦朗

木下悦朗少尉

昭和二十年三月十七日、敵大機動部隊が九州四国方面に来襲との報告が入り、わが飛行艇隊は異常な緊張を見せた。すでに数多くの夜間索敵に参加し、生き残りの連中には経験においても最高で、まさに精鋭中の精鋭ではあるが、一同、身の引きしまる思いである。

五機とも待機の命令が出て、私は指揮所の航空図を見た。昼間索敵機による敵の位置がしめされている。これは、どのコースを飛んでも敵にあうぞと思い、私の二式飛行艇九十三号に向かった。

はげしい試運転のプロペラの音を聞きながら、機長席にすわり、艇内灯その他の点検をした。搭乗員はすべて各配置で用具の点検とか、弾薬の装填、電信電探の調整、さらに搭乗員は整備員とともにエンジンそのほか電気系統、油圧系統などの整備に大わらわだ。

そのころ、四国の詫間《たくま》基地は瀬戸内海に面し、まったくのどかな景色だった。わずか数百キロのかなたで死闘がつづけられているとは、どうしても思われない。私はいままでの経験を思い出し、静かに頭を整理する。私のペアはみな優秀だ。そして団結もかたい。飛行艇の場合、団結なくしてはいかに各自が優秀でも、その成果はあがらない。伝声管もないのだから文字どおり以心伝心、目の色とか手先信号でおよそ、諒解できるところまできている。

私は私室にもどりコースの検討をしながら、ベットで浅い春の日ざしが弱々しくさしこんでいるのを見ているうちに、眠りについた。

暗夜に消える索敵隊

ようやく闇《やみ》につつまれたころ、指揮所に向かった。大艇の発光信号によると「SW3m風ウネリ」とあり、まああの状態だ。

当直下士官の「搭乗員指揮所内整列」の声に、元気のよい駆け足の靴音がひびく。薄暗い指揮所内は、若さと熱気をはらんだ搭乗員の整列にピリッと引きしまる。日辻常雄隊長に各自が報告する。温厚な神様のような隊長だ。静かに答礼する。訓示もきわめて簡《かん》にして要を得ている。

「帽とれ」「元気でやってこい。出発！」

各機長は、あるいは掛かれを令し、あるいは休めを令して注意事項を検討する。私も「休め」を令し、各配置についていろいろ注意する。

「注意事項はいま達せられた通り。出発かかれ」の声に、みな元気よく駆け足で艇にのぼる。すでに僚機はポンドよりおりている。さて、これで地上とも最後かなと一瞬思う。

整備士の電灯が静かにあてられ、ポンドをおりる。やがて艇がグラリとゆれて、海上に浮かんだ。坂本上飛曹より電話連絡で、よろしいとの報をうける。一機また一機、暗闇に吸いこまれていく。

やがて坂田上飛曹のよろしいの敬礼に、離水を命令する。レバーが静かに入れられると、機首は海水をはなれて速力は増していく。点々と障害灯が見える。地上では隊長が、そして隊員が機影を追っている。

機動部隊発見

三月十八日午前零時、ブザーの音でただちに警戒を令する。弾薬が装塡され、電信は連絡をとる。白い雲がスースーと流れてくる。高度は三千メートル。基点は足摺岬のうえでなく海上だ。やがて燃料報告がくる。翼内タンクはゼロ。私はいつも戦場に到達するまでに翼内タンクをゼロにする。「戦闘」を令する。いよいよ戦場だ。

索敵態勢に入るときは、私はいつも高度を下げて索敵するので、高度は一千～五百メートルにする。これでは至近距離でないと機動部隊は把握できないが、敵戦闘機の攻撃を離脱し、また艇底の弱さからも、この方が有利と考えて実行している。

腹がへっては戦さができぬのとおり、夜食をぱくつく。冷たい水がゴトゴトと胃のなかに入る。坂下上飛曹はデバイダー計算盤をふりまわしての大活躍だ。坂本上飛曹は電探にしがみつき反対の方をにらんでいる。しかし、このコースは何とも平穏だ。後ろから永田上飛曹が、僚機の傍受電報を見せる。

「敵機動部隊ヲ探知」つづいて「吾レ戦闘機ノ追蹤ヲ受ク」やってるな、がんばれよ、と念じ緊張する。しかし、このコースは静かだ。おぼろ月さえ姿を見せている。夜の遊覧飛行のようだ。

二式大艇の輸送機型・晴空。全長28.1m、全幅37.9m、7.7ミリ旋回4挺&20ミリ旋回機銃5挺、乗員10名

やがて復航に入る。僚機から傍受電報は刻々と入るが、ポツンポツンと切れていく。電信機の故障だろうと強いて思う。坂下上飛曹より基点到達時刻は午前一時と報告されメモに記帳し、敵とはあわないのかとなかば失望し、半は安堵《あんど》する。

さて軽電波にきりかえようかなと思っているとき、前席からころがるように坂本上飛曹が駆けあがってきた。電探をのぞくと、敵の大機動部隊だ。午前一時十七分。真っ白い反射波が無気味に光っている。左四十キロ、ただちに駆けあがり、坂田上飛曹の右肩を叩く。かねてからの合図の通り右旋回だ。ポンと自操をはずすとグッグッと旋回した。

そのとたん左の方から火線を浴びた。夜戦だ。クソと思いながら、すぐに中央席にブザーで連絡する。「反射紙散布」を令する。これは敵の電探を欺瞞《ぎまん》し、その間に逃げるのだ。機はたくみに離脱した。高度五百メートルで、機速は二百ノット、ただちに現在の敵の位置と、夜戦の攻撃をうけたことを打電する。みなホッとして私の顔を見る。

班長に今日は模範索敵をやるぞと怒鳴ると、班長は腕をグッと曲げポンとたたく。坂下上飛曹のところへ行き、雲上にでて天測する。敵の位置、針路、速力をたしかめと令し、高度を三千メートルにとる。満天の星だ。はやる心をおさえて天測する。位置が出た。

タナミ（敵付近の天候）テン（天候）曇　ウコ（雲高）チウレ（雲量）十　シカ（視界）〇　矢つぎばやに電報を打つ。みな殺気がみなぎり、緊張で目も光っている。戦場離脱は午前二時だ。

いまいちど触接に入ろうと思い、坂田上飛曹に連絡する。見張りを厳重にし、メモを整理していると突如、尾部二〇ミリ機銃席の猪原飛長より、「小型機見ユ」との連絡があり、ブザーがはげしく点滅する。同時にガンガンと命中音がする。被弾したらしい。全速で高度を下げるように合図しつつ、射撃開始を令する。

迫りくる敵夜間戦闘機

つづいて第二撃がくる。はげしい命中音とともに、右外方のエンジンが火をふいた。しまった！　火は長く尾を引いている。しかし、笠原上整曹は自信満々らしく、消火栓を引くと、火は見事に消えた。日ごろの整備のたまものか、みなホットしてニヤリと笑う。落ちついたものだ。敵の攻撃はたえまなくつづいている。

二式大艇。最後部の風防内が尾部銃座

風防から後ろを見ると、赤黄色の小さな光が追ってくる。敵機は六、七機はいるようだ。

電報を打たなければと永田上飛曹の席をのぞくと、なんと頭から血をふいている。いそいで私のマフラーをはずして縛る。「大丈夫か」と怒鳴ると、彼は平然としてニヤリと笑う。「一発火災、空戦中ナルモ士気旺盛」乏《とぼ》しい灯のもとに、キイは鳴りつづける。

機長席にもどろうと後ろを見ると、通路にだれか倒れている。玉谷か川瀬か。不安が胸をしめつける。もう無茶くちゃに被弾している。これでおしまいか。いやいや落ちつけ、落ちつけと思い、自問自答する。

医専出身の浜崎少尉に負傷者の手当をたのむと、油と血でヌルヌルの通路を通りながら後席に消えた。相かわらず赤黄色の光は、あるいは遠く、あるいは近くに迫ってくる。右に左に、ネバリと頑張りでかわす苦しさ。こちらはもう弾丸がないのか、発射時のショックを感じない。時計を見ると四時だ。長いながい時間がたったような気がする。

浜崎少尉がもどってきて、川瀬飛長がやられた。暗くてわからないが、尻から出血多量で応急処置はしてきたといい、偵察席へおりていった。なんでもなければと心から願う。すると後席から三浦飛長が転がるようにとんできて、機長おとしましたと叫ぶ。「確認か」と聞くと、強くうなずく。思わず歓声がわく。気のせいか敵の攻撃がやみ、距離が離れてきたように感ずる。

しかし、つぎの敵は夜明けだ。これで万事が終わる。空がうっすらと明るくなってきた。また四機が迫ってくる。高度二千メートルぐらいの後上方に二機、前上方に二機、後上方のが交互にダイブに入る。こちらは海面すれすれで、之字運動をくり返えす。エンジンの一発はだめなため、残り三発の振動がはげしい。速力は一二〇ノット一杯だ。敵機はダイブに入るが、こちらの高度まではおりられない、またやりなおす。他の二機は前上方に位置し、行く先を牽制している。超低空で飛ぶと日本列島のどこかへ逃れられるだろう。じつは弾丸はとうの昔になく、あるのは七・七ミリだけだ。射手は弾丸のあるふりをして、機銃を動かしている。なんとも悲壮だ。陸岸はまだ見えない。疲れきったみんなの赤い目に、海の青さがしみる。燃料もなくなり、浮力をつけるために不用なものはすてた。まだ陸岸は見えてこない。これで終《し》まいだ。この優秀な若人たちが海の藻屑と消えるか。

あと五分の命か

私はピストルに一発を装塡し、電文用紙に、「吾今ヨリ自爆スル　戦果　敵戦闘機一機撃墜　八〇一空万歳」と最後の電文をつづる。雲はピンク色にかがやき、海は真っ青にうねっている。これが最後の景色だなと思う。坂下上飛曹はすでにチャートを片手に私のそばにいる。

「もうボツボツ陸地が見える頃ではないか」と問うと「あと五分だけ飛びましょう。それでこの艇も限界に達していますから終わりです」

あと五分の命か。なにかわけのわからないことが頭の中をかけめぐる。油と汗とにまみれたペアの顔、泰然としている川瀬飛長は班長に抱かれているが、出血多量で真っ青だ。艇内はいたるところ穴だらけになって血、油、薬莢が散乱している。

そのうちに副操縦の武田一飛曹が、「見えた見えた」と叫ぶ。ついに見えた、水平線の彼方に黒紫色の陸が……。みな抱き合ってよろこんでいる。待てよ油断するな。思いもよらぬところから攻撃をうけるかもしれない。しかし、敵は見えなくなった。かえって今度は恐ろしくなった。

着水まで一秒たりとも油断はできないのだ。涙がポロポロ出てきた。よし、どうしても生還しなければならないという執着が強くなった。艇底は被弾の穴だらけなので、遮光毛布をつめる。エンジンは相変わらず弱々しい。

灯台が見えてきた。志摩半島らしい。燃料はもうない、しかし、湾内に海防艇が見える。

「よし着水」旋回する余力もない。ほとんど滑空で着水し、一気にエンジンをふかして陸岸にのし上げる。そうしないと浸水で沈没する。窓から半身を乗り出し、思いきり朝の空気を吸う。海防艇からはさかんに帽子を振っている。

生還だ。しかし、川瀬飛長はすでに息を引きとっている。どしんと艇は陸にのり上げた。私は元気な坂田上飛曹をつれて、村の人に医師をたずね、永田上飛曹と川瀬飛長をつれていく。

あとは浜崎少尉ほか一名で海防艇に挨拶する。つぎに艇の弾痕および故障を調査する。みな気が合っているからテキパキやってのける。ほかの負傷者は大したことなく、永田上飛曹も思ったより軽いのに安心し、艇にもどり、そのまま横になったら、ドッと疲労がでて、深い眠りにおちた。

戦闘九〇一夜戦彗星わが初出撃の記

特攻を排し反復攻撃に活路をひらいた芙蓉部隊夜戦彗星隊の心意気

当時一三一空戦闘九〇一飛行隊・海軍中尉　藤沢保雄

昭和二十年五月二十七日、ちょうど何回目かの海軍記念日にあたるこの日が、太平洋戦争における私の初出撃の日であった。八機の彗星夜戦と四機の零夜戦が出撃し、彗星隊の任務は奄美大島周辺の索敵攻撃、零戦隊のそれは九州南西海面対潜掃討ならびに上空哨戒であり、当時、敵機動部隊が奄美大島周辺海域に行動しているという情報にもとづく作戦であった。

藤沢保雄中尉

四月一日に沖縄に上陸した敵は、陸上ではすでに那覇を占領し、わが守備部隊を南部島尻の摩文仁方面に圧迫し、海では機動部隊が沖縄周辺はもちろんのこと、四国土佐沖、紀伊半島沖のあたりまで我物顔《わがものがお》に遊弋《ゆうよく》して、艦上機を発進させて西日本一帯に攻撃をかけ、空では沖縄本島の北、中飛行場、あるいは伊江島の飛行場を使用して、ほぼ制空権を手中におさめ、わがほうの特攻攻撃も、第一号から第六号までの菊水作戦が実施されたが、さのみ成果があがらず、苦境においこまれていた時期にあった。

搭乗割の私の欄には、次のように書かれていた。

「索敵機　ス―三、機番　九四、藤沢中尉／服部上飛曹、発進時刻　〇三四五」

私たちの隊では索敵線をしめす場合、彗星はス、零戦はレを頭に番号をふる。私のス―三というのは、彗星による基準線から右へ三番目の索敵線ということになる。

この日のコースは、進出針路二四〇度、進出距離二〇〇浬《かいり》、側程二十五浬、高度千メートルであった。ふつうの索敵攻撃としては距離が短く、おそらくベテランの搭乗員にとってはいとも平易な任務と見られるが、初陣の私にとっては、やはり身ぶるいするほど緊張感につつまれた初出撃であった。

後席の服部上飛曹も甲飛十二期の偵察員で、彼にとっては初めての出撃ではなかったものの、あまり長い戦歴があるはずもなく、似たりよったり、まさに〝ひよっ子〟のペアであり、それだから比較的容易と思われる月明時の任務飛行につけられたのである。

当日は曇り空であったが、月齢十五すなわち満月の夜で、私たちのような未熟なペアにあっては、月明をたよりに離陸発進して、敵を発見しやすい黎明時に攻撃し、夜が明けてから帰投着陸するという、もっとも適当な時間帯の作戦行動であった。

これは、戦歴のとぼしい未熟な搭乗員が、えてして初出撃で敵に喰われて未帰還になるという戦訓にてらして、平易な任務から段階的に逐次困難な任務につけてゆくという、私の所属していた芙蓉《ふよう》部隊がとっていた常套的なパターンであった。

草っ原の滑走路の先端におかれた一個のカンテラの離陸目標灯をたよりに、暗闇の岩川飛行場を離陸したのは午前三時四十五分。逐次に高度をとり、発進基準点の佐多岬を確認、針路二四〇度に定針して高度千メートルをたもって西南方に機首をむける。口永良部島の島影を左翼方向に見送って、トカラ列島に別れて南シナ海方向にすすむ。

その当時は、ブラックウイドウ（黒衣の未亡人）という、なんとも意味深長なP61夜間戦闘機が沖縄から奄美大島周辺まで進出して迎撃しているという情報もあり、そちらにも見張りの目を光らせながら、月の光に映える海面に敵艦影を見そこなわないぞと目をこらす。

結局、この索敵においては敵を発見することなく、したがって攻撃をくわえることもなく索敵線を飛行して、志布志湾の枇榔島上空をへて基地に帰投した。

頼もしき芙蓉部隊

ここで芙蓉部隊という、当時としてはきわめて特異な存在であった私たちの飛行部隊について説明しておかねばならない。芙蓉部隊あるいは芙蓉隊とも呼んでいたが、この名称は、海軍の正式名ではない。しかし、防衛庁戦史室で編纂した、いわゆる公刊戦史のなかの『沖縄方面海軍作戦』にも芙蓉部隊という記述がみられ、非公式ながらも公的に使われていた部隊呼称である。

実際は、第三航空艦隊隷下の第一三一航空隊に所属する戦闘九〇一、戦闘八〇四、戦闘八一二の三個飛行隊が、一三一空の所在する茂原基地からはなれて静岡県の藤枝で統合運用され、その編合された部隊の呼び名として使用された名前であった。

一三一空の飛行長であり、この編合部隊の指揮官であった美濃部正少佐（兵六四期）が三航艦の寺岡謹平司令長官に願い出て、藤枝の基地から朝な夕なにあおぎみる富士の峰にちなんで、芙蓉部隊と名乗ることをゆるしていただいたものであった。

芙蓉部隊の装備機種は彗星一二型（液冷エンジン型）と零戦五二型（六二型、五三型も混在）であり、三個飛行隊合わせて約八十機を保有していた。

レイテ海戦以降、圧倒的に優勢な敵にたいして、劣勢かつ練度の低下したわが方が戦局を挽回するためには、全軍特攻しかないという航空艦隊司令部の意向にたいして、「何回も反復攻撃するほうが正しい。途中でむざむざ敵に喰われ、命中精度もさのみ高くない特攻攻撃には絶対反対」と強硬に主張してゆずらなかった美濃部指揮官の意見を、司令部がしぶしぶ了承して、芙蓉部隊は特攻編制からのぞかれ、夜間とくに早朝時の敵基地あるいは敵空母の制圧攻撃を主任務として付与されたのである。

三月末、天一号作戦が発動されると、いちはやく九州鹿屋基地に進出、菊水一号から六号までの作戦に呼応して、特攻部隊の攻撃を容易にするための早朝制圧攻撃や電探欺瞞、あるいは特攻隊の誘導などに獅子奮迅の活躍をした。

五月中旬、敵の南九州への来襲がさかんになって、基地編成をするさい、彗星・零戦の航続距離の関係から南九州残置を要望し、昭和十九年から急速設営されていた大隅半島大隅町

彗星一二戊型。一二型丙戦ともいう夜戦型で、後席に20ミリ斜銃が見える

に所在する岩川秘匿飛行場に移動。そこから作戦を継続実施して、終戦の日まで一度も敵の攻撃をうけることなく、秘密飛行場の使命をたもちつつ反復攻撃を敢行して、おそらく七月〜八月にかけては、第五航空艦隊の全出撃機数の三〇パーセントを芙蓉部隊が占めるという活躍をした。

私の初陣は、部隊が鹿屋から岩川に移駐した直後、その岩川の秘匿飛行場からの出撃であった。

転勤につぐ転勤の果て

百里原航空隊で艦爆課程を履修していた私たち第四十二期飛行学生が課程を修了し、実施部隊などに配属されたのは、昭和二十年の二月二十八日であった。二月の中旬には関東一帯に敵艦上機の来襲があり、戦局の苛烈さを実感していた。配員が発表されてまっすぐに実施部隊に出る者もいたが、約三分の一は、愛知県の明治基地にあった二一〇空という練成部隊に行かされ、私もその一員であり、横空やその他の実動部隊に行く者に多少ねたみを感じながら明治基地に赴任した。

そこには戦闘機をはじめ各機種の各隊があって、艦爆隊に編入された私たちも、なんとなく百里空の延長のような感じで、真剣味もわかなかった。

彗星艦爆への機種転換が中心であったが、練成員が多いわりには飛行機が少なく、なかなか搭乗機会がなく、くわえて中京地区に対するB29の来襲がひんぱんになり、空襲警報が発令されるたびに、若干の戦闘機が要撃に上がるほかは、私たちは飛行機の分散遮蔽のために掩体まで飛行機をおして歩く毎日だった。記憶では、明治ではたしか二度ほど九九艦爆に乗っただけで、ついに彗星には乗らなかったように思う。

二週間ほどして三月十六日付で「戦闘九〇一飛行隊付」の命令をもらい、その所在は静岡県の藤枝だということで、そこに赴任する。百里の艦爆からいっしょに明治にきていた岩間子郎という同期生も戦闘八一二飛行隊付ということで、二人して赴任することになった。

飛行機の後押しばかりで、髀肉《ひにく》の嘆をかこっていた私たちにとって、二週間ばかりで転出第一号となった岩間君と私は、ほかの人たちの羨望の眼をあとに意気揚々と退隊し、汽車に乗って藤枝駅で下車。遠州鉄道に乗りかえて志太とかいう駅で下車、れんげの花咲く田んぼ道をテクテク歩いて部隊におもむいた。

関東空という看板があり、基地部隊として関東空があり、そこに三隊統合の芙蓉部隊が所在した。装備機種は彗星であり、夜間戦闘機ということで斜め固定銃を装備したものもあり、二式艦偵の爆弾倉もついていないタイプの彗星もまじっていた。

着任のあいさつを終えたとき、美濃部飛行長から「彗星に乗れるか」と聞かれ、「乗れます」と答えた。明治ではとうとう彗星には乗る機会がなかったが、血気さかんな紅顔の青年士官の心意気が「乗れます」という返事となって出た。

搭乗員には、フィリピン帰りの歴戦の強者もいたが、大半は十三期の予備学生の士官と各種予科練習生を終わったばかりの者であり、そこに水上機から転換の古い飛曹長や上飛曹がくわわった。六十八期の徳倉正志大尉や六十九期の川畑栄一大尉らの飛行隊長と、古参の小川大尉や山崎大尉という分隊長もおられたが、分隊士は私たち中尉クラスが担当した。ほぼ同じころ、偵察の鈴木昌康君と原敏夫君の二人の同期生も着任した。三月末、天号作戦が発動されると、操縦の私や岩間君はまだ練度不足ということで鹿屋には進出できなかったが、偵察の鈴木、原両君は熟練の操縦員とペアを組んで、一足先に進出していった。そして四月六日には原中尉の乗機が着陸時に火災を生じて重傷を負い、十二日には特攻隊支援のための電探欺瞞に出撃した彗星二機が未帰還となり、鈴木中尉も戦死して、同期生から早くも戦死傷者を生じた。

藤枝に残留して練成をいそいでいた私たちのところに、さらにぞくぞくと同期生が着任してきて、人数もだんだんとふえた。偵察の川添晋、田中正の両君、艦爆の佐藤正次郎、森実

二、山田正純の三君、戦闘機の中西美智夫君と総勢八名に達した。

そして練成があるていどすすむと逐次鹿屋に進出するのだが、やはり偵察のほうが早く、川添、田中の二人は四月末に鹿屋にいき、操縦の岩間君と私以下佐藤、森、中西君などみな五月中旬、部隊が岩川に移動してから進出して、かろうじて戦闘に参加する機会をえたのである。

出撃しては帰らぬ戦友たち

百里の艦爆課程では約八十時間、夜間飛行はついに実施せず、明治から藤枝にきて、彗星で練成すること約十時間で実戦参加であり、藤枝では緩降下反跳爆撃や、やっと制式化されたロケット弾攻撃の訓練などもやったが、総飛行時間二百時間にも満たない搭乗者であって、フィリピン帰りの飛行長や隊長あるいは歴戦の古参搭乗員からみれば、おっかなくて、とても一緒には飛べないていどの技量であったにちがいない。

事実、恥をいえば、その後の出撃で星を敵機と誤認して五分ほど避退運動をやったお粗末もあり、爆弾を敵空母に命中させる腕はなかったかも知れぬ。しかし気力は旺盛、出撃がこわいとか、いやだと思ったことはなく、むしろ搭乗の順番がまわってこないのが苛立たしかった。それは同期生もみな同じだったとみえて、搭乗をせがむ光景がまま見られた。

この気持を支えていたものは、何だったであろうか。ほかの人はいざ知らず、私自身についていえば、尽忠報国だとか、大義に生きるとかいう気負った気持はなく、そうかといって、家族係累のことを思って逡巡することもなかった。それは、満二十歳になったばかりの独身であり、身近に軍人が多かった家庭環境のためでもあったろうが、兵学校出の青年士官として恥ずかしい行ないはできない、みなを引っ張っていくのはわれわれ、という気概というか、使命感が私の言動を支えていたようにおもう。

そしてそれはまた芙蓉部隊にあっては、特攻攻撃ではないが、指揮官の意図する反復的な攻撃を成功させることによって、沖縄での戦いをなんとか日本の勝利のために寄与させるべく、全員が渾身の努力をそそぎこんでいた。第十三期予備学生出身の照沼光二中尉の奮闘や、何度も沖縄攻撃に参加してついに未帰還となった中野増男上飛曹をはじめ、八十数名にたっする沖縄戦戦没者の数がそれを実証している。

出撃の前夜、宿舎で「今度で俺は何回目、明日もやるぞ」と淡々と語っていた戦友が、つぎの日には待てど暮らせど戻《もど》ってこない。櫛の歯の欠けるように宿舎のベッドが空いてゆくが、だれ一人として士気喪失というような状況はみられなかった。芙蓉部隊ならではという士気の高さであろう。

戦後の平和と繁栄の中で、二度とふたたび戦争はしてはならぬとおもうが、しかしながら万が一にも国家防衛のために矛《ほこ》をとるべき時があったならば、私は私の子供たちに敢然として立ち向かえというつもりであり、そのときには、私の体験を若い彼らに話してやるつもりでいる。

正攻法に懸けた戦闘八〇四夜戦彗星隊

比島から生還、沖縄戦線に出撃をくり返した芙蓉部隊偵察員の手記

当時一三一空戦闘八〇四飛行隊・海軍上飛曹　中島茂明

昭和十九年当時――。戦闘機は使用目的により、甲、乙、丙にわけて呼称されていた。甲戦は局地戦闘機で紫電や雷電が使用され、乙戦は昼間戦闘機で紫電改および零戦、丙戦は夜間戦闘機で月光および夜戦用火器を装備した銀河、彗星、零戦があった。

零戦は艦隊上空や基地上空の直衛や攻撃機の護衛として敵地へ進攻したり、迎撃用にも使用されたりというように、航続距離が大であり、しかも運動性能は抜群といった長所の多い機種であり、今次大戦の花形としてその名を高めた。

私たち飛行機乗りはだれもが戦闘機搭乗員になることを熱望したもので、もちろん私もその一人であった。搭乗員として一人前になるまでにはさまざまの過程があり、一つ一つの関門を通過しなければならない。私の場合は、予科練教程のとき行なわれる適性飛行において、偵察となった。各人の適性に応じて操縦と偵察とにわけられ、以後の教育はこの決定にもとづく専門教育となるわけである。

私は偵察専修となり、操縦員にはなれなかった。当時の私は大空で自由自在に空戦できたらと、若者の多くがいだいていた〝海鷲への憧れ〟に燃えていたので、この決定に残念な思いであったが、教育課程をつぎつぎとこなし、偵察専修の飛練教育をおえて希望したとおり「丙戦の搭乗員」として巣立つことができた。

昭和十九年の当初、航空隊は空地分離され、甲航空隊、乙航空隊と呼称されていた。甲航空隊は機動航空隊で、飛行機と専門整備員や兵器員を保有し、乙航空隊は基地要員と飛行場を保有した。

機動航空隊はS〇〇飛行隊、T××飛行隊、K△△飛行隊と呼称され、作戦ごとに乙航空隊をつぎつぎと移動し、移動先の乙航空隊に〝居候〟よろしく滞留した。Sは戦闘機隊、Tは偵察機隊、Kは攻撃機隊のことであり、また、たとえば第一四一海軍航空隊戦闘八〇四飛行隊なら、数字は一〇〇番台が所属航艦、一〇番台が機種……というように、数字の配列によりただちに識別できるようになっていた。

また、当時の飛行隊にはそれぞれ愛称がつけられていた。たとえば、虎部隊、雷《いかずち》部隊というようにである。とくに印象に残っているのは虎、豹、獅子、雷の各飛行隊で、これらは零式艦上戦闘機隊であった。数多い飛行隊のなかでも、零戦部隊の搭乗員はとくに目立つ存在だった。服装は派手《はで》で格好よく、離陸のときも一糸みだれぬ編隊離陸の美技をしめし、零戦の熟練搭乗員に護衛されると、「百万の味方をえたように頼もしい」と信頼されていた。

台湾沖航空戦のあと、私は比島進出命令を受けた。そしてそれからというものは幾度も作戦に参加したが、私は武運あって昭和二十年二月、いろいろの苦難をへて比島を脱出し、内地へ帰った。

最後の決戦にそなえ鹿屋へ進出

私と彗星との出会いは、この約一年前にさかのぼった昭和十九年三月、千葉県香取基地に赴任したときにはじまる。当時の香取基地は、南方戦線の一大補給基地としての役割をにない、将兵の出入りは活発をきわめていた。

こうしたなかで第一航空艦隊（一航艦）の虎、龍、鵬、雉、鷹、獅子、隼、鵄、鳩の各部隊が集結し、つぎつぎと南方の戦線をめざし出撃していった。

私の所属は第三二一海軍航空隊戦闘八〇四飛行隊で、機種は夜間戦闘機の月光だった。ただ、彗星の姿を望見したときの第一印象は、「出会い」という表現そのままの強いものであったことを今もなつかしく思い起こしている。

しかし昭和十九年の時点では、一年後、その彗星の搭乗員になろうとは夢にも思わなかったことであり、神ならぬ身の知るよしもなかった。

彗星艦爆は、このとき五二三空鷹《たか》部隊であった。そもそも彗星は海軍が、急降下爆撃を重視するという基本的な方向づけから研究をかさねてのち誕生した〝期待の星〟であり、ドイツのハインケル社の技術を導入、要員が技術的指導もうけていたという。

十三試艦爆と呼ばれた試作機は、やがて海軍に正式採用となり、彗星と命名された。

彗星艦爆一二型。後席に20ミリ斜銃を装備、芙蓉部隊では夜戦として使用

第一号機の完成は昭和十五年十一月で、そのスマートな容姿は見る人々を魅了せずにはおかなかった。構造的にも巧緻をきわめ、液冷エンジンを搭載していたためか否かはべつとして、発動機の不調はかなり多く、故障も決して少なくはなかったが、速力・運動性能は抜群だった。

さて、昭和二十年、比島を脱出した私は藤枝航空隊において芙蓉部隊の一員として彗星に搭乗するということになった。

この芙蓉部隊は戦闘八〇四飛行隊、戦闘八一二飛行隊、戦闘九〇一飛行隊の三つの飛行隊からなり、私たちのような比島脱出搭乗員と、艦隊の艦を失った水上機搭乗員とを主力に、一部、新米搭乗員も加わっての構成であった。

彗星艦爆に夜戦装備をした約六十機および零戦二十数機が主力の部隊で、連日連夜の猛訓練をおえ、昭和二十年三月三十一日、沖縄の敵機動部隊攻撃のため鹿屋基地へ進出した。そして昭和二十

米空母に突入する彗星三三型。三三型は液冷発動機を空冷に換装していた

年四月六日の菊水一号作戦から終戦の詔勅があった八月十五日まで、この部隊は戦いぬいた。

斜二〇ミリ機銃を搭載した彗星は、当時の戦況から「夜間戦闘機」として使用されていたもので、整備員の不休の努力もあって、芙蓉部隊の稼動率はじつに八〇パーセントにものぼっていた。戦争中は部内全体に、また戦後は多くの戦記にも登場した話題の芙蓉部隊であるが、実際に身をおいた私も、このことに関しては声を大にしてそのユニークな理念と実践とを奨揚したい。

このころ、一部では金星六二型空冷発動機が装備され、彗星三三型となって実戦に活躍した。最高速度は十ノット低下したものの稼動率は上昇した。

当初の彗星一二型艦爆は、出力離昇一

四〇〇馬力、最高速力三一三ノット、実用上昇限度一万七百メートル、航続力一八五〇浬《かいり》、高度二千メートルで巡航速度二三〇ノット、兵装七・七ミリ機銃二門、五〇〇キロ爆弾一、あるいは二五〇キロ爆弾三、夜戦には翼にレールをとりつけ、ロケット弾二発を装備して沖縄戦に出撃した。

身を挺して守った夜間戦闘機群

私は彗星搭乗の時期に、たびたびエンジン故障によって危険にさらされた経験がある。昭和二十年四月、只野二飛曹と八丈島南方二百浬の扇形索敵攻撃の命をうけて出撃の途中、八丈島上空でエンジンに微振動が出はじめているのに気づいた。目的旋回点を通過し万一にそなえた私は高度を三五〇〇メートルくらいまで上昇させ、御前崎をめざして帰投したのだったが、「ようやく御前崎までたどりついた」というべきだった。

本来なら藤枝基地のはずであるが、西風が強く、とうてい東からの着陸（本来のコース）は不可能であり、またその余裕はまったくないため藤枝基地と連絡をとり、御前崎から追風着陸の許可をえて着陸態勢に入った。そしてフラップおよび脚を出したとたんにエンジンから油がふきだし、風防は真っ黒になり、このとき視界はゼロになってしまっていた。

私は風防を飛ばし、機首を右に向けさせ、海岸に不時着するよう操縦の只野二飛曹に命じた。只野二飛曹は的確冷静そして沈着に行動し、五〇〇キロ爆弾を松林で擦り落とし、機は波打ちぎわでようやく停止した。さいわいにも爆弾は破裂をまぬがれ、私たちは九死に一生をえた。文字どおり、命びろいしたのだった。

なぜ、せっかく飛行場まで帰りついていたのに、あえて場外不時着したのか――。私は、この不測の事態にさいし、とっさに考えた。「たとえ自分の身は犠牲になっても、基地にならぶ虎の子の彗星や零戦などの夜戦隊を巻きこんではならない」ということであった。

列線にならんで出撃を待つこれら夜戦隊は、戦争末期の当時、かろうじて日本海軍のメンツを保つ貴重な戦力なのである。もしかりに、五〇〇キロ爆弾搭載のまま、やみくもに着陸をあえてすればどうなるか。

その災害は藤枝基地だけのものではなく、戦局展開に重大な影響があるはずだ。個人の命よりも、国家存亡の問題がつねに優先される――という当時の、是非はべつとしての配慮が私をそうさせたのだった。

「味方飛行場になど降りられるものではない」それが私たちの二人の〝良識〟であった。この処置にたいして飛行長からは、いちおう事情聴取があったが、私は率直に、「どうしても味方の飛行機が無傷であってほしかった。巻きこんで大切な戦力に被害をあたえたくなかった。私自身はどうなっても」と真情を吐露した。

泥沼化した戦争、物量にものをいわせて圧倒的優勢をほこる敵に一矢むくいることしかなかった当時の情況では、おそらく、私のみならず全将兵が味方機を一機でも多くと念願したはずであった。私は、当たり前のことをしただけだった。沈着にして冷静、配慮ある行為として司令にねぎらいの言葉をかけられたとき、私は心底から安堵した。

ひきつづき私は彗星とともに、沖縄戦線に出撃をくり返したことはもちろんだった。米軍に奪取された沖縄の攻防は、「夜戦」という手段しか残されてはいなかったものの、やむことなく続けられ、グラマンやP38ともすっかり〝おなじみ〟になってしまっていた。

追いかけられロケット噴射でかわしながら、とにもかくにも、終戦の日まで私たちは戦いぬいた。夜戦隊――なかでも、正攻法を標榜して堂々と最後まで戦った芙蓉部隊のことは、多くの関係者がひとしく認めるところだった。

国の安泰と隆盛のために戦った

昭和二十年、戦局がいよいよ厳しい見通しとなりつつあったころからの特攻攻撃については、私は非常な不信感を持っていた。

だが、技量未熟の若い搭乗員たちを、ただ死に追いやるだけの特攻の無意味さを理論的にも実践的にも立証した芙蓉部隊の存在は、そこに籍をおいた当事者の一人――私も、生涯の誇りにおもえることは確かである。

彗星ほどの駿足機でさえ爆撃を終えて帰投するのが精一杯という現実。それも、搭乗員が技量と経験から苦心してわりだした工夫――攻撃方法で、やっと戦場から脱出できたものである。

あたりまえが通用しない、大きな戦力差だけが立ちはだかり、筆舌につくしがたい困難がそこにあった。

沖縄の敵地に到達することさえ困難をきわめ、生還を最初からねがわぬ作戦では、貴重な飛行機と人命とを同時に、しかも無為に失うだけである。

その事実を、芙蓉部隊は隊員一人一人が肝に銘じ、死ぬことよりも苦しい一日一日のギリギリの現実のなかで、最も友好な正攻法に体当たりしていた。

白菊練習機などに爆装し、あえて特攻をおこなわせた上層部の机上作戦に、無念の思いをかみしめていた搭乗員らだったが、当時の状況からその意見具申は通用しなかった。敵情分析はもちろん、彼我の戦力差さえも考慮にいれなかった参謀や司令官の命令であり、極言すれば犬死作戦以外のなにものでもなかったわけだ。

搭乗員は全員が特攻精神を発揮して、日ごろの任務についていた。たとえ特攻命令をうけていなくとも、正攻法で敵にむかって攻撃し、万策つきたときにはみずから特攻となって突撃戦死をとげた人ばかりであった。

散華していった特攻隊員たちがどのように戦っていたのか、厳粛にうけとめたいと思うのは私だけではなかろう。多くの僚友をうしない、無念のおもいで戦後を生きぬいてきたわれわれの体験を風化させてはならない。

特攻隊員は一度出撃命令を出されると、戦死するまで出撃命令をうける。当時の搭乗員は、例外なく死を恐れずに戦った。いちばん恐れたことは、卑怯者だと見られることであった。

昭和十九年十月二十一日、セブ基地発進の特攻第一号から終戦まで、陸海軍の各種の特攻がつづいたが、明日なき命というギリギリの状況のなかで、国家の安泰と隆盛を信じて散った特攻隊員のことを、忘れてはならない。

反面、昭和二十年八月十五日、終戦の詔勅がくだされたのちに、宇垣纒司令長官が指揮をとった彗星が特攻に出撃したが、これほどの生命の無駄づかいは許されない。搭乗員の赤誠を私物化した責任は重大である。

戦後、数多くの戦争体験や記録が公表され、知るよしもなかった「秘話」や「真相」がつぎつぎと話題になったが、私は、いまも思う。戦争は、どの観点に立ってみても罪悪である。しかし、夜戦隊の一員として、とにもかくにも終戦の日まで参加できたことの要因のひとつに、駿足・高性能を誇ったスマートな彗星の存在があったことを、私はかぎりない愛着と誇りをもって伝え記しておきたい。

高性能陸爆「銀河」の悲しき運命と共に

十五試双発急降下爆撃機部隊の飛行隊長が綴る搭乗機の性能と秘密

元攻撃五〇一飛行隊長・海軍大尉　鈴木暸五郎

銀河部隊は太平洋戦争末期の激戦期に出現し、苦戦の連続の末、敗戦を迎えたので、公式の作戦記録も焼失しているうえに、あまりにも銀河搭乗員の消耗が激しかったので、ベテラン搭乗員の生存者が少なく、終戦前から一部に〝まぼろしの部隊〟と呼ばれたこともあったほどである。

戦後においても雑誌などにくわしく銀河および銀河部隊について書かれたものがないのは、まことに残念であるとともに、また一面むりからぬものもあると思う。しかし私は、銀河はあくまで当時傑作の新鋭機であり、銀河部隊は決して〝まぼろしの部隊〟ではなく、悪条件に耐えながらも立派に戦ったことを、幾分なりとも知っていただきたいと思う。

鈴木暸五郎大尉

さて、昭和十五年、江田島の海軍兵学校を卒業してからいちばん最初にパイロットとして私が操縦桿を握ったのは霞ヶ浦海軍航空隊で、当時二十一歳の昭和十六年五月であった。最初は飛行学生として通称〝赤トンボ〟といわれた九三式中間練習機、ついで大分県宇佐海軍航空隊にうつり複葉の九六式艦上爆撃機に乗り、パイロットとしての腕が上達するにつれて金属製単葉となった九九式艦上爆撃機に乗れるようになり、昭和十七年七月、晴れて飛行教育を修了して艦爆パイロットの一員にくわわった。

しかし、このわずか一年ちょっとの間に、世の中は真珠湾攻撃にはじまる太平洋戦争の渦中となり、緒戦の連戦連勝に酔ったのも束の間、ミッドウェー敗戦を秘密裏に聞かされ、大きなショックをうけた。

とはいうものの、この頃では、まだ日本が敗れ去るなどということは、青年士官であった私には、とても実感としてうけとれなかった。そして私は、空母部隊搭乗要員に配置されたのを機に大いにファイトを燃やし、連合艦隊の機動基地であった宮崎県の富高基地から九九式艦上爆撃機を駆って、瀬戸内海を遊弋している空母翔鶴に対し、一ヵ月に五十回という着艦訓練にはげんだ。

ところが、これをぶじ終わったとき、かならずや空母乗組の命があるものと期待していたが、どういうわけか期待に反して私に渡された辞令は、霞ヶ浦航空隊教官に補するというものであった。この時はいささかがっかりした。

しかし、いまから考えてみると、これが太平洋戦争を生き残れた大きな岐路であった。というのは卒業直後のこの程度の飛行経験や技量で、そのまま戦場にいったとしたら、おそらく一コロの運命にあったことだろうから。

その後は気分をとりなおして新米教官ながら後輩の教育指導にたずさわり、霞ヶ浦から宇佐へと、けっきょく学生時代とおなじコースをたどって、やっと第一線の銀河部隊へ転勤を命ぜられたのは昭和十九年五月であった。

このときちょうどパイロットになって三年が経過していたことになる。この三年が私にあたえてくれた恵みは、二千時間をこえる飛行時間、操縦経験機種十余機（零戦をふくむ）、急降下爆撃についてのたしかな自信と経験、そして海軍大尉への昇進と銀河飛行隊分隊長の拝命（海軍双発機部隊の飛行隊分隊長になったのはたしか私が同期生の最初）などであった。だが、やっと第一線部隊に出してもらったとはいうものの、当時の戦況は日に日に重苦しく悪化しつつあり、戦線はサイパン～フィリピンの線まで北上しており、ラバウルは孤立状態におちいっていた。

私の着任していった部隊は、連合艦隊の最後の切り札として、急きょ整備に入っている第二航空艦隊の銀河部隊である第七五二航空隊であった。この部隊は愛知県豊橋航空基地で戦力整備中であり、攻撃第四〇五飛行隊（私の部隊）と攻撃第四〇六飛行隊のふたつを中核兵力としていた。

当時、銀河部隊としてはこのほかに、大本営直轄で鹿児島県鹿屋に配置され、全天候行動能力により、敵機動部隊を制圧しようとした第七六二航空隊（別名T部隊といい、攻撃第五〇一飛行隊の銀河部隊と、陸軍の新鋭重爆キ67「飛龍」部隊の二個飛行戦隊が中核兵力）と、すでにサイパン～フィリピン方面に展開していた第一航空艦隊のなかの第七五一航空隊（攻撃第四〇一飛行隊と攻撃第四〇二飛行隊を中核）があった。

これらの飛行隊は大型の編制規模のもので、定数として三十六機、予備機として九機の銀河を保有するものであった。したがって当時の海軍航空隊が、新鋭部隊として保有しようと懸命であった銀河部隊は、三個航空隊＝五個飛行隊、総機数二百機以上ということであった。

そして、その生産補給は中島航空機が担当し、関東地区において全力をもって増産中であった。

最悪の中でだされた特攻命令

さて、攻撃第四〇五飛行隊第一分隊長となった私は、銀河部隊の編成と急速練成に全力をかたむけていたが、天運時をかさず、部隊編成も八割ていど、練成訓練も全体として練成目標にいま一歩のところで、台湾沖航空戦が十月になってはじまってしまった。われわれの部隊に出撃命令がくだり、訓練も中止して急遽、鹿児島県出水《いずみ》基地に展開したが、空地分離主義の作戦運用とはいいながら、なれぬ基地からの戦闘行動は想像以上に不便で、そして不利なものであった。

しかし、この作戦においてわが部隊は、はじめ索敵任務をあたえられたが、連日の索敵行動に多くの犠牲を出しながらも、敵の機動部隊を発見追跡することに成功し、初陣の役目をみごと果たすとともに、最後に敢行されたわが方の昼間全力強襲にも主力をもって参加した。

この戦闘で、敵をついに後退させるにいたったものの、わが方の犠牲も大きく、飛行隊長以下多数の中核搭乗員を失った。そして、その痛手《いたで》を回復する暇もなく、第二航空艦隊は比島決戦ということでルソン島に進出することになり、わが部隊もクラーク基地に展開した。展開にあたって攻撃第四〇六飛行隊は、練成担当となって出水基地にのこり、わが飛行隊だけが航空隊司令部とともに進出した。展開と同時に比島沖航空戦が勃発し、まだ支援態勢のととのっていない野戦基地からの戦闘行動は、文字どおり悪戦苦闘といったものであった。しかも優勢な敵機動部隊の波状攻撃をこうむりながら、その合間をぬい、悪天候を突破しての洋上索敵なので、内地の練成訓練のようにはいかない。おまけに戦果は思うように上がらず犠牲がふえ、焦燥の中うちひしがれているとき、特攻攻撃敢行の断がくだった。戦況はますます凄惨な様相を呈していった。私はフィリピンの航空施設の貧弱さ、参加部隊の戦力練度からみてこの作戦はつらい戦争であり、頑張っても効果のひくいものとなるから、敵の術中にはまった消耗戦という観をしばしばもったが、それは胸にたたんで懸命に戦った。

敵機動部隊の撤退により作戦行動がおわった十一月初旬、在比海軍航空部隊は抜本的に編成を統合整理することになり、第一、第二航空艦隊が統一されて第一機動航空部隊となり、第一航空艦隊（当時フィリピン南部に展開中）にあった第七五一航空隊は解散して、隷下の攻撃第四〇一飛行隊、攻撃第四〇二飛行隊はわが部隊に統一されることになった。

だが三個飛行隊を合わせたからといっても、実力は一個飛行隊ていどのものにすぎなかったほど、いずれの飛行隊も甚大な損害をこうむっていたのである。そして新しくできた攻撃第四〇五飛行隊の隊長に私が任命された。心気一転して部隊の戦力強化に手をつけて十日もたたないうちに、敵のレイテ攻撃が厳しさをました。

レイテ島のわが陸軍は強力で、守りは堅いからかならず追い落とせるということで、わが飛行隊は全力をもってレイテ湾艦船への昼間強襲を敢行し、相当数の艦船に打撃をあたえる一方、夜間にはタクロバン飛行場の夜間爆撃をくりかえしたが、戦況はいっこうによくならず、そのうち十二月初旬になってミンダナオ島へ銀河八機をもって進出を命ぜられ、敵の後方からレイテ島への敵の補給線の偵察攻撃をすることになった。

このとき、ミンダナオ島には元の第一航空艦隊の残存航空部隊が少数兵力ながらも各所に展開し、いずれも飛行隊長を失っていたので、私がこれらの総まとめをやることになった。

われわれがやっとミンダナオ島の全貌と態勢を掌握したところ、昭和二十年一月二日、進出いらいつづけていたわが索敵網に、ペリリュー島を出発して比島方面にむかう三百隻からなる敵のリンガエン上陸部隊が捕捉された。そして、それが接近してくるにつれて敢行された南北残留全航空兵力による反復攻撃は、文字どおり最後の一機までもあまさない激烈なものであった。

一月末、内地に帰還した私は、横須賀海軍航空隊に籍をおいて、銀河部隊の作戦評価を記録にとどめる作業についたが、この役目をおわった四月、沖縄作戦がはじまり、私はふたたび戦闘に参加することになった。こんどはT部隊の攻撃第五〇一飛行隊長を命ぜられた。こ

米空母へ突入する寸前に撃墜される銀河。昭和19年12月15日、神風特攻第一草薙隊の一機である

のT部隊は、敵の機動部隊を全天候下で夜間攻撃することを専門とするため整備されたもので、私の飛行隊のほかに攻撃第四〇六飛行隊と、陸軍新鋭の四式重爆「飛龍」を有する二個飛行戦隊の計四個部隊からなり、保有機数も総計一五〇機以上という強力なものであった。

着任したその日から、私は飛行場にほとんど釘付けの状態で、沖縄の陸上守備部隊が玉砕するまでは、必勝を期して連夜の激闘がつづけられていた。この間わがT部隊のあげた戦果は慎重な判定をもってしても、敵の艦船二百隻以上に打撃をあたえた。一方わが部隊の損害も決して少なくなく、最後には総勢二十機ていどしか出撃できえない状態(最初はつねに百機以上出撃)になってしまった。

この戦闘をおわったわが部隊は、本土

防衛作戦体制に入ることになり、第五航空艦隊の隷下にあって、島根県大社基地に根拠基地をうつし、戦力の急速回復をはかりつつ、志摩半島以西の太平洋海域防衛に参加することになった。

そして終戦を迎えるまで数回にわたり沖縄飛行場夜間攻撃をおこなったり、敵機動部隊の西日本方面攻撃に対し、連夜の夜間攻撃を実施することにより、これを近海に寄せつけず撃退するという役目をはたした。終戦当日には、わが部隊はきわめて強力な戦力整備をおわっており、完全に可動できる銀河を六十五機も保有していた。

資材不足に泣いた最新鋭機

銀河は試作機をＹ20と呼び、海軍航空技術廠の設計によるものであるが、設計そのものはいまでも見事なものであったと信じている。

エンジンは公称出力一八五〇馬力、当時の最小径をもって最高性能をだす誇り高き誉《ほまれ》を装備し、機体は中翼単葉金属製で、とくに急降下性能をつけくわえるために、主翼の強度は三百ノットの高速と高重力引き起こしに耐えるように頑丈そのものに設計され、このため飛行機の重量はその図体に比較して重すぎるほどに感じた。

しかしスピードは海面上で水平全速二二五ノットを出すことができ、米海軍の当時の新鋭戦闘機グラマンＦ６Ｆに劣らぬものをもっていた。「飛行機の操縦性安定性も良好で、とくに高速急降下時の飛行安定と舵の効きは、よくまとめてあったと思う。それに航続時間は八時間以上もあり、パイロットの疲労どめと航法の精度をよくするため、オートパイロットが装着されていたのはよかった。搭乗員の座席は前席が偵察、中席が操縦、後席が通信となっており、三者の連係も良好で、各座席からの視界も申し分ないものであった。

特殊な搭載機器としては、索敵用の電探が装備されていたが、電波妨害や偽瞞をうけやすく、全作戦を通じほとんど役に立たなかったと記憶している。

攻撃兵器としては、魚雷と八〇〇キロ以下の各種爆弾があったが、魚雷は弾倉に収納できず外面に懸吊し、爆弾は弾倉内に効率よく収納するようになっていた。これらはいずれも電気式投下管制装置によりつぎつぎか、あるいは同時に投下できるようになっていた。

このほか、二〇ミリ旋回機銃が前席前方と後席後上方にむけて装備されていたが、操作がちょっと重かったほか、とくに悪かったのは、豊川海軍工廠製のこの機銃に故障が多く、機上での修復が不可能で、私の経験からして一度も役に立ったことがなく、まったく無用の重量物であった。それにくわえて前方機銃は風防枠に取りつけてあり、風防ガラスが良質のファイバー製でないので、射撃と同時にショックで飛散し、その後はまともに風に吹きさらされての航法を、着陸するまでつづけなければならないという体たらくだった。

射撃即自滅とはまことに笑えない事実であった。そのほか、設計はよいが材質または製作の悪さで苦労させられたものに、エンジンと燃料タンクがあった。エンジンは材質不良で、よくシリンダーがごっそりふっ飛んだり、製作が悪いので油もれがひどく規定馬力がなかなか出せないということがあって、航空機の可動率をさげた。

ましで燃料タンクにいたっては、受領時は胴体タンクの燃料で飛行するので問題はないものの、さて戦地に直接長距離空輸しようとして、翼内タンクに燃料を満載すると、全機いずれのタンクもがダラダラ洩りであり、これを部隊で整備するとなると少なくとも一ヵ月かかり、飛行機はそろったが戦闘に使えないといった銃後の情けない支援状況であった。

もうひとつ、さらに悪かったのは航空燃料の悪さであった。誉エンジンには九三オクタン以上のものを使えば性能がじゅうぶん発揮できるのに、供給されるのは品質もあやしい八七オクタンであり、これでは一二〇〇馬力もあぶなかったのではないかと思われた。

以上のような状況で、新鋭機銀河に期待される性能は、人間どもが八方から足をひっぱって駄目にしてしまったといえる。銀河に設計された誇り高き高性能はあえなくも、製造と運用の段階でまったく奪われ、麻痺させられてしまった。このような状態にしか航空機をつくって動かせない、当時の日本の産業経済情勢は、すでに日本の仮死状態の兆候をしめているのに、それに厳正な診断をくわえず勝算のない戦闘に同胞をかりたてていった戦争指導者たちの狭さ、暗さ、冷たさ、哀れさがいまさらながら虚しいものに思いだされる。

悲しき運命をたどった銀河

銀河は本来、急降下爆撃機（水平爆撃は不能）であり、艦爆隊の後継機種としてその出現を待望されていたが、試作機が姿をあらわす頃ともなれば中攻隊、艦攻隊からもその優秀性に目をつけられ、さらには戦闘機隊からも所望されるほか、終盤には高価な特攻機として、

銀河一一型。双発三座で最高時速546キロ、空技廠設計で19年制式採用

およそ所期の目的とは思いもよらぬ運命の道をたどっていった。

そして艦爆、中攻、艦攻各部隊の要求は大同統一され、その結果、大きな勢力としてうまれたのが急降下爆撃と雷撃をともにこなすところの、陸上基地から機動する銀河部隊であった。戦闘機隊に採用されたのは月光で、これは夜間戦闘機となって活躍したが、戦闘機としては機体がいささか重すぎた。

特攻機としての銀河は、最後の高速体当たりの場面で操縦がむずかしく、また敵の防禦砲火に対して大きな目標となったので、攻撃の成功はあまり期待できなかった。

さて、わが銀河部隊の戦闘能力については、まず航法や通信能力では昼夜間を問わず、いつも八時間にわたる洋上航法も長距離通信も、正確かつ容易に実施することができた。これは半径七百浬《かいり》の戦闘行動を意味するものであった。そして、これはオートパイロットを使ったことのない艦爆艦攻出身パイロットにも快適なものであった。

つぎは急降下爆撃法であるが、ふつう高々度接敵〜急降下進入〜攻撃〜低高度高速避退――を基本のパターンとしていたが、爆撃照準器の性能がよかったので練成訓練は容易であった。また、雷撃法についても銀河の特性と戦況から、急降下爆撃と同一のものを基本パターンとする戦法を採用して訓練をすすめたが、なれない中攻、艦攻出身者もこれを重宝がるようになっていった。

この戦技は攻撃前に敵の行動を高々度から観察しやすく、攻撃も高速のため短時間におこなえるので自衛上も、また、敵に回避運動の余裕をあたえない考慮からも有利であり効果的だった。しかし、沖縄作戦においては、夜間の艦船攻撃なので、接敵〜進入〜攻撃のフェーズはいずれも目標を捕捉保持する必要上、低高度をとらざるをえず、この場合、銀河の急降下性能は役立たず、そのために設計上生じた機の重みは、デッドウエイトとしてマイナスになった。

そして、急降下爆撃も雷撃も本質的には短距離攻撃戦法であり、爆弾や魚雷を命中させるには、これらを敵の数百メートルまで肉薄して投下し、その後も敵の直上すれすれを通過して避退しなければならないものであるから、敵の対空砲火の威力がますにつれて、文字どおり決死的なものとなっていった。

レイテ作戦におけるわが部隊の夜間強襲では、四機に三機は攻撃に成功したものの、そのうちの四機に三機が未帰還となった。これは特攻の損害に匹敵するものだ。成功率は特攻攻撃よりも高いことをしめしている。これによっても特攻攻撃が決して好ましい戦法ではなかったといえるだろう。

つぎに銀河の対戦闘機戦闘能力だが、敵の一流戦闘機に匹敵する高速性能により、見張りと適切な回避機動をおこなえば、安全で所期の任務行動を完遂することができた。台湾沖航空戦における敵発見追跡の場合も、リンガエン上陸部隊を捕捉した場合も、多数の敵戦闘機の攻撃妨害をうけたが、難なく任務をまっとうして帰還することができた。要は人と人との戦い、航空機の性能と性能の優劣において、そのいずれにも負けないことが成功のカギであると実戦を通じて感じた。

最後に強調したいことは、部隊の運用にあたっては、後方支援をしっかり確保すること、情報を適切に収集利用すること、および戦いの原則をまもった用兵を行なうことが、とくに大切であるということがいえると思う。

航空機、燃料、弾薬の生産、調達、補給および整備支援面に戦力発揮のマイナスをつくること、敵の位置や戦場の天候も確認しないで困難な攻撃を敢行させること、絶対的な航空優勢を保有している敵に対して戦闘機の掩護もなく単独攻撃を命ずることなどは、勝利の女神の怒りを買い、最後の勝利への道を踏みはずす所業といえた。

また、戦争末期に戦場でえた私の体験のなかには、あまりにも、あってはならないこと、してはならないことが絶望的なほど多かったような気がしてならないのである。

単行本　平成二十八年一月　潮書房光人社刊

NＦ文庫

海軍空戦秘録
二〇二一年七月二十一日 第一刷発行
著 者 杉野計雄他
発行者 皆川豪志
発行所 株式会社 潮書房光人新社
〒100-8077 東京都千代田区大手町一-七-二
電話／〇三-六二八一-九八九一㈹
印刷・製本 凸版印刷株式会社
定価はカバーに表示してあります
乱丁・落丁のものはお取りかえ
致します。本文は中性紙を使用
ISBN978-4-7698-3223-2 C0195
http://www.kojinsha.co.jp

NF文庫

刊行のことば

第二次世界大戦の戦火が熄《や》んで五〇年——その間、小社は夥しい数の戦争の記録を渉猟し、発掘し、常に公正なる立場を貫いて書誌とし、大方の絶讃を博して今日に及ぶが、その源は、散華された世代への熱き思い入れであり、同時に、その記録を誌して平和の礎とし、後世に伝えんとするにある。

小社の出版物は、戦記、伝記、文学、エッセイ、写真集、その他、すでに一、〇〇〇点を越え、加えて戦後五〇年になんなんとするを契機として、「光人社NF（ノンフィクション）文庫」を創刊して、読者諸賢の熱烈要望におこたえする次第である。人生のバイブルとして、心弱きときの活性の糧《かて》として、散華の世代からの感動の肉声に、あなたもぜひ、耳を傾けて下さい。

＊潮書房光人新社が贈る勇気と感動を伝える人生のバイブル＊

ＮＦ文庫

大空のサムライ 正・続
坂井三郎
出撃すること二百余回――みごと己れ自身に勝ち抜いた日本のエース・坂井が描き上げた零戦と空戦に青春を賭けた強者の記録。

紫電改の六機 若き撃墜王と列機の生涯
碇 義朗
本土防空の尖兵となって散った若者たちを描いたベストセラー。新鋭機を駆って戦い抜いた三四三空の六人の空の男たちの物語。

連合艦隊の栄光 太平洋海戦史
伊藤正徳
第一級ジャーナリストが晩年八年間の歳月を費やし、残り火の全てを燃焼させて執筆した白眉の〝伊藤戦史〟の掉尾を飾る感動作。

英霊の絶叫 玉砕島アンガウル戦記
舩坂 弘
全員決死隊となり、玉砕の覚悟をもって本島を死守せよ――周囲わずか四キロの島に展開された壮絶なる戦い。序・三島由紀夫。

『雪風ハ沈マズ』 強運駆逐艦 栄光の生涯
豊田 穣
直木賞作家が描く迫真の海戦記！ 艦長と乗員が織りなす絶対の信頼と苦難に耐え抜いて勝ち続けた不沈艦の奇蹟の戦いを綴る。

沖縄 日米最後の戦闘
米国陸軍省編
外間正四郎訳
悲劇の戦場、90日間の戦いのすべて――米国陸軍省が内外の資料を網羅して築きあげた沖縄戦史の決定版。図版・写真多数収載。